ケモノな上司は
喪女の私にご執心!?

Sana & Jin

藤谷 郁

Iku Fujitani

目次

ケモノな上司は喪女の私にご執心⁉

小泉佐奈（こいずみさな）はかつて夢見る乙女だった。

大人の世界に憧れていた十二歳の頃。彼女は同世代の子に人気だったマンガやゲームは早々に卒業し、次のステップに進んだ。

そのきっかけは、母親が愛読する大人向けの小説——シティロマンスシリーズを読んだこと。翻訳ものではなく、日本が舞台の恋愛小説レーベルである。

書棚の奥から薔薇色（ばらいろ）の背表紙を選び、こっそり読んでは胸をときめかせた。

物語に登場するヒーロー達は、優しくて、仕事ができて、超絶イケメン。女性にモテまくりのヒーローとヒロインが恋に落ち、最後は結婚するのがお約束の展開である。

特に佐奈が魅了（みりょう）されたのは、華やかな容姿と洗練されたファッションセンスを併（あわ）せ持つ、王子様タイプのヒーローだ。太陽のようなまばゆい魅力（みりょく）にあふれた、スタイリッシュな男性。

『私もいつか、そんな人と恋愛したい。もしもめぐり会えたなら、めいっぱいお洒落（しゃれ）して、私から告白するんだ。シティロマンスのヒロインみたいに、勇気と自信を持って』

そして高校一年の春、佐奈は理想の彼に出会う。演劇部の王子様と呼ばれる先輩男子だった。

先輩はいつも佐奈に優しく、親切にしてくれる。それに、彼はとてもモテるけれど彼女はいないらしい。

初めて恋をした佐奈は、今までにないほど舞い上がった。そして夢を叶えるため、めいっぱいお洒落してから想いを告げた。

先輩は恋愛小説のヒーローのように受けとめてくれると信じて。それなのに……

『らしくないね。君みたいな子は、地味に生きたほうがいいよ』

そんな言葉と共に、佐奈はぽつんと取り残された。あっさりと立ち去った先輩の後ろ姿は、今でも忘れられない。

佐奈の憧れと夢は、十五歳の春、初恋とともに消えた。それ以来、王子様タイプのイケメンが苦手になった。そしてお洒落を一切やめ、自分らしく——地味な喪女として生きることに決めたのだった。

「よし、準備完了。こんな感じでいいよね、クロ」

佐奈は壁に立てかけた姿見で身だしなみをチェックすると、そう声をかけた。

ローチェストの上に置いた小さな水槽の中で、金魚のクロが泳いでいる。二年前の夏、大学祭の金魚すくいで一匹もすくえなかった佐奈が、残念賞としてもらった子だ。

この春、就職と同時に実家を出てアパートで暮らすことになった時、一緒に連れてきた。

餌をぱくぱく食べる仕草と、ちょっぴり太めなところが可愛い。ひらひらとフリルのようなひれがついていて、青みがかった黒い体色が特徴の、青文魚という品種の金魚だそうだ。

こんな風に話しかけるのは、飼い主としての情だけではない。あの日、赤や黄といった華やかな金魚達に比べ、クロはとてつもなく地味な存在だった。

誰にもすくわれない残り物のクロに、佐奈は仲間意識を感じている。

「初出勤は緊張するけど、頑張らなきゃ。残念賞の私を追加採用してくれた会社のためにも」

気合を入れると、もう一度姿見を覗いた。

佐奈が着ているのは、黒のツーピース。就職活動、入社式、そしてビジネススーツとして着回しているものだ。白シャツは明るい印象があって落ち着かないので、黒のカットソーを合わせた。ロングストレートの髪を束ねるバレッタも黒。ちなみに、ローヒールのパンプスも黒で統一している。

メイクは、ファンデーションを適当に塗り、色つきリップを引くだけなので素顔に近い。

少し……いやかなり地味だけれど、これが佐奈の通常モードである。

「うん、私らしくていい。それに、地味なほうが職場に馴染むだろうし」

クロに「行ってきます」と手を振り、ビニール製のトートバッグを持って、玄関を出た。

アパートから最寄り駅まで徒歩十五分。歩道は春の陽射しに照らされている。風もなく、穏やかな一日になりそうだ。

駅に着くと、目的の電車に乗り込んだ。

幸い、電車はそれほど混んでいない。スーツを着たサラリーマンやＯＬの横に並び、佐奈は自分が社会人になったのだと実感した。

本当に就職できてよかった——と、喜びを噛みしめながら、苦労した就職活動を思い出す。

佐奈は私立の有名大学文学部で国文学を専攻する、成績優秀な学生だった。

文学研究会に所属し、書評論文で表彰されたこともある。

しかし就職活動では、優秀な成績など意味をなさなかった。書類審査は通るものの、面接ですべて落とされてしまうのだ。

原因は自分でも分かっていた。面接官の質問にビクついたり、自信なさげに答えたりする内気な態度が悪いのだと。

それに、見た目の印象もよくない。ぱっとしない容姿。運動不足のたるんだ身体に、ネガティブな雰囲気。そんな佐奈がいい意味で注目されることはなかった。

希望する出版関係の企業の他にも何十社と受けたのだが、結果は全滅。佐奈がますます後ろ向きになり、就職浪人を考え始めた頃――その通知が届いた。

何と、佐奈の第一志望である大手総合出版社『三崎山書店』に追加採用されたのだ。

三崎山書店は、佐奈が愛読するシティロマンスシリーズの出版社である。

高校時代の失恋で深く傷ついた佐奈だが、シティロマンスシリーズは読み続けていた。シリーズには好きな作家がたくさんいるし、できれば編集に関わりたい。

だから、ダメ元で三崎山書店にエントリーし、面接でそれをアピールした。思えば、どの面接よりも積極的だった気がする。でも、一度不採用の連絡が来たので、とうにあきらめていたのだ。

それなのに、追加採用された。しかも、驚いたことに……

(文芸書籍部に配属だなんて夢みたい)

先週行われた新人研修で、配属先を聞かされた佐奈は、思わず頬をつねった。

文芸書籍部というのは、その名のとおり文芸書籍を扱う部署であり、シティロマンスシリーズの編集部も入っている。面接でアピールしたとはいえ、本当に文芸書籍部に行けるとは思わなかった。

（ひょっとしたら、シティロマンスシリーズの編集者になれるかも。もしそうなったらどうしよう。大好きな先生方の本に、関わることができるんだ）

そんなことを考えながら、佐奈は浮かれ気分で会社の最寄り駅で電車を降りる。そして改札に向かって歩いていると……

「ホームでノロノロ歩いてんなよ！」

「ああっ」

後ろから来たサラリーマン風の男に怒鳴られ、どんと突き飛ばされた。佐奈はよろめき、転んでしまう。肩から落ちたトートバッグが、乗降客に蹴飛ばされた。

「ごめんなさい、すみません！」

迷惑そうに見てくる人々に謝りつつ、佐奈は慌てて立ち上がる。

じゃまにならないよう端に寄ろうとすると、知らない男の人に声をかけられた。

「これは、君のか？」

目の前に差し出されたのは、ビニール製のトートバッグ。社名がプリントされた、佐奈の持ち物である。通りすがりの親切な人が、拾ってくれたのだ。

「はいっ、私のかばんです。ありがとうございま……」

お礼を言おうとして顔を上げ、佐奈は息を呑んだ。

そこに立つのは超絶イケメン。すらりと背が高く、彫りの深い顔立ちは欧米人のよう。薄茶色の髪が、春風になびいている。

（まぶしい……）

太陽を直視したかのように目がくらんだ。

俳優か、それともモデルだろうか。いずれにしろ佐奈とは別世界の人種である。しかも……

（おっ、お洒落の王子様？）

思わずそんなフレーズが頭に浮かぶほど、ファッショナブルな男性だった。

ネイビーのダブルジャケットに、白のチノパンツ。ヴィンテージ風のジャケットのボタンがウエストを絞り、逞しくも美しいスタイルを強調している。

スカーフやベルトなど、小物もこなれた印象だ。一方足元は無地のローカットスニーカーというシンプルな装備である。

（こういうのを抜け感……と、表現するのだろうか）

そんなファッション用語を、シティロマンスで見かけた気がする。

彼はトートバッグを差し出したまま、声をかけてきた。

「顔色が悪いな。大丈夫か」

佐奈はくらくらしながら、あることに気がついた。

この人は恋愛小説に登場するヒーローそのもの。しかも、佐奈が最も苦手とする、スタイリッシュなイケメンタイプである。

「だ、大丈夫です。ちょっと、立ちくらみがして……」

震える手でバッグを受け取る佐奈を見て、彼は怪訝な表情になる。佐奈の挙動を怪しんでいるのだろうか。

「ご迷惑をおかけしました。えっと……それでは、私はこれで」

「ちょっと待った」

ホームを去ろうとする佐奈を、彼は強い口調で引き止める。麗しい外見に似合わぬ、低くて男らしい声だ。びっくりして立ちすくむ佐奈を、彼はじろじろと見回してきた。

「もしかして、三崎山書店の新入社員か」

「えっ、どうしてそれを？」

佐奈が目を丸くすると、彼はバッグを指さす。

「あ……」

それは、三崎山書店の研修で新入社員に配られたトートバッグである。Ａ４の書類が入るちょうどいい大きさなので、佐奈は通勤用に使うことにしたのだ。

佐奈はしばしぼんやりした後、ハッとする。

もしやこの男性は、三崎山書店の社員、あるいは会社関係者なのでは。あまりにも別世界の人なので、すぐにピンとこなかった。

もしそうならビビっている場合ではない。きちんと挨拶(あいさつ)しなければ。そう思って口を開いた瞬間、イケメンが話しだした。

「喪服のような真っ黒スーツに、黒のローヒール。髪を束ねるバレッタまで黒。社名入りのビニールバッグを使い回すそのセンス……まさか、ウチの部署じゃないだろうな」

「は……はい？」

いきなり何の話だろう。口を開けたままぽかんとする佐奈に、彼は手をひらひらと振った。

「いや、何でもない。それより新人は、九時四十五分までに第三会議室に集合だろ。遅れるぞ」

「え？　ああっ、もうこんな時間に」

腕時計を確かめ、佐奈は狼狽(ろうばい)する。初出勤で遅刻はマズイ。

「すみません、お先に失礼いたします！」

ぺこりとお辞儀をして、改札口へ向かった。

駅を出て歩道を急ぎつつ、やはりそうだと確信する。あの人は新人社員の集合場所や時間を知っていた。ということは、三崎山書店の社員なのだ。

「どこの部署だろう。まさか、文芸書籍部の人じゃないよね」

あんなお洒落王子が上司になったら大変だ。毎日コンプレックスを刺激されて、仕事どころではなくなる。

彼が違う部署でありますようにと祈りながら、佐奈は逃げるように走った。


「いつ見ても立派な建物だなあ」

三崎山書店の本社ビルを見上げた佐奈は、心が萎縮するのを感じた。

今日から自分は、この巨大な会社の一員として働くのだ。採用してくれた会社のために全力で頑張るつもりだが、いざとなると怖気づいてしまう。

こんな自分が役に立つのだろうか。

「いやいや、大丈夫。追加採用されたのは、私が必要ってことなんだから」

自分に言い聞かせると、弱気の虫を振り払ってビルに入り、集合場所に向かう。

第三会議室の前に設置された受付では、新入社員が列を作っていた。佐奈もそこに並び、どきどきしながら手続きの順番を待つ。

（……何だか、研修の後にあった入社式と雰囲気が違うような？）

違和感の理由はすぐに分かった。今日はスーツを着ている人が少ない。特に女性はカジュアルな服装が多く、しかも皆明るい色合いだ。黒のリクルートスーツを着ているのは、佐奈一人かもしれない。

そう考えていると、佐奈の順番が来た。受付係の女性はにこりと微笑み、手続きの案内をする。

「おはようございます。社員証をこちらの機械にかざしてください」

佐奈は先日の研修で配られた社員証を、ぎこちない動きでカードリーダーにかざした。

「んっ？」

ピピッとエラー音がした。慌ててやり直すが、なぜか正しく認証されない。

「変ねえ、故障かしら」

女性は首を傾げつつ自分の社員証をかざし、きちんと動作するのを確認した。それから佐奈の社員証を見る。

「文芸書籍部の小泉佐奈さん、ですね？　少々お待ちください」

「は、はい」

女性はパソコンを操作し始める。受付でもたつく人は他におらず、佐奈は注目の的だ。

出だしでつまずいたことが恥ずかしくて、顔が熱くなった。

「あら、配属先が変更されていますよ」

「……えっ？」

佐奈は目をぱちくりとさせる。どういうことなのか、よく理解できない。

「小泉佐奈さんの配属先は、文芸書籍部ではありません。雑誌編集部です」

「ええっ？」

予期せぬ事態にうろたえる。すると佐奈の肩を、誰かがぽんぽんと叩いた。振り向くと、恰幅のいい中年男性がにこやかに微笑んでいる。

「失礼、小泉佐奈さんだね。私は人事部長の山本といいます。話があるので、ちょっとこちらに」

新入社員の列を抜け、会議室の隅に連れて行かれた。山本は笑みを浮かべたまま簡単に説明する。

「いやあ、実は雑誌編集部に欠員が出てねえ。大至急、新人から補充することになったんだよ。それで、役員会で話し合った結果、君に決まったわけ」

「そんな……」

（初出勤の日に人事異動って、あり得るの？）

そう思ったが、言葉にならない。

「すまないが、私にはどうすることもできないんだ。上層部の指示だからねえ」

上層部という言葉を彼は強調した。会社組織のトップである役員会の決定となれば、社員は承諾するほかない。ましてや佐奈は新人である。ショックだけれど、頭を切り替えることにした。

「分かりました。それであの、雑誌編集部というのは……」

「おお、分かってくれたか。さすが若い人は柔軟で助かるよ。これは新しい社員証だ。今持っているものは破棄するから、受付に預けておいてくれ」

佐奈が承諾するやいなや、山本は新しい社員証を渡してくる。

「それじゃあ、私はこれで。ああ、君の職場はカードに記載されている。文芸書籍部とは多少趣(おもむき)が異なるが、やりがいのある仕事だぞ。頑張ってくれたまえ」

「えっ、あの……」

用が済んだとばかりに、山本はさっさと会議室を出て行ってしまった。

「職場について、詳しく聞きたかったのに」

職場が記載されているという社員証に目を落とし、佐奈は「えっ？」と首をひねる。

見間違いかと思い、目をごしごしとこすってからもう一度確かめた。

【株式会社三崎山書店　月刊ヴェリテ編集部　小泉佐奈】

「月刊ヴェリテって……えっ、もしかして」

大学の図書館で見かけたことがある。最新号が配架されると、お洒落(しゃれ)な女子学生が顔を寄せ合い、楽しそうに読んでいた。確か、二十代の女性をターゲットにしたファッション雑誌である。

「ちょっと待って。その編集部が、私の職場？」

何かの間違いだ。どこからどう見ても、お洒落(しゃれ)とは無縁の地味な女なのに、こんな人事はありえない。急いで山本を追いかけようとしたが、マイクの声に止められた。間もなくオリエンテーションが始まるので、席に着くようにと促される。

もう決まったことなのだ。あきらめろ——と言われているのだと、佐奈はうなだれた。

憧れの文芸書籍部で働けるはずが、まったく興味のない分野へ飛ばされてしまった。

佐奈は沈んだ気分で、同じフロアに向かう新入社員達と一緒に、エレベーターに乗り込む。明らかに浮いている自分を意識しながら。

(どうして、なぜ、こんなことに?)

雑誌編集部に配属される新人は、いずれもお洒落感満載の男女ばかり。黒のスーツを着ているのは佐奈だけ。場違いな空気に息が詰まりそうだ。

新人達はエレベーターを十三階で降りた。片側が窓になっている廊下を進み、広々としたオフィスに足を踏み入れる。

引率係の人事部社員は、天井から下がったプレートを指さす。そこには雑誌名が記載されていた。

「ここはファッション雑誌編集部のフロアです。雑誌ごとにスペースが分かれているので、各々自分の配属先に行き、先輩方に挨拶してください」

(私の配属先は、ヴェリテ編集部、ヴェリテ編集部……)

心の中で呟きながら、パーティションで仕切られた通路を進んで行く。

オフィスの中でもひと際大きく割かれたスペースに、『ヴェリテ』編集部はあった。

入り口から中をそっと覗くと、女性社員が一人、大きなテーブルに書類を並べている。

年齢は三十代前半くらいだろうか。無地のカットソーにパンツというシンプルな服装だが、明るく染めた髪と、腰に巻いたサッシュベルトがお洒落で、佐奈を警戒させた。

異星人に接触を試みる気分で、思いきって声をかけてみる。

「す、すみません……今日からヴェリテ編集部に配属された、小泉と申しますが……」

「えっ、あなたが今日からウチで働く……新人、さん?」

彼女は意外そうな顔で、しばし佐奈を見つめた。ファッションにはおよそ縁のない新人が来たので、戸惑っているのだろう。佐奈はいたたまれず、逃げ出したい衝動に駆られる。

しかし、次の瞬間、女性は嬉しそうに笑いかけてきた。

「そうなんだ。私は『ヴェリテ』副編集長の辻本といいます。三十一歳で、編集部唯一の既婚者よ。よろしくね」

「あ……は、はい。よろしくお願いします」

手を差し出され、佐奈はおずおずと握手した。辻本の手のひらは温かく、佐奈の手を力強く握っている。大らかに受け入れられたような気がして、少しホッとしたところで――

「なになに、もしかして新人さん？」

話し声が聞こえたのか、奥から他の社員が次々に現れて佐奈を取り囲んだ。

ファッショナブルな若い女性ばかりだ。珍獣を観察するような目を向けられている――気がする。

「うわあ、リクルートスーツだ!!」

「事務の人かと思った。でも、逆に新鮮なカンジ」

「うんうん、ウチの新人にしては珍しいタイプよねえ！」

辻本に比べて皆テンションが高く、飛び出す言葉もストレートだ。それに、華やかな彼女達を見て、目がチカチカしてきた。

(ダメだ、やっぱり耐えられない。こんな私が、お洒落(しゃれ)な方達と仕事なんて無理……)

「お前達、何を騒いでるんだ。仕事しろ、仕事を！」

背後からいきなり大声が飛んできた。このオフィスで初めて聞く男性の声。しかも、命令口調ということは、彼女達の上司なのだろう。佐奈は恐る恐る振り向き、声の主を確かめる。

「ん？　お前は今朝の喪服女子。何でここにいるんだ」

「ひいっ！」

驚きのあまり奇声を発してしまった。声の主は、駅で出会ったスタイリッシュイケメン。お洒落の王子様が、佐奈のすぐ後ろに立っていた。

（も、喪服女子って私のこと？　……いやそんなことより、この人こそ、どうしてここにいるの？）

駅でのやり取りから、彼は三崎山書店の社員だろうと思っていた。同じ部署になりませんようにと祈ったのに――。佐奈は愕然としてよろめく。

辻本は佐奈の肩をさり気なく支えて、彼に紹介した。

「こちらは新入社員の小泉佐奈さんです。ヴェリテ編集部に配属されました」

なぜか彼は黙っている。すると辻本は、少し困ったように、佐奈にも紹介してくれた。

「えっと……小泉さん、この方はヴェリテ編集長の幸村仁さん。つまり、ウチで一番偉い人よ」

その言葉に、佐奈は顔を引きつらせる。

「へ、へ、編集長？」

つまり、これから佐奈が働く部署のボス。お洒落編集部の頂点に立つ人だ。

しばしの沈黙の後、幸村がようやく口を開いた。

「確かに俺は、大至急人員を補充してくれと人事部に頼んだ。しかし、よりによってこんな……」

彼は険しい表情になり、じろりと佐奈を見下ろす。彼は端整な顔立ちの超絶イケメン。それだけに怒った顔はすごみがあり、佐奈は蛇に睨まれた蛙のような状態になる。

（こっ、怖いよおお）

怒りの余波を恐れてか、辻本以外の部員はいつの間にか奥に引っ込んでいた。各々、デスクからこちらの様子を窺っている。でも、やはりどこか面白がっているように感じるのは、気のせいだろうか。

こんな状況に、佐奈はもう耐えられない。辞退することに決めた。

「すみませんっ。私にファッションの仕事は無理ですと、人事部に伝えてきます」

頭を下げて幸村の脇をすり抜けようとした。どうせ追い返されるなら、逃げたほうがましである。

「待て。この先どうするかは俺が決める」

佐奈はぴたりと足を止めた。見上げると、彼は険しい顔のまま佐奈に命じる。

「そこで大人しくしてろ。動くんじゃないぞ」

「は、はいっ」

幸村はデスクに置かれた電話機を取り、内線番号を押した。

「もしもし、人事部か。ヴェリテ編集部の幸村だ。山本部長に代わってくれ」

人事部長に電話がつながると、幸村は「なぜ小泉佐奈をヴェリテ編集部に寄越したんですか」と率直に質問した。

佐奈は大人しく待機しながら、幸村の整った顔とスタイリッシュな姿から目を離せない。王子様のような風貌、そして物事に対するアグレッシブな姿勢は、シティロマンスシリーズのヒーローそのものだ。つまり、佐奈とはまったく縁のない人物である。

雑誌編集部に配属されたのは、やはり間違いだった。そんな結論に辿り着く予感がする。

「……何ですって。江藤専務の推薦？」

幸村がいきなり声を上げたので、佐奈はビクッとした。彼は悔しそうに唇を噛み、「分かりました」と返事をしてから受話器を置く。

急にどうしたのだろう。わけが分からないが、辻本や他の部員は納得の表情を浮かべている。

幸村は佐奈に向き直り、険しい……というより、あきらめた顔で結論を告げた。

「小泉佐奈。キミは今日から、ヴェリテ編集部の一員だ。一人前の編集部員になるべく、しっかり仕事をしろ」

「えっ……私、ここで働くのですか？」

予想外の展開になり、佐奈は困惑する。

「驚いているのは俺も同じだ。君も腹をくくるんだな」

彼はこちらに手のひらを向け、文句を封じた。一体全体どうなっているのだろう。

「辻本さん、そんなわけだ。かなり骨が折れるだろうが、教育係を頼まれてくれないか」

「はい、編集長」

辻本はにこりと笑い、快諾する。よく分からない状況だが、彼女が迷惑そうでないのが佐奈には救いだった。

「そうと決まれば自己紹介だ。こっちに来い、小泉」

幸村は大きなテーブルの正面に佐奈を立たせると、奥にいるメンバーを呼んだ。先ほどの先輩達がぞろぞろと集まり、好奇心に満ちた目を向けてくる。

「今日からヴェリテ編集部で働くことになった、新入社員の小泉佐奈さんだ。辻本さんに教育係を任せるが、皆もどんどんしごいてやってくれ」

編集長の言葉に、部員達は明るく「はーい」と答える。

まだ割り切れていない佐奈だが、幸村が言うとおり、腹をくくるしかなさそうだ。そうとなったら、できる限り頑張ろうと、心を決める。

佐奈はとにかく頭を下げた。何しろこちらはファッションセンスゼロ、しかも編集作業について何も知らないど素人(しろうと)だ。先輩方に教えを乞(こ)うのが一番の近道だろう。

「勤務時間は十時から十九時と決まっているが、実際は不規則だ。締め切りが近づくほど帰りが遅くなるし、泊まり込みも普通にある」

今日は企画会議を行(おこな)うので、十一名の編集者全員が出勤していると幸村は教えた。平均年齢二十八歳の編集部は女性で占められている。

「君が希望した文芸書籍部とは時間の流れが違う。その点、覚悟しておくんだな」

「……承知いたしました」

どうやら幸村は、人事部長から佐奈がここに来るまでの流れを聞いたらしい。『だが甘えは許さんぞ』と、彼の厳しい口調が釘を刺していた。

「ところで小泉。一つ、質問がある」

幸村は佐奈の姿をあらためて見て、ため息をついた。

「身内に不幸でもあったのか？」

「はい？」

何を言われているのかよく分からず、問い返してしまう。しかしすぐに服装について言われているのだと気づいて、かあっと身体が熱くなる。

しかし幸村は、ふざけて笑いものにするといった態度ではなく、真剣そのものだ。

「いいか、ここはファッション雑誌編集部だ。喪服はやめろ。明日から普通の格好をして来い」

「でもあの、この服は喪服ではなく仕事用のスーツで……」

「何か言ったか」

「いいえっ」

鋭く光る目が怖くて、言葉を呑みこんでしまう。

しかし佐奈は少しためらったあと、勇気をふりしぼって確認した。

「あ、あの、普通の格好というのは、私服……普段の服装ということでしょうか？」

「まずは手持ちの服で十分だ。とにかく喪服は絶対禁止。それから、社名入りのビニールバッグを使い回すんじゃない」

つまり、喪服のように黒いリクルートスーツと、ビニールバッグを使わなければいいということだろう。

「わっ、分かりました」

恥ずかしいやら怖いやらで、佐奈はおたおたしながら頷いたのだった。


――それから半日少々。波乱の初出勤は終わった。場違いな現場で緊張している上に、編集長にビクつく佐奈を、教育係の辻本が親切に指導してくれたのが救いである。

佐奈はヴェリテ編集部を出て、エレベーターに向かった。

「……あり得ないほど疲れた。私、明日からやっていけるのかな」

今後について考えると気分が落ち込み、足取りも重くなる。節電のためあちこちライトが消された薄暗い廊下を、とぼとぼと歩いた。

腕時計を見ると、定時の午後七時を回ったところ。他の編集者はまだオフィスに残っているが、新人はやることがないから帰れと幸村に言われ、一人だけ退社したのだ。

エレベーターホールに着くと、そこには誰もおらず、シンとしている。エレベーターを待ちながら、佐奈はふと思い出すことがあった。

幸村が人事部に抗議の電話を入れた時、彼が口にしたセリフである。

――何ですって。江藤専務の推薦？

つまり、その江藤専務という人が、佐奈をヴェリテ編集部に推したということだろう。人事部長の山本も、今回の人事は上層部の指示だと言っていた。

あの恐ろしい幸村ですら、専務の名前を聞いたとたん抗議をやめた。役員の権威ってすごいと感心する一方で、その人がなぜ佐奈を推薦したのか謎が残る。

首を傾げていると、エレベーターの扉が開いた。奥に女性社員が一人いたので、佐奈は会釈してから乗り込む。

「あれっ、もしかして小泉佐奈さん？」

名前を呼ばれてそちらを向くと、その人はにこっと笑いかけてきた。親しげだが、顔に見覚えがない。

「すみません、あの……失礼ですが、どちら様でしょうか」

「ああ、ごめんごめん。こっちのことは知らないよね」

ショートレイヤーの髪、ポロシャツにデニムというボーイッシュな女性だ。くるっとした大きな目が美しい。

「初めまして。私、文芸書籍部第二課の椎名瞳です」

「文芸書籍部の、編集さん?」

椎名は頷き、胸ポケットにつけた社員証を示す。確かに、文芸書籍部の編集者とあった。

「ウチに入るはずだった小泉さんでしょ? 後輩が仲間になるっていうから、楽しみにしてたんだけどなあ」

「後輩……といいますと?」

彼女曰く、佐奈と同じ大学の文学部出身で、三崎山書店に入社したのは二年前なのだという。

「ゼミは違うけど、小泉さんの顔と名前は知ってたんだー」

「そ、それはまたどうして」

「書評集に写真が載ってたもん」

大学時代、佐奈は文学研究会に所属していた。書評集というのは研究会発行の季刊誌である。佐奈はシティロマンスシリーズの書評を連載していた。

「えっ、あれをお読みになられたのですか。うわあ……お恥ずかしいです」

「何で? よく書けてたよ。だから、ウチに入ったらバリバリ活躍するだろうなって、編集部一同期待してたんだけど」

佐奈が返事をできずにいると、エレベーターが一階に着いた。椎名も帰るところだそうで、駅まで一緒に歩くことになった。

その道すがら、佐奈はショックなことを知る。

椎名が在籍する文芸書籍部第二課はシティロマンスシリーズを担当している部署。そして、佐奈もその一員になる予定だったという。今朝からショックの連続だが、とどめを刺された気分だ。

「そんな……そんなことって……」

よろめく佐奈に、椎名は同情の目を向けてくる。

「初出勤の日に配置換え。しかも、よりによって行き先はヴェリテ編集部かあ。あそこは編集長が強烈だよね」

分かってくれますか――と、佐奈は泣きそうな顔で彼女を見返す。

「知ってる？　編集長の幸村さんって、元ファッションモデルなんだよ」

「そうなんですか？」

「社内に限らず業界では有名な話でね。元モデルなだけあって幸村さんは、あのとおりスタイリッシュなイケメンで、その上仕事ができるから女子にモテモテ。でも、噂では……」

椎名は真顔になり、急に声を潜めた。

「王子様みたいな外見に似合わず仕事の鬼で、自分だけでなく他人にも厳しく、性格はドSだとか」

「ひえぇえ」

幸村の鋭い目つきを思い出し、佐奈はぶるぶる震える。

「そこへいくと、うちの相馬さんは理想的な上司だね。全然お洒落じゃなくて地味だけど、そこそこイケメンで性格は穏やか。仕事は完璧にできて、それでいて威張ったりしないんだよ」

相馬というのは椎名の上司で、文芸書籍部第二課の編集長だという。自慢げに話す椎名が、佐奈は心底羨ましかった。

「そうそう、幸村さんと相馬さんは同い年の二十九歳で、同期入社らしいの。どちらも仕事で実績を上げていて、ライバル関係なんだって」

「二十代で編集長……タイプは違えど、お二人とも有能な方なのですね」

同じ有能な上司なら、相馬の部下になりたかった。お洒落でドSな王子様が上司なんて、ついていける自信がない。

しゅんとする佐奈の背中を、椎名が励ますようにぽんぽんと叩く。

「まあまあ、そう落ち込まないで。幸村さんのもとで修業すれば、編集者としてすぐに一人前になれるよ。頑張れ、新人！」

「あ、あう……ありがとうございます」

　幸村編集長のもとで働くのは、仕事ではなく修業なんですね。

　先輩に明るく応援されても、佐奈の気分は沈む一方だった。


「ただいまー、クロ。疲れたあー」

　アパートの部屋に辿り着くと、佐奈は帰宅中に買った夕食が入った袋を床に投げ出す。

　そして、ベッドにばったりと倒れ込んだ。嵐のような一日を過ごした主人をよそに、クロが水槽の中でゆったりと泳いでいる。

　自分の巣に帰ってきた安心感からか、佐奈は一気に緊張が解けて、そのまま短い眠りに落ちた。

　目を覚ましたのは一時間後。むくりと起き上がると、お腹がぐうと鳴る。

「とりあえずご飯を食べよう。お風呂は後でいいや」

　エコバッグから、梅干しのおにぎり三個と納豆巻き二本を取り出し、小さなテーブルに置く。ペットボトルの麦茶を開けて、遅い夕食を始めた。

　炭水化物が大好きな佐奈は、肉や野菜をあまり食べようとしない。実家では母親が食生活に気配りしてくれたが、一人暮らしを始めてからは栄養が偏り（かたよ）がちだ。

　健康に悪いとは思うが、さほど深刻には考えない。もともと頑丈で体力に自信があるし、ビタミン不足で肌荒れしても、美容に関心がないので平気だった。

「ふうっ、いっぱい食べちゃった」

麦茶を飲み干すと、膨らんだお腹をさする。おにぎりも納豆巻きも、テレビニュースをぼんやり眺めるうちに食べ終わっていた。気がつけば明日の朝食用に買ったメロンパンまで平らげている。

ストレスのせいで食べすぎたかなと苦笑しながら、テーブルに広げたごみを手早く片付けた。

「さてと……」

お腹がいっぱいになったところで、今後について考え始める。

文芸書籍部ではなく雑誌編集部に配属されたのは、どうしようもない現実だ。

そして佐奈は明日から、仕事の鬼でドSと言われる幸村編集長のもとで働く。いや、修業するのである。ファッション雑誌ヴェリテ編集部の一員として。

「この格好じゃダメだって言われたっけ」

黒いリクルートスーツを見下ろし、幸村の言葉を思い出した。

「まずは手持ちの服でいいんだよね」

のっそりと立ち上がり、部屋の隅に置いた衣装ケースの前に移動する。中にはブラウス、セーター、綿パンツなどが入っており、色はすべて黒。

「全身黒だと落ち着くんだけど……さすがにまずいかな。いや、でも、モード系とかいう黒を基調にしたファッションがあったような。うん、その線で通せば大丈夫でしょ」

聞きかじったことがあるだけの曖昧な知識を思い出し、よしよしと方向性を決める。

ブラウスの上にカーディガンを羽織り、動きやすいズボンを穿くことにした。スーツと違ってカジュアルな格好なので、喪服と言われることはないだろう。

洋服の次はバッグだ。社名入りのビニールバッグはやめて、いつも使っているトートバッグにする。かばんなんて何でもいいのに、とこぼしながら荷物を詰め替えた。

明日の用意ができると、お風呂に入り、寝る準備をしてベッドに潜る。

明かりを消した天井を見ていると、幸村の端麗な顔が頭の中に浮かんできた。元モデルで、お洒落で、華やかな男性。そんな人にビシバシ怒られる日々が続くかと思うと、涙が出そうになる。

「どうして私がこんな目に……」

唇を噛み、独り言を引っ込めた。せっかく就職できたのに、文句を言ったら罰が当たる。望まぬ職場だろうと嫌な上司だろうと、社会人なら我慢しなくては。

自分に言い聞かせると、あきらめたように瞼を下ろした。

「どういうつもりだ」

「え……と。どういうつもりと言われますと？」

翌日の午前九時三十分。他の部員はまだ出勤しておらず、オフィスには佐奈と幸村の二人きり。

美形の編集長は、彼のデスクの前に立つ佐奈をじろりと睨み上げた。

もしかして彼は、怒っているのだろうか。佐奈はおどおどしながら、その理由を懸命に探す。

今朝は早めに出勤して、デスクの上を拭いたり、お茶の用意をしたり、新人としての仕事をきちんとこなした。幸村がオフィスに現われたのはついさっきである。「おはようございます」と挨拶もした。なぜ睨まれるのか分からず、佐奈は立ちすくむ。

「俺の話を聞いていなかったのか」

「はい？」

きょとんとする佐奈に、幸村は呆れたように言う。

「どうして今日も、全身真っ黒なんだ」

「……あ」

そこでようやく佐奈は分かった。幸村が怒る理由が、この服装にあるということを。

黒いスーツがいけないのだと思っていたが、全身を黒でまとめていることがまずかったらしい。でも、真っ黒を否定されては、着るものがなくなってしまう。だって、黒以外の服は持っていないのだ。佐奈は用意しておいた言いわけで、この場を凌ぐことにする。

「すっ、すみません。でも、これが普段の服装なんです。モード系、みたいな?」

幸村の片眉がぴんと上がる。上手い言いわけをしたつもりが、彼の気に障ったようだ。不穏な空気が漂い、オフィスが暗雲に覆われていく気配を察する。

「モード系、だと?」

「あああ、あのっ……はいっ。たぶん……そうだと、思うのですが」

鬼編集長はゆっくりと立ち上がり、しどろもどろの新人を見据える。元モデルだけあって彼は背が高く、一六〇センチ以下の佐奈からすれば、恐怖の巨人だ。

潰される——と、本能が警鐘を鳴らす。

「おはようございまーす」

その時、他の社員達が出勤してきた。助かった。巨人に慣れた先輩方が、上手くなだめてくれるだろう。佐奈は期待するが、暗雲に気づいた彼女らはそそくさと自席に散ってしまう。

辻本だけがかろうじて残り、そっと見守っている。

「何がモード系だ!! モードというのは、時代をリードする最先端のファッションを指すんだ!」

特大の雷が落ち、全身がびりびりと痺れた。佐奈は恐怖を通り過ぎ、もはやあの世に送られた気分である。さっきまで巨人だと思っていた彼が、今度は閻魔様になった。こうなったらもう、閻魔様の裁きを大人しく受けるしかない。

幸村はデスクを回り込み、佐奈の正面に立った。佐奈の格好を上から下まで検分している。

「真っ黒というのもあれだが、デザインがえらく古めかしいな。いつ、どこで買った服だ？」

「ええと、このブラウスは大学一年の冬に、フリーマーケットで購入しました。カーディガンは確か……まだ最近だったような。そうだ、近所の洋品店で閉店セールをやっていて、七割引きで買ったものです。それからズボンは……」

「ああ、分かった。もういい」

佐奈の言葉を、幸村は遮ってため息をつく。怒るというより呆れているようだ。

「腰回りを膨らませただけのサルエルもどき。一昔前の量販店でよく見かけたな。サイズが合っていないし、生地が随分くたびれている……。何年も着ているか、誰かのお下がりかだろう」

「ああっ、そうです。従姉がくれたものです」

幸村の推理に佐奈は驚愕した。洋服の型や状態からそんなにいろいろ分かるなんてすごい。サルエルとは何か知らないが——さすがファッションに精通するプロだと感心する。

「要するに、小泉は着るものに興味がなく、流行に無頓着でセンスもゼロ。洋服に投資せず、あるものを着ればいいという考え方だ。俺には理解不能な感性の持ち主だと、よく分かったよ」

幸村は佐奈についてあらためて認識し、失望を深めたようだ。ファッション雑誌編集者として、これほど不適格な人間がいるだろうか、と考えているに違いない。

「質問を変えよう。なぜ他の色の服を着ない。黒にこだわるのはどうしてだ」

「黒なら目立たないと思いまして」

佐奈は自分に魅力がないのを知っている。だから、なるべくひっそりと生活したい。目立たないための色を選んだ結果、黒に落ち着いたのだ。

「はあ?」

「それに、黒は誰にでも似合う無難な色ですし」

「小泉、お前……」

幸村の目がカッと光ると同時に、佐奈は顎をすくわれる。どアップで睨まれて身動きがとれない。美しすぎて、まぶしすぎて、目を開けているのがやっとだった。

「ああ、あのっ……すみません。私、お気に障ることを言いましたでしょうか」

「情けない、何という後ろ向きな思考だ。ここまでネガティブかつセンスゼロの新人がヴェリテの一員になるなど、許せん」

「わ、私もそう思います。やっぱり人事部長に相談を」

「いいや、逃げるのは許さん。お前も俺もな」

いつの間にか、先輩部員が周りに集まっていた。流行の服を着こなす彼女達は、街中でも目立つ存在だろう。佐奈は一生かかっても、あんな風になれない。

「でも、私はこんなだし……自信が持てません」

「昨日、腹をくくれと言ったはずだ」

幸村は顔を離すと、佐奈を支えてまっすぐに立たせた。その力強さに、佐奈はドキッとする。男性に支えられることなど、かつて経験のない触れ合いである。

「誰だって初めは苦労する。後ろ向きなところがある小泉の場合、人の二倍三倍の努力が必要だろうが、やってやれないことはない。最初からあきらめるな」

「は、はいっ……」

幸村は外見に似合わず中身は体育会系らしい。運動部の先輩が、意気地なしの後輩を叱咤激励するといったノリである。そこには不思議な説得力があった。

「まずは仕事を覚えること。ファッションセンスは……そのうち周りに影響されるだろう」

ぽんと背中を押された。よろよろと前に出る佐奈を、辻本と先輩達が取り囲む。

「というわけで、これから遠慮なくしごくわよ」

「この仕事、実は体力勝負だから。根性出して頑張ってね、小泉さん」

「よ、よろしくお願いします！」

幸村の言うとおり、こうなったらもう腹をくくるしかない。ファッションセンスはどうしようもないのでさておくとして、せめて仕事を頑張ろうと決めた。

社員食堂の一角で、佐奈は教育係の辻本と向き合っている。本日のランチセットを食べたあと、月刊ヴェリテの概要と、雑誌ができるまでの細かな流れについて講義を受けた。

ヴェリテは二十代の働く女性をターゲットにしたファッション雑誌である。コンセプトは成長と充実。日常生活を彩る（いろど）カジュアル&フェミニンなスタイルを提案している。

「バッグや靴、アクセサリーや香水など、洋服以外のラインナップも充実してる。それぞれのページに担当者がついて、記事を作っているの」

「なるほど、なるほど」

熱心にメモを取る佐奈に、辻本は少し困ったように笑う。

「せっかくのお昼休みなのに、仕事の話ばかりじゃつまんないでしょ」

「いえ、早く仕事を覚えたいので、いろいろ教えていただけるのはありがたいです。あっ、もしも辻本さんがご迷惑でしたら……」

「ううん、私は構わないけど、あなたが疲れてしまわないか心配なの。真面目な新人さんほど、燃料切れに気づかなくて、潰れてしまうことが多いのよ」

先輩社員の、経験をもとにした話である。佐奈は納得して、ペンと手帳をテーブルに置いた。

「すみません。つい焦ってしまって」

辻本は微笑むと、席を立ってカフェカウンターへ行き、二人分のコーヒーを手に戻ってきた。驚いた佐奈は財布を出そうとするが、彼女は受け取らない。

「いいの、いいの。今日は特別におごってあげる」

「あっ、ありがとうございます」

コーヒーは温かくて美味しかった。気持ちが落ち着いて、さっきよりも視界が広がった気がする。

「……いろんな部署の人がいますね」

佐奈はコーヒーを飲みつつ、あらためて周りを眺めた。百席ほどの食堂は、多くの社員で賑わっている。

「そうね。でも雑誌編集者はあまりいないよ。午後から出てくる人もいるし、ここを利用する人は少ないかな。それに、忙しい時はゆっくり食べていられないし」

ヴェリテ編集部は毎月、企画、取材、撮影、原稿作成、印刷所への入稿といった作業を繰り返し、雑誌を作っている。幸村編集長のもと、各編集者が記事を上げていくのだという。

「まずは企画を練り、ページ構成を考え、撮影の日程など計画を立てる。それから、カメラマンやモデルの手配、ロケ用の弁当の用意など、細かな仕事もやるの。締め切りがあるので、のんびりしていられない。それに毎月のことだから、記事を仕上げる合間にも、次号の企画を立てたり、班ごとにミーティングしたりする」

ヴェリテだけでなく他の雑誌編集部も、夜遅くまで仕事をする社員が多いらしい。中でも、最終的な締め切りである『校了日』近くは、どの編集部も修羅場だという。泊まり込むこともあると、幸村は言っていた。

（雑誌の編集者って、大変なんだなあ）

カップを持つ手が小さく震えた。その修羅場を、これから自分も経験するのだ。想像しただけで怖気づいてしまう。

それからも作業について教えてもらい、区切りのいいところで辻本は切り上げた。

「それじゃ、私は写真部に寄ってから編集部に戻るわ。あなたはちゃんと休憩しなさいね」

辻本が先に行ってしまい、佐奈は何となく居心地が悪くなる。ゆっくり休憩などできず、コーヒーを急いで飲み干して席を立った。

「あっ、小泉さんだ」

明るい声で呼ばれ、そちらを向くと文芸書籍部の椎名がいた。彼女も食事を終えたようで、返却口に食器を戻している。

「調子はどう？　といっても、まだ二日目か」

あははと笑い、佐奈の肩をぽんぽんと叩く椎名。気さくな先輩に出会い、少し気が楽になった。

「そうだ、編集長に紹介するよ。こっちこっち」

「え、あの、ちょっと待っ……」

強引に連れて行かれた窓際の席に、一人の男性が座っていた。文庫本を片手に、食後のコーヒーを飲んでいる。

「お寛ぎのところ失礼します。相馬さん、こちらヴェリテ編集部の小泉さんです」

「うん？」

その人は椎名の横にいる佐奈に気づくと、文庫本を閉じて立ち上がり、爽やかに微笑んだ。

「ああ、君がうちに配属される予定だった新人さんか」

「は、はいっ。小泉佐奈と申します」

慌てて頭を下げた。相馬というのは、椎名の上司の名前である。ということは、シティロマンスの編集長だ。

「君のことは椎名君からよく聞いています。入社早々大変だったね」

「え、ええ、その……恐縮です」

おどおどと顔を上げ、相馬と目を合わせて、佐奈はハッとする。しかし実際に見る相馬編集長は、椎名は彼のことを、そこそこイケメンと表現した。

服装は派手ではないものの、凛々しい顔立ちの美形だ。

「文芸書籍部の相馬智紀といいます。どうぞよろしく」

「よっ、よろしくお願いいいた……いたしまっ」

緊張のあまり噛んでしまった。笑おうとしても上手くいかず、頬が引きつる。ただでさえみっともない容姿なのに、不気味なやつだと思われてしまう。彼はきっと、さっさと立ち去るだろう。佐奈はそんなネガティブ思考に陥った。

しかし相馬はその場に留まり、微笑ましそうに佐奈を見つめている。佐奈は不思議に思いながら、だんだん冷静になっていく自分に気づいた。

相馬は知的で落ち着いた魅力を持つ紳士なのだろう。同じ編集長でも、幸村とは物腰や口調がまったく違う。

椎名の言うとおり、まさに理想の上司である。

(それに比べて、あの人は……)

幸村の恐ろしい顔が目に浮かぶ。何かと睨んでくるし、大きな声で怒るし、威圧的だし。もともと苦手なタイプなのに、仕事の鬼でドSだなんて最悪のコンボである。探せばいいところがあるのだろうが、今はまだまったく見えてこない。

相馬編集長が上司だったらなあと、虚しい望みを胸で繰り返した。

「小泉さんはシティロマンスシリーズの愛読者だと聞いたよ。今は忙しいだろうが、余裕ができたら編集部に遊びにおいで。新作の感想を聞かせてくれるとありがたいな」

「えっ、いいのですか？」

「もちろんだよ。いつでも気兼ねなく来てくれて構わないからね」

思わぬ誘いを受けて、佐奈は舞い上がる。憧れのレーベルの編集者とお話ができるなんて夢のようだ。

「はいっ、ぜひおじゃまさせてください。嬉しいです」

一読者として幸せを感じる。頷く相馬に、今度は自然に笑うことができた。

「相馬さん、他部署の人を誘うなんて珍しいですね」

「ん？」

椎名が不思議そうに覗き込むと、相馬はなぜか、照れたように視線を外した。

「そりゃ、ファンだと聞けばお招きするさ。別に深い意味はないよ」

「ふうーん、そういうものですか……と、喋ってたらこんな時間だ。小泉さん、やばくない？」

椎名に言われて腕時計を見ると、休憩時間が終わる直前だ。佐奈は青ざめ、忙しなく挨拶すると、社員食堂を飛び出した。遅刻したら、鬼編集長にどやされてしまう。

（相馬編集長か……優しい人だった。幸村編集長とライバル関係だって話だけど……）

タイプの違う二人なのに、どうしてそんなに意識するんだろう。ふと考えるが、休憩時間の終わりを告げる腕時計のアラーム音に驚き、疑問を抱いたことすら頭から吹き飛んでしまった。

――忙しなく日々が過ぎ、五月の中頃。終業時刻直前に、突然幸村に声をかけられた。

「小泉、ちょっと来い」

「は、はいっ」

幸村のデスクに向かった佐奈にひょいと渡されたのは、ミシン目のついた給料明細書だった。

佐奈はホッと息をつく。また怒られるのかと、ビクついてしまった。仕事のことで頭がいっぱいで、今日が給料日だということをすっかり忘れていた。

「小泉が入社して一か月半が過ぎたってことか。どうだ、少しは慣れたか」

幸村は赤と青の二色ペンを指でくるくる回しながら話しかけてくる。いつになくご機嫌だ。

オフィスに残る部員達も、のんびりとした顔でこちらを眺めている。校了したばかりなので、皆余裕があるのだろう。

「少し慣れてきたと思います。仕事は……たくさん失敗しておりますが」

現状を正直に告げると、幸村は苦笑した。

「まあ、そうだな。失敗の内容も、かなり特殊というか、小泉ならではというか……」

佐奈がやらかしたミスの数々を、幸村はすべて把握している。ファッションセンスゼロの新人とはいえ、とんちんかんな失敗ばかりだった。

「『バケツ』とは何を意味するか、今なら分かるな?」

佐奈は赤面しながら「はい」と答える。

忘れもしない、あれは入社五日目の午後――辻本が担当するモデル撮影が、社内スタジオで行(おこな)われ、佐奈も準備を手伝った。緊張感に満ちた撮影現場。スタイリストの楢崎(ならさき)はスタッフに厳しく、たとえ新人でもミスは許さないと先輩達が噂していた。

その楢崎から『銀のバケツを用意して!』と指示が飛んだ。ファッション雑誌の撮影になぜバケツが必要なのだろう? 佐奈は不思議に思いながらも掃除用具入れに走り、大急ぎでブリキのバケツを持って行くと……

『ちょ……違うわよ。あなた、何を考えてるの!』

いきなり怒られ、おろおろしていると辻本が飛んできた。彼女が楢崎に渡したのは、広口で、すとんとした形の銀のバッグ。バケツとは、バケツ型バッグのことだったのだ。

『掃除用のブリキのバケツって、いくら何でもあなた、そんな勘違い……』

楢崎は噴き出し、スタジオは笑いに包まれる。佐奈は真っ赤になり、ひたすら謝ったのだった。

――当時を思い出し、佐奈はまた恥ずかしくなる。

「ヴェリテの編集部員なら、ファッション用語の習得は必須だ。肝に銘じておけ」

「はい」

しゅんとして答えると、幸村は語調を緩めた。

「確かにお前は失敗続きだが、同じミスは繰り返さない。努力の証拠だ」

佐奈は目を瞬かせる。それは意外な評価だった。

ファッション雑誌編集部という未知の世界で、佐奈は一生懸命働いている。幸村に言われたとおり、まずは仕事を覚えることに集中した。辻本をはじめ他の部員もビシバシと鍛えてくれる。失敗しつつも、雑誌作りの流れがだんだん分かってきたところだ。

そして、鬼編集長がただの鬼ではないことも。

彼は部下のことをよく観察し、的確な指導をしている。言葉や態度が厳しいのは、相手のためを考えてのことだろう。はじめはとにかく怖い人だと思ったが、今はそんな風に感じられる。

だけど、佐奈にとって恐ろしい存在であることは変わらない。毎日怒られているし、自分には特に厳しい気がする。だから、名前を呼ばれただけでも、つい畏縮してしまうのだ。

「そうそう、お前に渡そうと思ってたんだ」

幸村はデスクの引き出しからファイルを取り出し、佐奈に渡す。ファイルには、クリップで留めたコピー用紙が挟まっている。

「これは？」

「今のお前に必要な資料だ。参考にするといい」

何だろうと中身を確認し、佐奈は驚きの声を漏らす。

「えっ……」

赤インクで綴られた、達筆な手書きの文字に目をみはる。これは幸村の筆跡だ。仕事で注意すべき点が箇条書きで並んでいる。しかもそれらは、研修用の資料などと違い、佐奈に対するアドバイスだった。

企画から校了まで、仕事の流れに沿って、佐奈に足りない部分を指摘している。つまり、佐奈のために、幸村がわざわざ資料を作ってくれたのだ。ボールペンで書かれたアドバイスは、五枚にわたっている。

（ううっ……ダメ出しがびっしり。編集長、よく見てるんだな……）

冷汗を垂らしながら一枚ずつめくり、最後の数行が青インクで書かれていることに気づく。

その文字を目で追い、佐奈は息を呑んだ。

同じミスは繰り返さない。記憶力に優れている。先輩の話を素直に聞く——など、良い点が評価されている。赤インクよりはるかに少ないが、佐奈は微かな感動を覚えた。

編集長は佐奈のことを見てくれているのだ。そして、悪いところはもちろん、いいところも認めてくれている。

「あ、ありがとうございます。編集長、私のためにわざわざ作ってくださり……」

「暇を見つけてメモしただけだ。大したことじゃない。それに、お前にだけでなく、新人が入るたびに同じことをしている」

彼はこともなげに言い、二色ペンをカチカチとノックした。

「それより、赤と青の比率を早く逆転させてくれよ。今のままじゃ困るぞ」

「はい、編集長」

この人は、怒ってばかりの上司ではない。佐奈が一人前になるために厳しく指導し、頑張れば正当な評価をしてくれるのだ。

機嫌のいい幸村の顔を、佐奈はまっすぐに見つめた。

「それで、どうなんだ？　小泉」

「えっ？」

何を訊かれているのか分からず戸惑っていると、幸村はペンの先で佐奈の給料明細書を指した。

「お前は、失敗しながらも仕事を頑張っている。ファッションの世界に触れて、少しはお洒落をする気になっただろ。給料も出たことだし、新しい服でも買ったらどうだ」

幸村の瞳がきらりと光る。

「先月は半月分の給料だったからな。余裕がなくて服を買えなかったんじゃないか」

「あ……」

佐奈は相変わらず真っ黒スタイルだ。どうやら幸村は、経済的事情で『黒』から脱却できないのだと誤解しているようだ。そして給料が満額支払われる今月は、佐奈が服を買うと喜んでいるのだろう。

「編集長、違うんです。私は……」

「何なら、俺が見立ててやってもいいぞ」

「ええっ？　いやそんな、とんでもない。というか、服は買いませんので！」

ばたばたと手を横に振る佐奈に、幸村は表情を曇らせる。

「何だ、金が足りないのか。まさかいきなりハイブランドの服を買うつもりか？　お前の場合、まずはファストファッションで十分だろ」

「いや、そうではなくて……」

この一か月半、佐奈は仕事を頑張った。でも、それは社会人としての責任を果たすため。ファッションに目覚めたわけではないのだ。

上手く伝えられる自信はないが、たどたどしく幸村に答えた。

「その……新しい服は、買いません。私はやっぱり……このままでいいです。今風の洋服は私に似合いませんし、黒以外の色を今さら着るのも恥ずかしいので」

「何だって？」

低い声がオフィスに響き、空気がぴんと張りつめる。さっきまで和やかムードで見守っていた先輩達が、一斉に視線を逸らすのが分かった。

そして佐奈は、蛇に睨まれた蛙状態。頭のてっぺんから足の先まで、脂汗がじっとりと滲んだ。

何とか切り抜けなければ——佐奈は言いわけを考えるが、すぐにあきらめた。

幸村に、その場しのぎのごまかしは通用しない。

（どうせ怒られるなら、正直な気持ちを話そう。私は地味に生きるのが似合う喪女で、それは昔から変わらない事実。一生懸命説明すれば、編集長も分かってくれる……はず）

鬼の形相の幸村に、佐奈は勇気を出して本音を語った。

「えっと、その……この一か月半、こちらで働いてみて分かったのです。私みたいなタイプは、華やかな世界における、縁の下の力持ちが相応(ふさわ)しいなあと。いやむしろ、それが私らしさだと実感しています。だから、お洒落(しゃれ)しても意味がないですし、裏方らしく、服装はこのままでいいのではないかと思う次第で……」

　コトリと、幸村の手からペンが落ちた。時が止まったかのように、彼は瞬(まばた)きすらしない。

「……あのう、急用を思い出したので、お先に失礼しまーす」

「私も、お先に帰らせていただきますぅ」

　部員が次々と席を立ち、オフィスを出て行く。いや、脱出するという勢いだ。がらんとした空間に残されたのは、幸村と佐奈、そして辻本のみ。辻本の顔は、絶望の色に染まっている。

「あ、あれ？　皆さん、どうして……ヒッ」

　いつの間にか幸村がデスクを回り込み、佐奈の前に立ちはだかっていた。

「小泉」

「ははっ、はい！」

「お洒落(しゃれ)しても意味がない、だと？」

　佐奈の正直な気持ちは、彼に理解されなかった。むしろ逆鱗(げきりん)に触れてしまったようだ。怒りのオーラを恐れてか、辻本が怯(おび)えた様子で、パーティションの陰に隠れた。

「ああ、あのっ、違います。それはつまり、私の場合はってことで……」

「黙れ」

迫る幸村、追いつめられる佐奈。この関係は、入社当時とまったく変わらない。要するに、お前はやっぱり、一つも成長できていない！　と、彼は責めているのだ。

「救いようのない負け犬根性と、ネガティブな思考。根本(こんぽん)から叩き直す必要がありそうだ」

「ひいい！」

サディスティックな目つきが本気で怖い。佐奈は、もう悪あがきせず、ドS上司の怒りが静まるまで謝り倒そうと思った。何を言っても裏目に出てしまうのだから。

「黒以外の服を着るのが恥ずかしい？　まったくの逆だ。お前が黒を着るなど百万年早いわ！」

「すみませんっ」

「もういい。こうなったら俺が変身させてやる」

「はいっ、すみませ……」

頭を下げようとして、佐奈は固まる。

（今、妙なことを聞いたような？）

恐る恐る顔を上げると、幸村のやる気に満ちた姿があった。怒りとは別のオーラが彼を包んでいる。

「タイトルは『お洒落(しゃれ)初心者の変身プロジェクト～新入社員Aの場合～』ってところか。

この俺が立ち上げる久しぶりの企画だ。その主役に据えてやるんだから、ありがたく思えよ」

「え……ええっ？」

企画？　主役？　何のことだろうとしばし考え、ぎょっと目を剥く。

「主役って、わっ、私がですか？」

「お洒落初心者の新入社員A。他に誰がいる？」

「ううっ、そんな……」

「幸村さん！」

パーティションの陰から、辻本が飛び出してきた。彼女は佐奈に寄り添い、信じられないという表情で幸村と向き合う。

絶体絶命のピンチに、心強い味方が現れた。横暴な上司を、先輩がいさめてくれるのだろう。

「本気ですか、幸村さん。企画を立ち上げるって」

「ああ、本気だ」

辻本は絶句し、わなわなと震え始めた。その反応を見て、佐奈は涙が出そうなほど感激する。

ああ、この人は私の代わりにここまで憤慨してくれるのだ。だけど、鬼編集長に逆らって、彼女の立場が悪くなっては困る。佐奈は自力で何とかしようとするが……

「ついにやってくれるのですね！　編集部にとって素晴らしい刺激になるわ」

いつも冷静な辻本の、弾けた声がフロアに反響する。

佐奈は目をぱちくりとさせた。辻本の発言が予想外すぎて、理解できない。

そんな佐奈をよそに、幸村と辻本は嬉々として話を進める。

「やるとなったら、徹底的にやる。辻本さんも、俺が編集長だからといって特別扱いしないでくれよ。つまらない記事だと感じたら、遠慮なく突き返してくれ」

「もちろんです。数々の企画をヒットさせた伝説の編集者、幸村仁。かつてヴェリテの売り上げを二倍に押し上げたその腕前、しかと見せていただきますね。ああ、楽しみだわ」

佐奈は一人おろおろした。

「あの、ちょっとお待ちください。一つ確認なのですが、その企画の主役というのはやはり……」

おずおずと割って入る佐奈に、二人は生き生きとした目を向ける。

「小泉佐奈、お前だよ。分かりきったことを訊くな」

「小泉さん、頑張ろうね。幸村さんの企画で、あなたも大きく成長できるはずよ」

なぜこんなことになってしまったのか。絶体絶命のピンチから救ってくれるはずの先輩が、幸村と手を取り合っている。つまり佐奈は孤立無援。経験値ゼロの新米が、職場のツートップに打ち勝つことができるだろうか——否、できるわけがない。

「よし。そうと決まれば、さっそく企画書の作成だ。小泉、椅子を持ってこっちに来い」

「ええっ、今からやるのですか？」

「何だ、用事でもあるのか」

「そういうわけでは……」

「安心しろ、飯は出前を取ってやるから」

　夕食つきの残業となると、帰りは何時になるのか分からない。今夜は早く帰宅して、ゆっくり休むつもりだったのに。

「私もあと一時間ほどなら、お手伝いできます。あ、コーヒーを淹れますね」

　辻本はウキウキした様子で、コーヒーマシンを操作する。佐奈は椅子を抱えて幸村のデスク横に移動してから、とんでもないことに気づく。

（辻本さんが、あと一時間で退社する……じゃあ、その後は）

　鬼でドSな編集長と、今夜は二人きりで残業しなければならない。というより、彼が立ち上げた企画は佐奈が主役なのだ。

　つまり今夜どころか、これから先はタッグを組んで仕事をするということで——

「どうした、早く座れ」

「うう……よろしくお願いします」

力なく返事する佐奈の心情を知ってか知らずか、幸村は張りきってデスクに向かう。入社一か月半の新人に、とんでもない展開が待っていた。しかしこれは仕事であり、逃げ出すことは不可能。佐奈はうつろな目で、幸村がノートに書き込む企画書のタイトルを追った。

『お洒落初心者の変身プロジェクト～新入社員Aの場合～』

文芸書籍部に配属されていれば、こんなことにはならなかっただろう。

あらためて人事を呪う佐奈だった。

「よし、草案はこんなところだな。今夜はこの辺にしておくか」

幸村は企画書をクリップで留めると、引き出しに仕舞った。佐奈はデスクに散らばるアイディアメモを片付けながら時計を見る。この時間なら終電に間に合いそうだ。

「この企画で、小泉のすべてを大改革する。仕事をばりばりこなし、それでいて自分磨きを怠らず、常に華やかな空気を纏う編集者になるんだ」

すっかりその気の幸村だが、佐奈はどうしても乗れない。いやむしろ、ますます尻込みしている。

「そ、それはちょっと、ハードルが高すぎるような……っていうか、私がモデルになって雑誌に載るなんて無茶ですよ。世間様にこの身を晒されたら、恥ずかしくて街を歩けなくなります」

「俺はな、許せないんだよ。やればできるのに、ネガティブ思考で自分の可能性を潰すやつが」

やればできる――と、幸村は言いきった。今の発言は、この人の本心だろうか。

「何だ。意見があるなら聞くぞ」

「いえ、その。やればできると仰いましたが、私にもそんな可能性があるのかな、と思いまして」

首を傾げる佐奈に、幸村は息をついた。

「逆に訊くが、なぜ可能性がないと思うんだ」

「それは……」

こんなことを言えば、また怒られてしまう。だけど、根本的な疑問は解決しておきたい。

「私は生まれつき地味で、容姿もぱっとせず、スタイルも悪いです。素材がダメな人間に、どんな可能性があるのでしょうか」

幸村のように背が高くてイケメンで、華やかなオーラを纏う人には分からない現実だ。

彼は一体、どう答えるのだろう。『このネガティブ思考』と怒られて終わりかもしれない。

「小泉。お前もしかして、思春期に強烈なコンプレックスでもできたか」

全身がビクッと震える。それを返事と受け取ったのか、幸村は納得の表情を浮かべた。

「なるほど。感受性の強い年頃に、相当なことがあって、それを引きずっているわけだな」

ああ、馬鹿にされる。コンプレックスなど無縁の幸村に、この惨めさが分かるものか。

大人になっても黒歴史から抜けきれない、真っ黒な気持ちなんて……

「だからこそだ、小泉。お前は変身できる。その可能性がたっぷり残されてるってことだよ」

「……はい？」

目を上げると、幸村の顔が近い。彼の双眸は、佐奈の前髪を焦がさんばかりに燃えている。

「あああ、あのう……編集長？」

「よし、閃いたぞ。企画のコンセプトはメタモルフォーゼ。ほら例えば、甲殻類の幼生のように古い殻を脱ぎ捨てて成長するってことだ」

「甲殻類……蟹とか、海老のようにですか？」

「そうだ。ネガティブなお前が、強く美しい女に変身する。この俺の手腕で！」

意気込む幸村を前に、佐奈は置いてきぼりの状態だ。根本的な疑問が、まだ解決していない。

「でも編集長、素材が悪いのはどうしようもありませんよ。顔のつくりとか、スタイルとか、何度脱皮しても大して変わらないような」

「いいや、変わる」

幸村は佐奈の肩をがっしりと掴み、上から下まで眺めた。真っ黒な衣服を透かし、裸を見られているような恥ずかしさを感じる。思わず身を捩るけれど、彼は逃がしてくれなかった。

「素材を磨き上げ、コンプレックスを魅力に変える。そのためには前向きな努力が必要だ」

「ま、前向きな……努力」

幸村という人は、仕事の鬼で、ドSで、とにかく強引。麗しい外見からは想像もつかないようなパワーと体育会系のノリで、部下をその気にさせる。

不思議な希望が湧いてきて、佐奈は思わず表情が緩む。そして気がつけば頷いていた。

「そうですよね。前を向いて、頑張らなくては」

「ん？　あ、ああ」

幸村はなぜか戸惑った様子になり、佐奈の肩をパッと離した。そして珍しそうに佐奈の顔を見つめている。そういえば、彼の前で自然に笑ったのは初めてだ。

「お前、笑うと案外……」

「えっ？」

よく聞こえず耳を寄せると、幸村はふいと横を向いた。

「いや、別に。仕事は終わりだ、帰ってもいいぞ」

佐奈は帰り支度を整えると、もう少し残業するという幸村に挨拶してからオフィスを出た。

駅までの歩道は明るいが、夜も遅いためか酔っぱらいもいる。佐奈は彼らをできるだけ遠巻きにして歩いた。

(編集長って、やっぱり厳しいな。でも……)

幸村は、佐奈のコンプレックスを馬鹿にしなかった。逆に、だからこそ変身できると励ましてくれた。手書きの資料といい、彼の印象が佐奈の中で少し変化している。

(それにしても、二人きりで仕事するのは緊張する。距離が近いせいか、いつにも増してまぶしくて、さっきみたいにアップで迫られると、かなりやばい……きゃっ)

ぼんやりして、人にぶつかってしまった。

「すみません、失礼しましたっ」

「どういたしましてー。それよりお姉さん、今から帰るのー? 俺と飲みに行かない?」

慌てる佐奈の顔に、酒臭い息がかかる。ぶつかった相手は、酔っぱらいの男性だ。

「へっ? あっ、いえ……私はその……」

「暇なら付き合ってよ。ねっ、ちょっとだけ」

酔っぱらいは、抵抗する佐奈を強引に連れて行こうとする。

「ひっ……やめてください。離してください！」

「おい、俺の女に手を出すな」

突然、力強い声と共に誰かが割り込み、酔っぱらいから佐奈を引き離した。背が高く、スタイリッシュなその男性は――

「……へ、編集長？」

彼は佐奈を背中に回し、酔っぱらいと対峙する。幸村は全身から怒りのオーラを発していた。仰ぎ見る後ろ姿は大きく、いつにも増して迫力がある。

「は？　俺の女って、その地味なお姉ちゃんが、あんたの？」

「そうだ。さっさと立ち去れ」

酔っぱらいは何か言いたそうにするが、幸村の眼力に気圧されたのかあっさり退散した。その姿が見えなくなると、幸村はこちらを向く。怒りのオーラは消え、眼差しも穏やかだった。

「小泉、大丈夫か。何もされなかっただろうな」

「はい、大丈夫です。助けていただき、ありがとうございました」

胸がドキドキするのは、酔っぱらいに絡まれて怖かったから。でも、それだけじゃない。

――俺の女に手を出すな。

特別な意味などない、男を追い払うための決まり文句だ。それなのに、佐奈はときめいている。

「あのっ、なぜ編集長がここに？　残業は……」

「お前を追いかけてきたんだ」

「え……」

幸村は佐奈の肩を抱き、歩道の隅に寄せた。いきなりの密着。それに、今のセリフも意味深で、佐奈の鼓動はますます速くなる。思わず、彼から視線を外した。

「一つ、言い忘れたことがある。小泉」

「は、はい」

「今回の企画だが……こら、なぜ目を合わせない」

「ひゃっ？」

顎をすくわれ、どアップで迫られる。酔っぱらいに絡まれるより、ある意味やばい状況だ。

「いいか、今回の企画は俺とお前の二人三脚で行う。外野が何を言おうと気にするな」

佐奈はこくこくと頷くのみ。道行く人がチラ見して行くが、幸村はまったく気にしていない。

「俺は全力で企画に取り組む。お前がもっと、笑顔になれるよう」

「え、笑顔……？」

あらためて宣言する幸村に、佐奈はうろたえる。それを言うために、わざわざ追いかけてきたのだろうか。

「だからこの先、お前は俺を信じて、俺だけを見ていろ」

（ううう、まぶしい……）

佐奈はもう、限界だった。幸村の美麗などアップと、ロマンティックな発言の数々。仕事の話だと分かっていても、恋愛小説のワンシーンみたいだと思ってしまう。

「わ、分かりました。あの……だから、もう、許してください。近すぎて……」

「ん？　ああ」

幸村はやっと佐奈を解放した。ちょっと気まずそうな表情で前髪をかき上げる。

「すまない。スイッチが入ってしまった」

「そ、そうなんですね」

仕事のスイッチにしては、あまりにも情熱的だった。まるで恋愛のスイッチが入ったような――

そう考えて、佐奈は慌てて打ち消した。そんなこと、万が一にもあるわけがない。

「話は以上だ。俺は社に戻るが、気をつけて帰れよ」

「はい。あの……ありがとうございました」

酔っぱらいから助けてくれたことを、あらためて感謝する。幸村が来てくれて本当に良かった。

「いや……駅はすぐそこだが、どうも心配だな。やっぱり送って行くよ」

「え？　いえいえ、もう大丈夫です。ちゃんと前を見て歩きますので」

「遠慮するな。不安な時は、俺を頼ればいい」

「は、はい……」

またしても、恋愛小説のワンシーンのようだ。優しい微笑を浮かべるこの男性は、本物の幸村だろうか。よく分からないが、とにかく佐奈の心はときめいている。

紳士的な幸村の隣で、落ち着かない自分を持て余すのだった。

一週間後の午前中、ヴェリテ編集部員は会議用テーブルに集まり、幸村編集長はそこで、自ら立案した変身企画について報告した。

「というわけで、俺がこの企画を担当することになった。今のところ記事の掲載予定は、十一月末発売の来年一月号。本決まりになるのはもう少し先だ。一月号の校了がある十一月上旬までの約半年、編集長の任務と並行しての作業になる。だが、部内のスケジュールに影響しないよう計画的に進めるつもりだ。辻本さんには補助を頼む。他の部員はいつもどおり各々の仕事に集中してくれ」

部員らは頬を紅潮させて、幸村が作成した企画書のコピーに見入っている。

「これが伝説の編集者、幸村仁の企画書なんですね」

「素敵なコンセプトだわ。どんな記事になるのか、今から楽しみでなりません」

「私達、全力で応援します。小泉さんも頑張ってね」

(思ったとおり、誰も反対しない。それどころか、編集長の企画立ち上げに大興奮してる)

どうやら幸村という人は、編集部員にとってカリスマ的な存在のようだ。

有能だからこそ、彼は若くして編集長になった。それは佐奈にも理解できるが、伝説の編集者と呼ばれるほどの実績とはどんなものだろう。ぺーぺーの新人には想像もつかないが、きっとものすごいに違いない。佐奈はプレッシャーを感じ、うつむき加減になる。

(メタモルフォーゼ……私にできるのかな)

変化、変身、変態。古い殻を脱ぎ捨て成長するという意味で、幸村が決めたコンセプトだ。

――今回の企画は俺とお前の二人三脚で行う。外野が何を言おうと気にするな。

(編集長と二人三脚。後ろを振り向いてたら転んでしまう。前を見なくちゃ)

先日のやり取りを思い出し、佐奈はうつむくのをやめた。どういうわけか、ときめいている。

「この企画は、ヴェリテ全体のテコ入れでもある。やるぞ、小泉」

「はいっ。頑張ります!」

先輩達から拍手が起こる。プレッシャーは半端ないけれど、こうなったらやるしかない。

怖くもあり、頼もしくもあるパートナーの隣で、佐奈はドキドキする胸を押さえた。

佐奈は時々、文芸書籍部におじゃましている。昼休憩のちょっとした時間だが、大好きなシティロマンスシリーズが作られているこの場所は、まさに天国。最新作の情報を得たり、編集者の相馬や椎名と、作品について語り合うのも楽しい。

今日もひょっこり顔を出した佐奈を、二人とも歓迎してくれた。

「聞いたよ、佐奈。変身企画のモデルだって？　大変なことになったねー。あははは」

椎名は同情の言葉を口にしたが、明らかに面白がっている。

今やすっかり打ち解けて、彼女は佐奈の名前を気さくに呼び捨てにしている。

「もう、笑いごとじゃないですよ」

新入社員の変身プロジェクトは、女性社員の間でもっぱらの噂だった。社員の反応を見るのも取材の一部なので、社内ではあるていど情報公開して企画を進めるという幸村の方針が、噂になった原因だ。

目立ちたくない佐奈の気持ちをよそに情報はどんどん広まっていた。

「今日の午後から撮影が始まるんです。もう、緊張しちゃって」

「まあまあ、落ち着いて。辛くなったらウチで息抜きすればいいよ。ねえ、相馬さん」

デスクで文庫本を読んでいた相馬が、ひょいと顔を上げた。

「ああ、もちろん。疲れた時はいつでもおいで。僕で良ければ愚痴も聞くし、相談相手になるよ」

「……ありがとうございます！」

相馬の優しさに感激する。知的で穏やかな彼は、佐奈にとって癒しの存在だ。

「幸村と組んで長丁場の仕事か……確かに、大変なことになったね」

「はい。具体的なメニューはこれから決めるのですが、どうなるのか予想もつかず……」

その時、靴音が聞こえてきて、背後で止まる。そして張りのある声が飛んできた。

「小泉、お前またこんなところでサボってるのか」

突然声をかけてきたのは幸村だった。

予期せぬ人物の登場に、佐奈は反射的に椅子から飛び上がる。

「へ、編集長……なぜここに？」

幸村は文芸書籍部をじろりと見回し、奥のデスクに座る相馬に目を留めた。

「おい、相馬。ウチの新人を勝手に引き入れないでもらえるか？」

「誰かと思えば、名編集長の幸村じゃないか。噂をすれば影だな」

幸村と相馬は強い口調で言葉を交わし、バチバチと火花を散らす。二人はライバル関係だと聞いているが、相まみえるところは初めて見た。この激しい火花はただごとではない。

相馬のデスクにまっすぐに進む幸村に、その場に居合わせた者達は注目した。とりわけ女性陣の視線が、彼の姿に吸い込まれている。

「噂をすれば影？　小泉、俺の悪口でも言ってたのか」

「いいえ、まさか。めっそうもない！」

幸村は佐奈の前に立つと、顔を寄せて圧力をかけてきた。インディゴブルーのジャケットから、上品なフレグランスが香る。美しすぎる顔に迫られ、めまいがしそうだった。

「よせよ、幸村。小泉さんはそんな人じゃない。上司なら、よく分かってるはずだ」

相馬が席を立ち、近づいてくる。そして幸村と佐奈の間に割り込んだ。

「それに、サボってるとは人聞きが悪い。休憩時間にどこで何をしようと問題ないだろ」

「あのなあ、相馬君。雑誌編集部はスケジュールが前倒しになるなんてこと、日常茶飯事なんだ。いつでも動けるように、編集部員たるもの常に準備しておくものなんだよ」

セリフの後半は佐奈に向けられていた。どうやら午後の仕事が早まったらしい。

失敗したと縮こまっていると、相馬が幸村に早口で言う。

「それなら電話で呼び出せばいいのに。わざわざ迎えにくるとは、お前も案外過保護だな」

「なっ……たまたま通りかかっただけだ。小泉がここで遊んでるのは、前に聞いてたから」

「ふうん、なるほどね。可愛い部下を僕に取られるんじゃないかと、焦ってるわけだ」

「はああ？」

二人の間で、佐奈は目を丸くする。相馬の早口も意外だが、幸村がたじろぐ姿はさらに珍しい。

「相変わらず腹の立つヤローだ。行くぞ、小泉。午後の仕事が十五分前倒しになった。スタジオに直行して、すぐに打ち合わせする」

「はいっ、編集長」

相馬のおかげで、お説教されずに済んだ。感謝をこめて見上げると、彼はいたずらっぽく片目をつぶった。穏やかな笑顔は、佐奈を安心させてくれた。

幸村と一緒に文芸書籍部を出たとたん、彼はため息をつく。

「まったく、お前というやつは。よその部署に居座るんじゃない。文芸書籍部にまだ未練があるのか」

「そういうわけでは……ただ、相馬編集長や椎名さんとお話しするのが楽しくて、つい……」

正直に答えると、幸村はいかにも不快そうに顔をしかめた。

「暇さえあれば本ばかり読んでいる読書オタクと喋って何が楽しい。それにあいつの格好を見ろ。年がら年中くたびれたワイシャツに紺のチョッキ。ねずみ色のスラックスだ」

「はあ……」

確かに相馬は、着る物にそこまで気を使っていない。だけど佐奈は、そんな彼に親近感を覚える。読書オタクというのも、佐奈にとっては歓迎すべき美点だ。

「今の小泉はダサい相馬と同類だ。しかし、俺の企画でお前は生まれ変わる。センスを磨きたいなら、野暮天との付き合いはほどほどにしておくんだな」

幸村の言葉に佐奈は首を傾げる。上司が部下の人間関係に口を出すなんて、あまり普通ではないような……。相馬の『過保護』という表現も、あながち間違いではない気がしてきた。

「きゃー、幸村さんだ。こんにちはー」

「変身企画のこと、お聞きしました。楽しみにしていますね！」

廊下を歩いていると、すれ違う女性社員が幸村に声をかけていく。ちなみに、企画モデルの佐奈は眼中にないようで、完全スルーである。

「期待されていますね」

「当然だ」

エレベーターに乗り込むと、そこにも彼のファンがいて同じように声をかけてくる。幸村はにこりともせず頷くだけなのに、彼女達はとても嬉しそうだ。

ほんの数分一緒に歩いただけで、佐奈にもよーく分かった。幸村仁は正真正銘のモテ男である。

（でも、編集長は独身で恋人もいないと、先輩達が噂していた。よりどりみどりのはずなのに、何でだろう。仕事が忙しくて恋人を作る暇もないのか、それとも理想が高すぎて……）

ぼんやり考えていると、幸村がエレベーターを降りたところで立ち止まり、変な声を出した。

「うわっ」

びっくりした佐奈は慌てて彼に尋ねる。

「どっ、どうかされましたか？」

「モンスターの出現だ。お前は大人しくしてろ」

「モ、モンスター？」

幸村の背中から顔を出して前を見ると、廊下の真ん中を勢いよく進んでくる人物がいる。恰幅（かっぷく）のいい身体つきに、堂々とした態度。佐奈は「あっ」と叫びそうになった。

ビビッドピンクのスーツを纏（まと）い、色白の肌に濃い目の化粧を施（ほどこ）したあの婦人は、江藤専務。佐奈をヴェリテ編集部に推薦したという役員である。

「あらっ、まあ！　いい男がいると思ったら幸村君じゃない。お久しぶりねえ」

大きな声がエレベーターホールに反響し、佐奈はぶるっと震えた。五十代の女性とは思えないほど、迫力とパワーが漲（みなぎ）っている。それにとても派手だ。社内報の役員紹介写真でも、彼女は一際目立っていた。

「江藤専務、お久しぶりです」

重役を前にして、さすがの幸村も平身低頭。神妙な顔つきで挨拶するのを見て、佐奈も慌てて頭を下げた。

「どう、調子は」

「おかげ様で、順調に回っております」

「売り上げは微妙だけど？」

「ぐ……」

鬼の幸村を一撃で倒す江藤専務は、まさにモンスター。佐奈のようなちっぽけな存在など、簡単に踏み潰されてしまうだろう。幸村の指示どおり大人しくしていようと、佐奈は半歩下がる。

「営業の話だと、付録のおかげで何とか持ってるって感じよね。でもヴェリテはファッション雑誌なの。肝心の誌面を充実させてくれないと困るわ」

「もちろん、私も考えています。今のままでは読者が離れてしまうと……」

「そこで、彼女の出番ってわけね」

江藤は佐奈に視線を移した。

「あなたが小泉佐奈さんね。直接お会いするのは初めてだわ」

「は、初めまして。お世話になっております」

しゃちほこばって挨拶すると、江藤はぷっと噴き出した。

「うふふふ……そうね、余計なお世話をいたしました」

「ええっ？　いえ、私はそんなつもりでは」

佐奈は表面上否定したが、本当は現在、江藤のおかげで大変な毎日を送っている。彼女はそれを分かっているのだ。

「ところで、あなた知ってる？　幸村君は以前……」

「失礼ですが、専務。仕事の時間が迫っておりますので、我々はこれで」

江藤の言葉を遮るように、幸村が割って入る。

(編集長……？)

「ああ、もしかして例の企画かしら」

江藤はずんぐりとした身体を伸ばして佐奈を覗き込み、面白そうに笑う。

「今からその仕事に取りかかるってわけね。彼女と一緒に」

「ええ」

幸村は短く返事するのみだ。江藤はフッと息をつき、二人をあらためて見る。

「あなた達、いいコンビじゃない。どんな記事に仕上がるのか、楽しみにしてるわ」

それは佐奈にはからかいのように聞こえた。

「ありがとうございます。では」

幸村は一礼し、佐奈を促して廊下を進んで行く。そのスピードは速く、佐奈はこけそうになった。

「くそっ、今に見てろよ。絶対に超えてやる」

独り言を呟く幸村の横顔に、悔しさが滲んでいる。

(超えるって、江藤専務を?)

よく分からないけれど、幸村と彼女の間には、何か因縁があるようだ。

過去に何があったか知らないが、佐奈はどちらかといえば幸村の味方だ。江藤には、場違いな部署に放り込まれた恨みがあるし、幸村と佐奈を「いいコンビ」と揶揄したことに反発を覚えた。

役員の権限で社員を振り回し、遊んでいるように見える。

「企画……成功させたいな」

佐奈は小さく呟き、幸村の後ろについてスタジオに入った。

撮影の前に、変身企画のために幸村が厳選したというスタッフの紹介が行われた。

編集担当者の幸村と補助の辻本、モデルの佐奈のほか、スタイリスト、カメラマン、ヘアメイクアーティストが現場に集まっている。

「コンセプトはメタモルフォーゼ。……なるほどねえ、やりがいのある企画だわ。何しろ主役モデルが、あのバケツちゃんだもの」

幸村が指名したスタイリストは楢崎だった。彼女は例の撮影以来、佐奈のことをバケツちゃんと呼んでいる。軽い口調に悪意はないが、佐奈はちょっと恥ずかしい。

売れっ子の楢崎をはじめ、カメラマンの穂高、メイクアップアーティストの津久見も旬の人材だ。隙のない布陣から、幸村の企画にかける意気込みがひしひしと伝わってきた。

「スタジオ撮影は月に一回行います。都合が悪い場合は、早めに連絡してください。皆さんお忙しいでしょうが、どうぞよろしくお願いします」

打ち合わせが終わると、最初の撮影に入る。今日はビフォーアフターのビフォーを撮るのだと、幸村が佐奈に説明した。

「それにしても、すごいセンスよねえ」

佐奈の真っ黒スタイルを眺め回し、楢崎は苦笑を浮かべる。

「変身させるのは骨が折れそうだけど、何とかなるでしょ」

普段どおりの格好で撮影した後、楢崎のコーディネートが始まった。現時点で、どれだけ補正できるか試すのだという。

楢崎にかかれば、一気に垢抜けるだろう。現場に居合わせた誰もが、売れっ子スタイリストの仕事術を、わくわくしながら見守った。しかし……

「そんな……こんなのは初めてよ」

何を着せても、どんな色を組み合わせても、佐奈の地味なイメージは消えなかった。

「ダメです。どのシャドウもチークも、しっくりきません」

メイクを明るめにしてくれたが、なぜか華やかにならない。メイク担当の津久見は、困惑した様子でブラシを握る手を震わせた。

「ま、いっぺん撮ってみましょうよ。僕が上手いこと乗せてみせますから。表情が変われば、メイクも服も映えるんじゃないかな」

カメラマン穂高の提案に、幸村は賛同した。佐奈は穂高の指示どおり背景布の前に立つが、ポーズを取れず、直立不動になってしまう。

「小泉ちゃーん、気楽にいこうよ。笑ってー」

穂高はモデルがリラックスできるよう、様々な声かけをした。しかし佐奈の表情は一段と硬くなる。

お洒落でモテそうなカメラマンに「いいねー」「可愛いよ」などと言われても、かえって猜疑心が強まり、卑屈な顔つきになってしまうのだ。

メイクも服も映えるどころか、陰気な色に染まっていく。

結果は穂高の惨敗。彼はモニターでモデルの表情を確かめると、その場にくずおれた。死屍累々たるありさまに、さすがの幸村も慄然としている。

「一流スタッフを集めてもこれか……」

「すっ、すみません」

スタジオに漂う重い空気は、自分が原因だ。佐奈は申し訳なさと情けない気持ちでいっぱいになる。

スタッフが匙を投げたら企画は頓挫する。そうなると幸村の実績に傷がつくだろう。佐奈をモデルにしたばかりに、彼は様々なものを失ってしまうのではないか。

ネガティブ思考が止まらない。佐奈を中心に、世界が真っ黒に塗り潰されるような気がした。華やかであるべきスタジオが、まるで葬式会場みたいに暗く沈んでいく。

しかし――次の瞬間、低い笑い声が聞こえた。

「ふふっ……ふふふふ。これほど手ごわいとはね。面白いじゃないか」

ビクッとして顔を上げると、幸村が佐奈を見下ろし、不敵に笑っている。

佐奈は狼狽するが、よく見ると彼の瞳はきらきらと輝いていた。

「あ……あの、編集長？」

幸村はいきなり佐奈の顎をすくい、顔を近づけてきた。

「あわわ……どアップはやめてくだ……さい」

「この仕事、一筋縄ではいかないようだ。俄然、やる気が湧いてきたぞ」

「は……はいい？」

気を失う寸前にどアップから解放された。胸が早鐘を打っている。

「チームの皆さん、ご覧のとおりです。彼女というモデルはかなりの未熟者です。このままでは、流行の服もメイクも意味をなさないでしょう」

スタッフ全員が同意した。佐奈は沈黙し、これからのことをすべて幸村に委ねる。

「真の意味で変身できるよう、素材の改革を徹底的に行います。長い目で見守ってもらえますか」

「他でもない幸村さんの企画だもの、最後までお付き合いするわ。それに、私達もプロなんだから。上手くいかないことをモデルのせいにして、逃げたくないし」

楢崎が受け入れると、皆も同意した。佐奈はホッとしながら、一流スタッフに信頼される幸村を、あらためてすごい人だと思う。

それに、こんな状況なのに『やる気が湧いてきた』と言える彼は、信じられないほど前向きだ。

企画が潰れずに済んで良かった。だけど佐奈は、別の不安を抱き始める。

素材の改革というのは、どんな方法で行われるのだろう、と。

その日の夜、佐奈と幸村は編集部オフィスに残り、ミーティングを開いた。

会議用テーブルで向き合い、変身企画における今後のスケジュールを確認する。

「いいか、まず実行するのは肉体改造。具体的には、運動とエステによるダイエットを中心に、姿勢矯正、体質改善など、綿密に美容メニューを組み、身体を磨き上げていく。俺が懇意にするサロンやジムの先生方に協力を要請し、既に了承を得ている。明日からさっそく始めるからな。スケジュールを調整し、万難を排して通い続けるように」

幸村が作成したスケジュール表を見て、佐奈は絶句する。スポーツジムやエステサロンなど、これまで足を踏み入れたことのない、リア充向けの施設が指定されていた。

「あ、あのう、編集長」

「何だ」

異論は許さんという目つきだが、佐奈も必死だ。思いきって尋ねてみた。

「ご近所をランニングしたり、自宅で筋トレというのではダメでしょうか。あと、エステはお金がかかりそうなので、美容クリームを塗るとか、パックをするとか、自宅でできるお手入れをメニューに組み込んでは……」

そこまで発言して、「ヒッ」と息を呑む。幸村が鬼の形相で、佐奈を睨(にら)んできたからだ。

「すっ、すみません。私は別に、編集長の命令に逆らうつもりではなくっ」

「お前は自力で、そのたるみきった身体を何とかできると思ってるのか？」

佐奈は迷うことなく首を横に振る。家に帰ったら食べたいものを食べ、風呂に入って爆睡するのが生活パターンだ。先ほどの自分の発言に反して、運動や美容にかける余力はない。

「いいか、小泉。お前はこれまで自分をさんざん甘やかしてきた。コンプレックスの原因が何だか知らんが、過去に負けて楽なほうへと逃げている。このままでは現在、そして未来までも、真っ黒に塗り潰されてしまうぞ。それでもいいのか？」

「うう……」

怒ってはいるが、幸村の口調は親身であり、しごく真面目に問いかけている。それに、彼の発言は間違ってはいない。認めたくないけれど、すべて事実だ。

「でも、私は。私なんて……」

リア充の真似をしても、惨めなだけ。地味に生きるのが相応しい人間なのだ。

「そのネガティブ思考が、お前をダメにしている。そろそろ闘ってみろ」

「た、闘う？」

戸惑いつつも顔を上げる佐奈を見て、幸村はふっと表情を緩めた。

「言っただろ。この企画は、俺と小泉の二人三脚で進めるんだ。お前が転んでも、ちゃんと起こしてやるから、ゴールに向かって全力で走ればいい」

「編集長」

「必ず脱皮できる。俺を信じろ」

すさまじく説得力がある。幸村と話していると、だんだんその気になってくるから不思議だ。佐奈を見つめる眼差しは熱っぽく、まるで口説かれているかのような錯覚を覚える。

「わ、分かりました。前向きな努力……ですね」

「そのとおり」

佐奈はスケジュール表を持ち直し、大きく頷いた。何だかできそうな気がしてくる。

「分かったか？　まったく、何度も何度もすっ転んで、しょうがないやつだ」

テーブルの向こうから幸村の腕が伸びて、佐奈の髪をくしゃっと撫でた。荒っぽい仕草だけど、男性らしい温かさが伝わってくる。

「ん、どうした。顔が赤いぞ」

「えっ？　あっ、赤くなってますか？」

両手で自分の頬を挟み、火照っていることに気づく。一体、どうしたことだろう。

「そうか、お前もようやく燃えてきたか。俺もますます、やる気が湧いてきたぞ」

「も、燃えてって……あの……」

幸村の生き生きとした瞳から目を逸らした。とてもまぶしくて、見ていられない。なぜだか心が乱れて、どうしようもなかった。

「こちらが小泉さんの体質改善メニューです。炭水化物を控えて、このようにバランスよく栄養を摂るようにしてください。あと、ジュースなど冷たいものは腸が冷えて、むくみの原因になりますので、ご注意くださいね。それから……」

ここはセレブご用達（ようたし）のエステティックサロン。佐奈はチーフマネージャーの児島（こじま）という女性から、美容アドバイスを受けている。肌荒れとむくみの主な原因は、食生活だと指摘された。

「やはりな。健康を気にせず好きなものを食べ続けた結果、こうなったわけだ」

「う……」

今日は初日ということで、幸村が付き添っている。

横から口を出す彼に、児島が「厳しいわねえ」と、苦笑した。彼女は幸村がモデルだった頃からの付き合いだそうで、しみ一つない素肌と、ぱっちりとした目が印象的な美人である。

(編集長って、女性の知り合いが多いなあ。しかも、きれいな人ばかり)

先週はスポーツジムに行き、幸村が懇意にしているという女性インストラクターに、プログラムを作成してもらった。彼女も女優かモデルかと思うほど美しい人だった。

「こら、ぼけっとするな。次はフェイシャルトリートメントの体験だ」

「あ、はいっ」

余計なことを考えている場合ではない。クスクスと笑う児島に案内されて、施術室に移動する。

「よろしくお願いします」

「はーい。どうぞ楽にしてくださいね」

様々な機械が設置された部屋で、佐奈はエステ用のリクライニングシートに横たわった。エステなど生まれて初めてなので、そわそわと落ち着かない。

助手が必要な道具を運んでくると、児島はさっそく施術を始める。パック、マッサージ、そして美容液の塗布。児島は笑みを絶やさず、どれも丁寧に施してくれる。

佐奈は感動した。あまりの気持ち良さに、変な声を漏らしそうだった。

（栄養たっぷりの美容液が、肌の奥まで染み込んでいく気がする。素晴らしい……）

エステに通う女性の気持ちが、少しだけ分かった。素肌がみるみる再生するのを実感できるのだ。忙しい日々を忘れてしまいそうなほど心地よい。

八十分の体験を終えて、佐奈は児島とともにカウンセリングルームに戻った。控え室で待っていた幸村と合流し、三人で向かい合う。

「ほう、ゆで卵みたいだな」

幸村は嬉しそうに、佐奈のつるつるした素顔を眺め回した。普段から薄化粧の佐奈だが、まったくのすっぴんを見られるのは恥ずかしい。何となく照れくさくて、うつむき加減になる。

「小泉さんの肌は、もともときれいなの。ただ、日頃の不摂生がたたって荒れてるだけ。

それとストレスも大敵よ。例えば、鬼上司のプレッシャーとかね」

児島が面白がった様子で言うと、幸村はムッとした。

「部下を鍛えるのは上司の役目だ。パワハラをしているみたいに言うな」

「はいはい。きれいな顔して仕事の鬼なんだから。モデル時代と変わらないのねえ」

ということは、幸村は昔から仕事人間なのだ。彼の性格からすると、己にも厳しかったに違いない。日頃の仕事ぶりから、容易に想像ができた。

「そういえば、玲美がヴェリテのレギュラーモデルに決まったんですって？」

玲美というのは、ヴェリテが新たに契約したレギュラーモデルだ。大手事務所に所属する人気モデルだと、先輩達が大興奮していた。

幸村の長い睫毛がぴくりと動く。児島は意味ありげに微笑み、彼の顔を覗き込んだ。

「早耳だな。情報解禁したのは昨夜だぞ」

「彼女とはSNSで繋がってるもの。で、あなたの伝手で採用したの？」

「最初に彼女を推したのは上の人間だ。決めたのは俺と副編集長だけどね」

「あら、そうなの。てっきりあなたが推薦したものとばかり……昔のよしみで」

「仕事に私情は挟まないよ。知ってるだろ」

「そ、そうよね。ごめんなさい」

心外そうに眉を寄せる幸村に、児島は少し焦ったように詫びた。

カウンセリングはじきに終了し、佐奈は更衣室に移動した。

(編集長は、玲美さんと知り合いなのかな)

モデル時代の仲間かもしれない。それにしても、昔のよしみというのは意味深だ。

「まあ、いっか。私には関係のない話だものね」

施術着から私服に着替えてロッカーの扉を閉めると、壁一面に張られた鏡の前に立ち、全身を確認した。いつもの真っ黒スタイルだが、微かに垢抜(あかぬ)けた気がする。

「エステの効果かな」

肌の血色が良く、頬が締まっている。一回の施術で、ずいぶん変わるものだ。

「でも児島先生は、日頃からお手入れしないと、すぐに元に戻るって言ってたなあ」

大切なのは『キレイでありたい』という心がけ。その土台があってこそ、エステも生きてくる。つまり幸村の言うとおり、前向きな努力が必要なのだ。

「うん、大丈夫。ジムとエステの初体験という、二大ミッションをクリアしたんだから。これからだって何とかやっていけるよ。大丈夫、大丈夫……あっ」

鏡越しに他の女性客が注目していた。鏡に向かってブツブツ呟(つぶや)く佐奈を変に思ったようだ。

「すっ、すみません。失礼いたします!」

ぺこぺこと頭を下げ、更衣室を飛び出した。不気味な女だと思われたに違いない。恥ずかしさのあまり首まで熱くなる。

リア充の世界に溶け込むには、まだまだ修業が必要なのだ。

六月下旬の金曜日。これから変身企画二回目の撮影を始める。前回はちゃんとした写真が撮れなかったので、今日が実質的なスタートだ。スタッフはリベンジする気満々のようで、見るからに気合が入っている。

「あら、前よりぐっと細くなってる。バケツちゃん、かなり頑張ったじゃない!」

楢崎はスタジオに響きわたる大声で、佐奈のスタイルを評価した。

「いえ、そんな。体重が少し減っただけですので」

「最初の撮影時からマイナス二・五キロです。前回より細く見えるのは、運動とマッサージ、食事の改善により、全体が引きしまったためでしょう」

隣にいる幸村が、佐奈の現状についてスタッフに説明した。変身するためのメニューを真面目にこなしていると聞いて、楢崎が満足そうに頷く。

「よろしい。もしサボってたら、説教するつもりだったのよ」

「そ、そうなんですか? ちょっとでも痩せて良かったです」

冷汗を垂らす佐奈を見て、穂高と津久見も楽しそうに笑った。

「考えたんだけど、今のバケ……ううん、頑張ってるあなたにバケツちゃんは失礼ね。

こほん、小泉さんに派手な服を着せても無理なのよ。だから、真っ黒スタイルを否定せず、少しずつ変えていくことにしたわ」

楢崎が用意したのは、限りなく黒に近い色合いの、シンプルなコーディネートだった。

「ベーシックカラーはチャコールグレー。カットソーとストレートパンツは、あっさりとしたデザインね。小泉さんの、普段着に寄せたアイテムを選んだの」

「ソックスはかろうじてブルーか。地味だが、真っ黒よりはましだな」

テーブルに広げられた衣装をチェックし、幸村がOKを出した。佐奈もおずおずと覗き見て、この組み合わせなら自分でも着られそうだと胸を撫で下ろす。

「私も、いつもの小泉さんをイメージしてパレットを作り直しました。この前は無理に明るく見せようとして失敗したから」

メイク担当の津久見が言うと、穂高も手を上げる。

「僕も声かけを工夫しまーす。ノリノリな雰囲気は抑えて、小泉ちゃんに合わせて空気作るからね」

「あ、ありがとうございます。皆さん、あの……よろしくお願いします！」

垢抜け(あかぬ)けない素人(しろうと)モデルのために、一流スタッフが工夫してくれる。本当に、ありがたくて、涙が浮かんでくる。

（ううん、私のためでもあるけど、プライドのためだ。彼らはプロとして、仕事の成功

を目指している。そして何より、これは幸村編集長の企画だから）

それでも、スタッフの意気込みが嬉しかった。佐奈はそっと涙を拭いて顔を上げる。

「よし、それじゃさっそくメイクと着替えだ。小泉、準備しろ」

「はいっ。頑張ります」

撮影は順調に進んだ。相変わらずぎこちないポーズだけど、何とかモデルを務めることができた。前回の重苦しさが嘘のように、現場の雰囲気も明るい。

「半歩前進したって感じかしら」

撮影を終えて放心状態の佐奈に、楢崎が感想を述べた。冗談でも皮肉でもなく、おそらくそれが彼女の実感だろう。この一か月ばかりで佐奈は変化した。ほんの僅（わず）かでも、確実に。

スタジオを出てオフィスに戻る途中、佐奈は幸村に話しかけた。撮影が順調に進んだので、珍しく興奮している。

「少しでも変身できたのは、ジムとかエステとか、ダイエットの効果でしょうか」

「まあ、そうだな。少しばかり、やりすぎの気もするが」

気になる言い方ではあるものの、幸村は肯定した。努力を認められて嬉しくなる。

「炭水化物を控えた甲斐がありました。あと、甘いものと、ジュースと、油っこいものと……」

「小泉」

幸村が急に立ち止まり、じっと見下ろしてきた。

「な、何でしょうか」

上司の厳しい顔つきを見て動揺する。食い意地の張ったやつだと、一喝されるのかもしれない。

「我慢の限界だと思ったらすぐに言えよ。ジム通いも、疲れが溜まるようなら休んでもいい」

「え……」

予想外の発言に頭がついていかない。今、何と仰(おっしゃ)いました？

「どうした、ぼけっとして」

「いえ、その……休んでもいいなんて、まさか編集長に言われるとは。かなりびっくりしました」

「ああ？」

ムッとする幸村を見て、佐奈は慌てて言い直す。

「違うんです。つまりですね、編集長にも仏心(ほとけごころ)があるんだなあと……あたっ！」

言葉選びを間違え、幸村に額(ひたい)を軽く押された。彼は怒るより呆れてしまったようだ。

「まったく、俺を何だと思ってる。そこまで鬼じゃないぞ」

「……すみません」

幸村に怒られそうになると、取り繕うつもりが本音が漏れてしまう。きっと焦りが出るせいだろう。

でも、もし怒られたとしても幸村の場合、後に引きずることはない。ぱっと怒って、ぱっと切り替える。感情よりも、仕事の効率を優先させる人だ。

彼は自分を律することができる大人。その辺りを、佐奈も見習いたい。

二人は会社に着き、エレベーターに乗った。先客はおらず、二人きりである。

「ところで小泉。今夜は残業もなさそうだし、服でも買いに行くか」

「服……えっ、私のですか？」

「そうだ。いい加減、その真っ黒スタイルを何とかしろ。いつまでその格好でいるつもりだ？」

そのことについては佐奈も気にしていた。

しかし、なかなか買い物する暇がなく、服の購入は後回しになっていたのだ。

「分かりました……では、今日の帰りに買い物してきます」

幸村は片手をひらひらと振った。

「だから、俺と一緒に行くんだ。とりあえず、駅ビルに入っているファストファッションでいいだろ。今日は定時に退社するからな、以上」

「はあ……えっ？」

十三階に到着し、エレベーターの扉が開く。幸村はさっさと降りてしまう。

（編集長と私が、二人で買い物を？）

上司と部下が洋服を買いに行く。それは変身企画の一環か、それともプライベートか。気になったけれど、幸村の歩く速度に追いつけず、確かめられなかった。

午後六時五十分。佐奈は時計を気にしながら、デスクで企画書を作る辻本に仕事の報告をした。

「辻本さん、商品サンプルをまとめておきました。送り状もプリント済みです」

「すごい、早い。もう終わったの？」

辻本は手を止め、佐奈に驚いた顔を向ける。

「やるじゃない。小泉さんは仕事の覚えが早いし、丁寧だし、助かるわ」

「いえ、そんな」

褒めてもらって嬉しいが、佐奈はまだ編集者として半人前以下だ。

先輩達のようにページを任されることもなく、雑用ばかりしている。要するに、見習い兼雑用係といったところか。

「そろそろミニ企画でも受け持ってほしいけど、幸村さんの許可が……あら？」

辻本は編集長のデスクを見やり、目を瞬かせた。幸村が帰り支度を整え、新聞を読んでいる。彼が定時前にのんびりする姿は、とても珍しかった。

「ああ、そうか。これから小泉さんの洋服を買いに行くのよね」

「え、ええ」

幸村は定時に帰ることを、副編集長の辻本に報告している。『小泉を買い物に連れて行くから』と、伝えたらしい。

「ついに黒を卒業するのね。幸村さんはセンス抜群だから、素敵な服を選んでくれるわよ」

「はい、とても……楽しみです」

小泉を買い物に連れて行く——まるで、保護者が子どもに付き添うような言い方だ。人が聞けば、佐奈が頼んだのだと解釈するだろう。たぶん、辻本もそう思っている。

「小泉、時間だ。行くぞ」

「あ、はいっ」

約束どおり、幸村は定時ぴったりに席を立つ。佐奈はバッグを持ち、先にオフィスを出る彼を追いかけた。

二人は会社を出ると、最寄り駅に向かった。その駅ビルはスパやアトラクションが併設されるアミューズメント施設内にあり、たくさんの人で賑わっている。

「金曜だから混んでるな。小泉、はぐれるなよ」

「はい、編集長」

道行く人……とりわけ若い女性達が、幸村を振り返る。美形で、背が高くて、スタイリッシュな彼は、歩くだけで目立ちまくりだ。

（やっぱり編集長って、輝いてるなあ）

ショップが並ぶフロアでは、女子高生らしきグループがスマートフォンを片手に、「写真撮らせてください！」と声をかけてきた。芸能人みたいな扱われ方に佐奈は驚くが、幸村は慣れたものでスマートにお断りする。そして、何ごともなかったかのように歩き出すのだ。

女性から声をかけられることは、日常茶飯事といった雰囲気である。

佐奈はといえば、輝く彼の光にすっぽりと隠され、まったく目立たない。社内における影の薄さと、少しも変わらなかった。

幸村は女性社員の人気ナンバーワンのモテ男。そんな彼と二人三脚で仕事をすれば、嫉妬や羨望の的になるのが普通だ。しかし、佐奈の場合は違う。

華やかな幸村と比べて、あまりにもダサくて地味な喪女だから、問題視されない。差がありすぎてかわいそうと、同情されることすらある。

街を連れ立って歩くことで、その差がいかに大きいのかを、あらためて思い知らされた。

ショーウインドーに映る二人は、とてつもなくアンバランス。見れば見るほど自分のみっともなさが際立ち、佐奈は耐えられずに目を逸らした。

（ああ、何だか惨めだな……）

コンプレックスがよみがえり、ちょっと沈んだ気持ちになる。まばゆい幸村の姿は、初恋とともに消え去った憧れや夢を思い出させた。

だけど、落ち込む気持ちとは裏腹に、胸がドキドキするのはなぜだろう。

佐奈は戸惑いながら、隣を歩く幸村をちらりと窺う。実はさっきから、謎のときめきが続いている。まさか、この人が原因だろうかと一瞬考えるが、すぐに打ち消した。

小説のヒーローに夢中になり、恋心を抱いたあの頃とは違うのだ。かつて憧れた王子様タイプの男性は、今は苦手なはずだから——

「こら、どうした」

「ぎゃっ」

幸村がいきなり上体を屈め、顔を覗き込んできた。

太陽の輝きが佐奈を襲う。まぶしさのあまり目をしょぼつかせ、さり気なく一歩引いた。

「す、すみません。何でしょうか？」

「店に着いたと、さっきから言ってるだろ」

彼が指さすほうに、ファストファッションのテナントがあった。いつの間にか、目的の場所に着いていたのだ。

「あ、本当ですね。気がつかなくてすみません」

「……どうも心配だな」

「はい？」

小さな声なので、よく聞こえなかった。しかし幸村は何でもないと首を振り、店に入って行く。佐奈はおどおどした足取りで、彼の後に続いた。

「予算は決めてあるか？」

「はい。とりあえず、二万円ほど用意しました」

「ふーん」

多いとも少ないとも言わず、幸村は先へ進んだ。

「楢崎さんのコーディネートは黒に近い暗色だった。あんな感じなら、抵抗ないんだろ？」

「はい。何とか外を出歩けると思います」

正直な感想に幸村は苦笑するが、小言はなかった。夏物のシャツやブラウスを適当に取り、佐奈の身体にあてがう。

「これなんかどうだ。色合いもちょうどいいし、オーソドックスなデザインは着回しがきくぞ」

「そうですね。シンプルでいい感じです」

トップス、ボトム、サマーアウター。幸村のアドバイスを聞きながら、服を選んだ。ヴェリテの誌面を飾る衣装のような、華やかな色やデザインではない。だけど、いつもの服に比べたら、十分お洒落(しゃれ)なアイテムが揃った。

レジで支払いを済ませると、外で待っている幸村のもとに小走りする。

「編集長、ありがとうございました。こんなにたくさん買えるとは思わず、びっくりです!」

感動のあまり大声で報告してしまった。父親に駆け寄る子どもみたいな様子に、周囲の買い物客がクスクスと笑っている。

悪目立ちした佐奈は真っ赤になるが、幸村は微笑ましそうに見つめてきた。

「少しは楽しめたようだな」

「え……」

言われてみると、楽しかった気がする。少なくとも苦ではなかった。洋服を選ぶのは、今までの佐奈にとっては苦行だったのに。

「お前も、多少なりとも成長してるってことだ」

「そ、そうなんでしょうか。はは……」

何だか照れくさくて、頭をぽりぽりとかいた。遠い昔、こんな楽しさを味わったことがあるような。それはもう、ほとんど消えかけている記憶だった。

「さて、服を買ったことだし、ついでに美容院にも寄るか？　明るく染めて、夏らしくショートにするのはどうだ。パーマで軽く見せるのもいい」

「ええっ？　いやいや、それはまだ早い気が……。また今度にします！」

髪を明るく染めて、ショートにするなんて大胆すぎる。真っ黒なロングヘアが落ち着くのだ。

全力で拒絶する佐奈を、幸村は「やれやれ」という顔で見下ろす。

「ほんの冗談だ。それより腹が減ったから、何か食べて行こうぜ」

「そういえば、ご飯がまだでしたね。あ、でも……」

佐奈はダイエット中だ。普通に食べるであろう幸村の前で、小食で済ませるのは気が引ける。

「ほら、もたもたするな。行くぞ」

まどろっこしそうに言うと幸村は腕を伸ばし、佐奈の荷物を奪った。

「あ……そんな、自分で持ちます」

上司に荷物を持たせるなんて、とんでもない。焦って取り戻そうとするが、幸村は荷物を離さず、空いたほうの手を佐奈の前に差し出す。

「えっ？　な、何でしょうか」

きょとんとする佐奈に、彼はさらりと言った。

「人が増えてきた。はぐれると面倒だから、手を繋ぐ」

「……はい？」

手を繋ぐって、編集長と私がですか——？

口をぱくぱくさせるだけで、声が出ない。幸村はなぜかムッとして、ぶらんと垂れた佐奈の手を握った。

「ちょ、ちょっと待っ……編集長？」

「迷子の呼び出しはごめんだろ。黙ってついて来い」

いきなりの触れ合いに、佐奈は激しく狼狽する。異性と手を繋ぐなど、小学校の遠足以来だ。

でも、この感触はあの頃とは全然違う。幸村は小学生の男子ではなく、大人の男性だ。手のひらは大きくて力強くて、頼もしい。

（でも、どうしていきなりこんな……迷子って、はぐれるって、私は子どもですか？）

今夜の幸村はいつにも増して強引だ。手を繋ぐというのも、職場では考えられない行動である。だけど、ちっとも不愉快ではない。それどころか、ふわふわとして心地よいのはなぜ？

幸村は佐奈に歩調を合わせてくれた。人にぶつかりそうな時は、佐奈を引き寄せ、ぴたりとくっついたりもする。

ていた。

（こ、これって、まるで恋人のような……）

街が賑やかで、楽しげな雰囲気なせいだろうか。謎のドキドキに、わくわくが重なっていた。

幸村が連れてきたのは、駅から少し離れた場所にある中層ビル。ショッピングセンターの賑わいから一転、静かなところにあった。

食事処『清流』――引き戸を開けて中に入ると、エアコンの冷気が流れてきた。カウンターはいっぱいだが、テーブル席が一つ空いている。

「いらっしゃいませー。空いてるお席にどうぞー」

店員の明るい声が飛び、幸村はここでようやく佐奈の手を離した。

ショッピングセンターの人ごみを抜けても、幸村は繋いだ手を離さず、しっかりと握っていた。人目など気にせず、いつものように颯爽と歩いていたのだ。

どういうつもりだろう？　佐奈は考えるが、幸村の涼しい顔に深い意味は感じられない。

「小泉、何してるんだ。座るぞ」

「はいっ」

拍子抜けするほど、いつもの調子である。

(そうだよね。編集長からすれば、私は子ども同然。頼りないから手を引いて歩いただけ)

一人で分析し、その答えに納得した。まだドキドキするけれど、これもきっと意味のないときめきなのだ。佐奈にとって、幸村はただの上司だから。

木製のテーブルに向き合って座ると、佐奈は店内をきょろきょろ見回した。

ビルの一階にある店舗だが、中に入れば古民家のような渋い内装だ。天井から下がる照明は和紙提灯(ちょうちん)。民芸品らしき置物が、壁や棚を飾っている。

田舎(いなか)風の店だけど、落ち着いた雰囲気で、佐奈は好きだ。

しかし、西洋の王子様みたいな幸村がこの場にいることに、違和感を覚える。彼はイタリアンとかフレンチとか、もっと小洒落(こじゃれ)た店が好みなのだと思っていた。

(ひょっとして、私に合わせてくれたのかな)

それなら納得だ。佐奈は店の素朴な雰囲気に、見事に馴染(なじ)んでいる。

「いらっしゃい、仁君。久しぶりやねえ」

五十代くらいの女性店員が、冷たいほうじ茶を運んできた。親しげな声かけと、幸村を名前で呼んだことに、佐奈はちょっと驚く。

「こんばんは、おばさん。なかなか顔出せなくてすみません」

「何言っとるの。来てくれてありがとうね」

店員は佐奈にも笑いかけた。ふっくらとした頬と優しい笑顔は、実家の母を思い出させる。

「ご注文が決まったら、声をかけてねえ」

彼女は名残惜しげにテーブルを離れた。他にも客がいるので忙しそうだ。

それにしても、幸村がこの店の常連客とは意外である。スタイリッシュな彼とほうじ茶が似合わなすぎて、思わずじっと見つめてしまう。

「ん、どうした？」

「いえ、あのう……編集長は、このお店の常連さんなのですね。少し意外でした。お店の方とも、すごく親しそうですし」

「俺が常連なのが、そんなにおかしいか」

「いえっ、そういうわけでは……」

悪く受け取られたと思い佐奈は焦るが、幸村はクスッと笑い、疑問に答えてくれた。

「大学時代から通ってる店なんだ。モデル仲間の一人が店長の息子でね、そいつに誘われて夕飯を食べるうちに常連になった」

「そうなんですか。学生時代から……」

「ちなみに、さっきのおばさんは店長夫人。夫婦とも郡上の人だよ」

「郡上……あ、岐阜県ですね」

メニューをよく見ると、鮎や虹鱒といった川魚料理がメインである。他にも山菜や鶏肉の味噌焼きなど、山国をイメージさせる料理が並んでいた。

「どれも美味しそうです！」

「だろ？　カロリー控えめなメニューばかりだから、心おきなく食え」

喜ぶ佐奈を見て、幸村も朗らかに笑った。

（おお……ま、まぶしい）

お洒落王子の太陽光線をまともに浴びてしまい、佐奈はくらくらした。いつも、どんな場所であっても幸村は輝いている。そんな彼が素朴な店でリラックスする姿は新鮮で、何だか嬉しくもあった。なぜ嬉しいのかは、佐奈自身よく分からないのだけど——

とりあえず料理を選ぼう。佐奈が迷っていると、幸村が天然鮎の塩焼きをすすめてくれた。

「えっ、岐阜から仕入れているのですか」

「もちろん、長良川の天然鮎だよ。清流の石苔を食べて成長した鮎は、内臓も格別の美味さだぞ」

それはぜひ味わってみたい。しかし、天然ものは値段が高いと聞いたことがある。幸村のことだから、部下のぶんも食事代を出すつもりだろう。

佐奈は遠慮しようとするが、彼はおばさんを呼んでしまった。

「天然鮎の塩焼き定食を二つ。あと、俺は冷酒をグラスで……小泉、飲み物は？」

「えっと、私はウーロン茶をお願いします」

「はーい、承知いたしました。ちょっと待っとってねえ」

ほどなくして料理が運ばれてくる。天然鮎の塩焼きは、想像を超える美味しさだった。

「すごく香ばしい。身が締まっていて、味わい深くて、本物の鮎って感じがします！」

「そうだろ、そうだろ」

料理をすすめた幸村は自慢げに頷く。

山の幸を中心とする副菜は、懐かしい味がした。珍しい料理ではないけれど、どれも高たんぱく低カロリーで滋養もある。また、出汁がきいているので、薄味でも十分に美味しい。

ダイエット中の佐奈も、普段より気楽にご飯を食べられた。

「カロリー控えめでも、ちゃんと食事をしたという実感があります」

佐奈は満足したお腹をさすりつつ、最近の食生活を省みる。

「私、早く痩せるには、食べたいものを我慢して量を減らすのが一番だと考えていました。今まで好き放題食べていたので、頑張らなきゃと思って。極端すぎたでしょうか……」

「食事だけじゃないだろ」

空になった皿を眺め、幸村が真面目な声で言った。

「辻本さんも他の部員も、お前のことを頑張り屋だと評価している。ファッションセンスは残念だが、何ごとにも一生懸命に取り組み、仕事の覚えも早いってね」

「……本当に？」

確かに佐奈は頑張っている。毎日毎日、ファッションセンスのなさを努力で補おうと必死である。

「本当だ。仕事のことで、俺は適当なことは言わん」

「そう、ですよね。すみません」

幸村の厳しい目つきとかち合い、佐奈は畏縮する。彼は真剣なのだ。

「お前は頑張り屋だ。しかし、頑張りすぎるきらいがあるな。ダイエットにしろ、変身メニューをこなそうと必死になるのはいいが、もう少し落ち着け」

どういう意味だろう。よく理解できず、幸村の顔をそっと見返す。

「俺はモデル時代、ダイエットを頑張りすぎて、身体を壊すやつを何人も見てきた。彼らは小泉と同じように真面目で融通が利かず、悪いほうへと考えがちだった」

幸村の瞳に、少しやつれた自分が映っている。

「最初に言っただろ。俺とお前は二人三脚で企画を進める。勝手に突っ走らず、俺の言葉に耳を傾ける余裕を持て」

「編集長……」

幸村の言わんとすることが、ようやく分かってきた。

「だから今日、連れ出してくれたんですね。仕事から離れて、落ち着くように」

「そうだ。いわゆる仏心ってやつだな」

「あ……」

佐奈の失言を持ち出し、幸村はにやりとする。

「す、すみません。ついうっかり、変なことを言ってしまって。反省しております」

「ついうっかり、ね」

幸村は椅子の背にもたれ、おろおろする佐奈をじっと見つめた。そして手を伸ばし、彼女の頭を撫でる。

「まったく危なっかしい。お前みたいなやつは、放っておけないよ」

「……え」

佐奈の胸が跳ね上がる。一瞬で身体が熱くなり、頬が上気するのが分かった。これは一体、どうしたことだろう。

上司の何気ない一言に、行動に、あり得ないほど動揺している。

（ほ、放っておけないって、そんな……シティロマンスのヒーローのようなセリフをさらりと……いや、もちろんそんな意味ではないのでしょうが、でも、どうして）

戸惑う佐奈を、幸村は大らかな眼差しで見守っている。笑いも、呆れも、怒りもしない。

今日の幸村は本当に変だ。仕事ではなく、プライベートだから？　そうだとしても、いつもと違いすぎて戸惑ってしまう。手を繋いだことも、実はまだ整理がついていないのに。

佐奈はいたたまれず、目を伏せてしまった。

「お待たせしました。本日のデザートはスイカでございまーす」

おばさんがデザートを運んできた。ハッとして顔を上げると、幸村はもう佐奈からテーブルに置かれた小鉢に視線を移している。

佐奈は安堵するとともに、針の先で突かれたような小さな痛みを感じた。

「美味そうだな。もうスイカの季節か」

「来週は七月だからねえ。それにしても仁君、元気そうで安心したよ。相変わらず忙しいんでしょ？」

「ええ、おかげさまで」

おばさんは幸村と佐奈を交互に見て、にこやかに笑った。

「たまには息抜きしなきゃね。うふふ……可愛らしいお嬢さん、どうぞごゆっくり」

「えっ？　あ、どうも……」

可愛らしいお嬢さんというのは、佐奈のことらしい。上手く返せなくてもじもじするうちに、おばさんは立ち去ってしまった。

幸村は特にコメントせず、スイカを食べ始めている。佐奈はひそかに息をつき、愛想よく接客するおばさんをチラリと見やった。

（お母さんがいまだに私のことを可愛いって言うけど、それと同じような意味かな）

母親に似たおばさんの笑顔から、デザートに目を戻す。食べやすくカットされたスイカが、切子(きりこ)の小鉢に盛られている。添えられた木製のフォークを使い、一つ食べてみた。

「あっ、甘いですね」

「そうだな。夏らしい味がする」

幸村が笑みを浮かべ、佐奈も釣られて笑った。

スイカの瑞々(みずみず)しい甘さが、ついさっきまでの気まずさを和(やわ)らげてくれる。

デザートを食べ終わると、幸村は腕時計を確かめた。

「そろそろ帰るか」

彼は当たり前のように佐奈の荷物を持ち、レジに向かう。その上、クレジットカードで二人分の代金を支払ってくれる。幸村のスマートなふるまいは、佐奈に大人の男性を感じさせた。

やっぱり、シティロマンスのヒーローのよう――

おばさんに見送られ、二人は外に出た。

「ごちそうさまでした。とても美味(おい)しかったです」

「どういたしまして」

幸村は返事をしながら、佐奈の手を取る。ごく自然な仕草だった。

「あ、あの……」

「お前は危なっかしいからな」

佐奈はもうあれこれ考えず、されるままに任せた。女性の扱いに慣れた男性は、これくらい普通なのだ。放っておけないタイプであれば、なおさら。

街明りの中、幸村の姿はいつにも増して輝いて見える。スタイリッシュで、大人で、自信にあふれた彼はまさに王子様なのだ。

「じゃあな、小泉。来週は新しい服を着て仕事に励めよ」

駅のホームで、ようやく荷物を返された。佐奈は電車に乗り込み、窓越しに手を振る幸村に、ぺこりとお辞儀をする。電車が発車するまで彼はそこに佇み、見送ってくれた。

ホームが見えなくなると、佐奈は今夜のことを思い返す。一緒に買い物して、手を繋いで街を歩き、食事をともにした。そして……

――お前みたいなやつは、放っておけないよ。

思い出すと、胸がきゅんと高鳴る。優しく見つめられて、あんなセリフを言われたら、誰だって舞い上がるだろう。地味でモテない喪女であれ、佐奈はもともと夢見る乙女なのだ。

アパートの部屋に帰り着くと、佐奈は水槽の前でのたうち回った。

「ああ、もう、どうしちゃったんだろ。教えて、クロ！」

興奮状態の飼い主をよそに、クロは水草の陰でのんびりしている。

金魚が言葉を話せたらいいのに。佐奈はそんなことを思いながら荷物を引き寄せ、幸村と一緒に選んだ洋服を床に広げた。色合いは地味だけど、流行を取り入れたデザインは洒落ている。

真っ黒スタイルを貫いてきた佐奈も、ついに脱皮するのだ。

「黒以外の色の服を着るなんて、一生無理だと思ってたのに」

その夜、佐奈はなかなか寝つけず、本棚を眺めた。シティロマンスシリーズの文庫本が、書棚にずらりと並んでいる。佐奈は、高校生の頃に大好きだった作品を手に取った。イケメンで、華やかで、スタイリッシュなヒーローが登場する物語だ。

その色褪せた表紙をしばし見つめる。

（ああ、懐かしい……）

ずっと開くことのなかったページをめくる。

失恋がコンプレックスとなり、お洒落イケメンが苦手になったはずだ。それなのに、ロマンス小説のヒーローのような幸村にときめく自分が信じられない。

佐奈はその理由に思い至り、頬を薔薇色に染める。

（うう、ダメダメ。そんなの、あり得ないんだから）

でも、認めざるを得なかった。瞼を閉じれば、幸村の顔が浮かんでくる。彼のことが好きになってしまったのだ。

来週からどんなふうに接したらいいのだろう。佐奈は悩み、ますます眠れなくなるのだった。

週明けの午前中。佐奈はデスクにつく幸村に呼ばれ、告げられた。

「小泉、よく聞けよ。八月末発売の十月号のミニ企画をお前に任せる。校了は八月の上旬で、およそ一か月後。これまでは辻本さんの補助だったが、今後は企画立案から校了まで、全部一人で受け持つんだ。責任を持って取り組むように」

「えっ、私一人で企画を担当するのですか?」

「何か問題でも?」

じろりと睨まれ、佐奈はぶるぶると首を横に振った。

「企画のアイテムはアクセサリーに決まっている。分からないことがあれば辻本さんに相談しろ。それから、来週水曜日に行われるモデル撮影だが、撮影班のアシスタントを頼む。時間は……」

幸村の指示をメモに取りながら、佐奈はがっかりしたような、ホッとしたような、複雑な気分を味わっている。眠れないほど心配した自分がバカみたいだ。

今日の幸村は、先週の態度が嘘のようにいつもどおりである。

小泉佐奈は、鬼の編集長にビシバシ鍛（きた）えられる新人。相変わらず、ただそれだけの存在なのだ。

「あと、企画書を作成したら俺に見せること。以上だ」

「承知いたしました」

佐奈は自席に戻り、思わず「ふう」と息をつく。

「ついにページを任されたわね。ミニ企画だけど、これをやり遂げたらいっぱしの編集部員よ。頑張ってね」

辻本が隣からぽんと背中を叩き、励ましてくれた。

「いっぱしの……そうなれたらいいんですが。私、一人で大丈夫でしょうか」

「何言ってるの。幸村さんが任せるって言うんだから、大丈夫よ」

佐奈はハッとする。確かに、あの編集長ができない仕事を任せるとは思えない。

「その服もよく似合ってるし、いい感じよ」

あらためて自分の格好を見下ろす。佐奈は今日、幸村と一緒に選んだ服を着てきた。

他の部員と比べたらまだまだ地味だけれど、真っ黒スタイルからは卒業できた。

「そういえば、メイクも上手になったんじゃない？」

まじまじと覗き込まれ、佐奈はぎこちなく顎（あご）を引いた。

「実は、この前の撮影でメイクの津久見さんに、基礎から教えてもらったんです」

この年でメイクのやり方も知らないなんて、さすがに恥ずかしい。だけど辻本は笑わなかった。

「小泉さん、女子力上がってるわよ。その調子で行こう」

「は、はいっ」

そうだ、とにかく前向きに行かなくちゃ。服装やメイクだけでなく、仕事も。

佐奈はさっそく、ミニ企画のアイディア出しに取りかかった。

（でも……）

幸村のほうをちらりと窺う。成長を認められて嬉しいけれど、何となく物足りない。ペンを持つ右手に、先週の温もりがまだ残っている気がした。


社員食堂でランチを食べたあと、佐奈は文芸書籍部に立ち寄った。幸村はあまりいい顔をしないが、相馬や椎名とお喋りしたくて、時々遊びにきている。

佐奈にとって彼らとの交流は、サークル活動的な楽しみなのだ。

「あれっ、今日は感じが違うね」

さっそく、服装が変わったことを相馬に指摘された。彼らしくもなく無遠慮に見てくるので、佐奈はもじもじする。

「ああ、ごめんごめん。急に垢抜けたから、どうしたのかなと思って」

「相馬さん。それって、今までダサかったって言っちゃってますよ？」

椎名にツッコミを入れられ、相馬はひどく焦った様子になる。

「いやいや、そういうわけじゃないよ。ただ、雰囲気が違うから驚いただけで」

「あの、いいんです。気にしないでください」

真面目な上司をからかう椎名を、佐奈は困った顔で見た。しかし彼女は意に介さず、面白そうにニヤニヤしている。

「と、とにかく僕は、幸村の変身企画は成功すると思う。その調子で頑張りなよ」

「はい、ありがとうございます」

微笑む相馬の穏やかさに、佐奈の心はほっこりと和んだ。彼は文芸書籍部の編集長で、幸村と同じ偉い立場の人なのに、兄のような親しみを感じさせる。互いに地味で、読書好きという共通点があるので、波長が合うのかもしれない。

「しかし、入社したてのひよっこが、あの幸村さんと仕事するなんてすごいよ。佐奈って案外、できる子だったりして」

「ええっ、まさか。相変わらず怒られてばかりですよ？」

椎名のからかいを、佐奈は本気で否定する。冗談なんだから軽く返せばいいのに、幸村の名前が出ると、そんなことすらできなくなってしまう。

「幸村のやつ、小泉さんの状況に、過去の自分を重ねているのかもな」

「えっ？」

相馬の呟きに、佐奈は目を瞬かせた。

「相馬さん。それって、どういう……」

「あれ、知らなかったの？　幸村は以前、文芸書籍部の編集者だったんだよ。新人の頃は、このオフィスで働いてたんだ」

「ええっ、そうなんですか？」

驚きの事実だった。あの幸村が、文芸書籍部の編集者？

（に、似合わない……）

書籍に囲まれた落ち着いた職場に、華やかなお洒落イケメンが一人――佐奈はそんな光景を、思わず想像した。さぞかし浮いていたことだろう。

「私、編集長は最初から、雑誌編集部だと思ってました」

「そう、あいつはもともと雑誌編集部を希望していた。それなのに、どういうわけか……ね」

相馬は佐奈をちょっと見て、肩をすくめた。意味ありげな仕草だが、相馬はそれきり黙ってしまい、詳しいことは話そうとしない。

そうしているうちに昼休憩が終わり、佐奈は午後の仕事に戻った。

「ちょっと待て、小泉」

ヴェリテ編集部に帰ったとたん、幸村に呼ばれてドキッとする。彼は相馬が貸してくれた文芸雑誌を目ざとく見つけたようで、睨(にら)んできた。

「お前、また文芸書籍部で遊んでたのか。何度も言うようだが、相馬と付き合ってるとダサいのが移るぞ。ようやく真っ黒スタイルから抜け出したというのに……」

幸村の小言を聞きながら、佐奈は思わず彼の顔を見つめた。この人が文芸の編集者をしていたなんて、信じられない。

「どうした。何か言いたそうだな」

「あ、いえ……そのぅ」

少し怖いけれど、やはり本人に確かめたい。相馬の呟(つぶや)きが気にかかっていた。

「小耳に挟んだのですが、編集長が入社された当時、文芸書籍部にいらしたというのは……」

「ああ?」

幸村の表情があからさまに変わった。佐奈は焦り、ぶるぶると首を横に振る。

「す、すみません。私……詮索するつもりでは」

「相馬だな。あのヤロー、余計なことを言いやがって」

佐奈は確かめたことを後悔した。ライバル心があるからか、相馬の話をすると幸村はいつも不機嫌になる。そんなこと、分かりきっていたのに。

「そのとおりだよ。俺は入社してすぐ文芸書籍部に配属されて、二年間あの職場で仕事をした」

「二年間、ですか」

それはまた、ずいぶん短期間に思える。

「いいか、小泉。俺にその話はするな。相馬にあれこれ聞くのも許さん」

「は、はい。承知いたしました！」

佐奈はそそくさとデスクに戻り、仕事に取りかかる。どうやら幸村にとって、文芸編集者時代は黒歴史らしい。佐奈は額の汗を拭いつつ、二度と話題にしないと誓う。

――幸村のやつ、小泉さんの状況に、過去の自分を重ねているのかもな。

相馬の言葉の意味を、何となく理解できた。望まぬ部署に配属された佐奈は、幸村の過去と重なる。黒歴史を思い出させる部下にイライラして、彼はより厳しく接するのだろう。

そう考えると納得だが、どこか矛盾を感じる。幸村が厳しいのは仕事の鬼だからであり、個人的感情で当たり散らす人ではない。今の推測は間違っている気がした。

（それに、先週の編集長はとても優しかった……）

右手に残る温もりは、そのまま彼の温かさだと思う。

「小泉、何をぼけっとしてるんだ。アイディアは出したのか。早く提出しろ！」

「わわっ、分かりました！」

とにかく仕事を頑張らねば。余計なことを考えないよう、佐奈は努力した。


翌週の水曜日。佐奈は特集ページの撮影を手伝うため、早朝からスタジオに入った。通常の撮影より現場のムードが高まっている。

今日はこれから、ヴェリテのレギュラーモデルとなった二階堂玲美の、初めての撮影が行われるからだ。国際的なファッションショーにも出演するという彼女は、人気・実力ともにナンバーワンの本格派モデル。スタッフは皆、緊張の面持ちでスタンバイしていた。

「あら、小泉さんもお手伝いしてるの？」

更衣スペースで待機する佐奈に、楢崎が声をかけてきた。彼女は今後、玲美のメインスタイリストを務める。

「そうなんです、今日もよろしくお願いします。そろそろ始まりますね」

佐奈が時計を確かめて言うと、楢崎は衣装をチェックしながら頷く。

「玲美さんは今、控え室よ。幸村さんと二人で話したそうだったから、私は先に抜けてきたの」

楢崎が肩をすくめるのを見て、佐奈の胸はズキッと音を立てる。

気になるけれど、気にしないようにしていた、あのこと。幸村と玲美の関係について、エステティシャンの児島が仄めかしたのを覚えていた。

黙り込む佐奈をよそに、楢崎は「実はね」と話を切りだす。

「幸村さんと玲美さんは以前、同じ事務所のモデルだったの。当時は付き合っていたとか？　本当のところは分からないけど、とにかく特別な関係らしいわ。今回の契約も、幸村さんのコネクションだという噂もあるし」

「……そ、そうなんですか」

幸村と玲美は、元恋人かもしれない。そんな二人が今、控え室で何を話しているのだろう。ますます気になってしまい、佐奈は落ち着きをなくす。

「でも、それはあくまでも噂。下種の勘繰りってやつね。そもそも、玲美さんを大プッシュしたのは江藤専務だし、幸村さんは他の候補と公平に審査して決めたんだから」

「江藤専務が玲美さんを？」

そういえば幸村も、玲美を最初に推したのは自分ではなく、上の人間だと言っていた。

「役員の方が、モデルを推薦することがあるのですね」

「そうよ。……あ、もしかして小泉さん、あなた知らないの？」

「は、はい？」

佐奈が首を傾げると、楢崎は呆れ顔になった。

「あのね、江藤専務はヴェリテの初代編集長なの。働く女性をターゲットにしたファッションを提案し、ヴェリテを立ち上げたのよ。創刊号で爆発的な人気を得て、次号の発行部数を三倍に伸ばしたのは伝説になってるわ。古い価値観を次々と覆す彼女の誌面作りは、画期的だったなあ」

楢崎はうっとりとした目つきで、江藤の功績を語った。

佐奈は驚くと同時に、今の話を聞いて解せない点があった。

江藤はファッション界に精通した人物。ならば佐奈のような地味人間をヴェリテ編集部に配属したのはなぜか。あの専務は一体、何を考えているのだろう。

佐奈が頭をひねっていると、スタジオのドアが開く音がした。

「あら、ようやくのご登場ね」

スタッフの歓声が上がり、スタジオは拍手に包まれる。

佐奈は楢崎と一緒に更衣スペースを出て、スタジオの中央に進むその人に注目した。

幸村にエスコートされて、優美に歩く本日のヒロイン——二階堂玲美である。

「すごい……きれいな人……」

彼女の顔や姿は写真で確認済みだが、本物の持つ美しさとオーラに、佐奈は圧倒された。

八頭身の完璧なスタイル。整った顔立ち。艶のある長い髪を無造作に束ね、白シャツにデニムというラフな格好にもかかわらず、女王様のように輝いている。

気品ある魅力は、内側から放出されたものだ。

「さすが、今をときめく人気モデルだわ。存在感が違うでしょ」

楢崎の言葉に、頷くこともできない。佐奈は感動する一方、打ちひしがれていた。

幸村も元モデルの美形男子である。玲美に寄り添いサポートする彼は、まさに王子様。

スタッフの誰もが、絵になる二人に見惚れていた。

(ああ、まるでロマンス小説の世界。華やかで、お洒落で、ときめきにあふれて……)

「小泉」

(私とは別世界の人達なんだ……)

「こら、聞こえないのか小泉。早く来い！」

「はいっ？」

張りのある声が飛んできて、ハッとする。気がつくと、幸村がすごい顔でこちらを睨んでいた。

王子様はどこかに消え去り、鬼の編集長がそこにいた。

佐奈は急いで上司に駆け寄る。玲美は離れたところで、撮影スタッフと打ち合わせ中のようだ。

「まったく、何をやってる。朝っぱらから大声を出させるな」

「すみませんっ」

佐奈は冷汗をかきつつ、幸村に指示を仰いだ。余計なことを考えている場合ではない。

「今日は予定どおり、衣装管理の手伝いを頼む。服、バッグ、靴に至るまで、アイテムの種類とブランド名は頭に入ってるだろうな」

「はい、それだけは自信があります」

バケツの件をきっかけに、佐奈はファッション用語を必死で習得してきた。今はもう、名称を聞けば、どんなアイテムか分かるし、正しく選択できる。

「今日は勉強になるぞ。本物とはどういうものか学び取れ」

「え……」

顔を上げた幸村の視線を辿ると、二階堂玲美がいた。

「玲美こそプロフェッショナルだと俺は認めている。仕事にかける情熱。徹底した自己管理。トップにいながら理想はなお高く、努力を続けている。だからこそ世界で活躍できるんだ」

「は……はい」

幸村は仕事に厳しい人だ。こんな風に、誰かを手放しで褒めることは滅多にない。

二階堂玲美は、彼にとって特別な存在なのだろう。おそらくプライベートでも……

玲美と呼び捨てにする親密な響きから、そう感じずにはいられない。

「お前も経験を積めば、必ず一流になれる。俺は信じてるぞ」

「ひゃっ？」

くしゃくしゃと髪を撫でられた。少々荒っぽいが、これは幸村流のエールである。

「気を抜くなよ。じゃあな」

「頑張ります！」

片手を上げて立ち去る彼を見送り、ドキドキする胸を押さえた。

「そうだよね。気を抜かずに仕事を頑張らなきゃ……ん？」

ふと、強い視線を感じた。

妙に思って振り向くけれど、玲美とスタッフが打ち合わせしている他は誰もいない。

「気のせいかな」

もうすぐ撮影が始まる。佐奈はあまり深く考えず、持ち場へと急いだ。

玲美の撮影は盛り上がった。時々打ち合わせを挟みながらも順調に進み、リズムもいい。現場は活気にあふれ、誰もが充実した顔で仕事をこなしている。

佐奈は途中から更衣スペースの裏側に回り、撮影が終わった服や小物を整理した。撮影現場の華やぎと緊張感が、ここにまで伝わってくる。

（同じスタジオにいるだけで影響される。本物って、こういうことなんだ）

佐奈の気分も盛り上がり、仕事に集中できた。

「えっ、もう片付け終わったの？」

撮影チームのリーダーに仕事の報告をすると、えらく感心された。佐奈は我ながら、今日は調子が良かったと思う。

「それなら、もう一つ頼んでいい？　玲美さんと彼女のマネージャーに、お茶を出してほしいの」

「分かりました」

撮影を終えた玲美は、更衣スペースで休憩していた。マネージャーと椅子を並べ、何かを話している。佐奈は緊張しながら彼女に近づき、思いきって声をかけた。

「失礼します。お茶をどうぞ」

「あら、ありがとう」

傍らのテーブルに湯呑みを置くと、玲美は顔を上げ、明るく礼を言った。間近で見る彼女は奇跡のように美しい。佐奈はぎこちない動きでお辞儀をし、すぐに立ち去ろうとした。

「ちょっと待って。もしかしてあなた、小泉佐奈さん？」

いきなりフルネームで呼ばれて、佐奈はびっくりする。

「ヴェリテの新人さんでしょ？」

「は、はい。今年の四月に入社いたしました、ヴェリテ編集部の小泉佐奈と申します。よろしくお願いします」

堅苦しく挨拶(あいさつ)する佐奈を、玲美がじっと見つめる。大きな目にスタジオのライトが映り、煌(きら)めいている。

「そう、こちらこそよろしくね。ところで小泉さん、さっき小耳に挟んだのだけど、あなたバケツの意味が分からなかったんですって？」

「あ……」

バケツ型バッグの件だ。玲美のような人に失敗談が伝わり、いたたまれない。

「はい。お恥ずかしいです」

「今はもちろん、理解してるわよね」

彼女は笑みを消し、真面目な表情になった。

「理解しています。あれからファッションについて猛勉強しました」

「ふうん」

彼女は遠慮なく佐奈の顔を見つめる。嘘がないか確かめるような、鋭(するど)い視線だった。

「それならいいわ。スタッフは笑い話にしてたけど、私はそういう半端なことは許せないの。仕事を与えられたら、向き不向き関係なく真摯(しんし)に取り組むべきよ。新人だろうがベテランだろうがね。……そう思わない？」

「もちろん、そのとおりです」

「仕事の現場に遊び半分の人がいたら、私はとても白けるし、テンションも下がるの。ヴェリテの編集者なら、それを覚えておいて」

「承知いたしました」

佐奈が真剣に答えると、玲美は少しだけ視線を和らげる。

「玲美さん、そろそろ移動の時間です」

「ん……分かった」

マネージャーに声をかけられ、彼女はすっと立ち上がる。身長差はもとより、堂々としたその姿に佐奈は圧倒された。

「じゃあね、新人さん。仁の企画、頑張って」

「はい……え？」

玲美が更衣スペースを出ると、スタッフが彼女を見送るために集まってきた。彼女は一人一人に、微笑みで応じている。佐奈はやっと緊張が解け、今頃になって膝が震えてきた。

（怒られたわけじゃないけど、少し怖かった。それにしても……）

最後の言葉が気になった。仁の企画というのは、変身企画のことだ。しかしヴェリテ本誌ではまだ告知していないもので、関係者以外は知らないはずである。なぜ彼女が知っているのだろう。

（楢崎さんが話したのかな。それとも編集長が？）

そこまで考えて、佐奈は深いため息をつく。いずれにしろ、玲美はこう言いたかったのだろう。

幸村が編集長を務めるヴェリテでいい加減な仕事をするな。彼と組む企画なら、なおさら真摯に取り組め――と。バケツの件を知り、心配になって釘を刺したのだ。

二階堂玲美はプロフェッショナルの人。彼女からすれば、佐奈は嘴の黄色いひよっこである。

（確かに、そうかもしれない。でも……）

ひよっこだからこそ頑張らねば。前向きに努力すれば、いつかきっと、幸村の言うとおり変身できそうな気がする。

顔を上げると、幸村と玲美が連れ立ってスタジオを出て行くのが見えた。

（いつか私も変身する。そして、あんな風に編集長と……）

大それたことを考える自分に驚き、佐奈は一人あたふたする。いくら何でも夢を見すぎだ。編集長と自分が、どうにかなるなんて。

逆上せたように頭が熱くなり、その場にしゃがみ込んでしまった。

「小泉、どうした。具合でも悪いのか」

「そうなんです。ちょっとくらくらして……って、ひゃあぁっ」

振り向くと、幸村がすぐ後ろに立っていた。ついさっき出て行ったはずなのに、なぜ?

「何だ、人を化け物みたいに」

「すすっ、すみません。ていうか、なぜお戻りに……玲美さんは?」

「次の仕事があるからって、すぐに帰ったよ。それよりお前、顔が真っ赤だぞ」

「はい? いえっ、これは別にその……あっ」

幸村が身を屈めて、顔を近づけてくる。

(え、ええーっ?)

睫毛が触れそうな距離で目が合った。彼は額と額をぴたりとくっつけ、熱を測っている。

「ちょ……編集長、やば、やばいです、これはっ……」

突然の接近に佐奈は動転し、上手く舌が回らない。

更衣スペースは三方が布で囲まれ、外からの視界は遮られている。しかしスタジオにはスタッフが残っており、いつ誰が入ってくるか分からないのだ。

しかし幸村は構わず、その体勢でじっとしている。佐奈を見つめる眼差しは真剣で、怖いほどまっすぐだった。

(こ、これって、まるで……)

彼の胸元からフレグランスが香る。セクシーな香りに包まれ、佐奈はもう声も出せず、ただ唇を震わせた。

ロマンス小説のワンシーンのようだ。強引なヒーローに迫られ、ヒロインは初めてのキスをする。そう、こんな風に顎を支えられて――

「ふむ、熱はないようだな。三十六度五分ってところか」

「……ほあ?」

とろんとした目を上げると、幸村がぱっと手を離した。顎ががくんと下がり、その反動で佐奈は我に返る。

「ななっ、何をするのですか」

どもりながらも抗議をした。幸村がどういうつもりか知らないが、いきなり接近し、その直後に突き放すというのはひどい。

「ああ、すまん。風邪でも引いたのかと思って心配したんだ」

「そうだとしても、やっていいことと悪いことがあります!」

大体、熱を確かめるためにおでこをくっつけるって、子ども相手じゃないんだから。

佐奈はいじけた気持ちになり、幸村から目を逸らした。彼の行為にうっとりして、あらぬ妄想をした自分が恥ずかしい。ムキになるのは、ほとんど照れ隠しの八つ当たりだった。

「小泉」

幸村が真面目な声で呼んだ。佐奈は熱くなる頬を押さえながら、そっと視線を戻す。

「悪い。そんなに嫌がられるとは思わなかった。馴れ馴れしい真似をしたな」

「……え?」

幸村の解釈に驚く。しかし、佐奈の言葉は確かにそう受け取れるものだった。

「編集長、違うんです。私は……」

「もう二度としない。本当に、すまなかった」

鬼の編集長とは思えぬ、全面的な謝罪だった。幸村のこんな態度は初めてなので、佐奈は戸惑ってしまう。

「いえあの、そういうことではなくて……」

「俺はオフィスに戻る。お前も片付けが終わったら、引き揚げていいぞ」

幸村はくるりと背を向け、更衣スペースを出て行ってしまった。佐奈はぽつんと取り残され、呆然と立ち尽くす。

「嫌だなんて、そんなこと思ってないのに」

むしろ嬉しかった。先走った妄想をし、肩透かしを食らったから腹が立ち、八つ当たりをしたのだ。

幸村の残り香を感じて、佐奈は再びしゃがみ込むのだった。

日々の仕事と並行し、変身企画は進んでいく。佐奈はエステやジムに定期的に通い、ダイエットも続けている。努力の甲斐あって、顔も身体も引きしまってきた。

外見の変化はそれだけではない。少し明るめの洋服を買うようになり、メイクの腕も上がった。髪型も、編み込みやカールなどへアアレンジで工夫している。入社した頃の真っ黒スタイルに比べれば、かなりお洒落な雰囲気になった。

また、仕事もスキルアップしている。ミニ企画を二号連続で受け持ち、企画から校了まで一連の作業をこなせた。雑用係だった頃を思えば、編集者としてランクアップしたといえる。

入社してもう五か月が経った九月中旬――

季節は移り、佐奈もますます成長しつつある。ただ一つ、幸村との関係を除いて。

彼は相変わらず厳しい。今日も佐奈をデスクに呼んで、仕事の指導をする。叱られる回数は減ったものの、要領の悪さなど指摘されることが多い。

「校了したからといって、ぼんやりするなよ。余裕がある今のうちに、次の企画を練るんだ」

「はい、編集長」

佐奈はデスクに戻って椅子に座り、パソコンを操作しながら幸村の顔を窺う。少し不機嫌にも見える表情。佐奈が入社した当時と変わらず、彼は仕事の鬼である。

そしてこのところ、彼について気になることがあった。

幸村が額をくっつけて熱を測ったあの日から、彼は、佐奈の頭を撫でたり肩を叩くといった行為は一切しなくなった。セクハラと言われるのを恐れてか、身体的に距離を取っている。

かといって関係的に距離を置くでもなく、保護者のように世話を焼いてくるのだ。

（無駄遣いするなとか、寄り道せずに帰れとか。先輩達には言わないのに）

佐奈は頭を振って雑念を払った。新しいファイルを作成して、企画のアイディアを練り始める。仕事は仕事、恋は恋。余分なことは吹っ切って、頑張らなければ。

（吹っ切る……か）

今度のミニ企画はヘアスタイル特集。イメージチェンジの案を練るうちに、佐奈はあることを思いついた。そして変身企画のスタッフである楢崎や津久見に相談し――実行に移した。

一週間後――佐奈がオフィスに入ると、辻本がまずその変化に気づいた。

「おおー、これはまた思い切ったわねえ。でも、すごく似合ってる。ますます垢抜けて見えるわ」

他の編集部員もわらわらと集まってきて、辻本と同じく興奮した口調で感想を述べる。予想を上回る反応に面食らいながら、佐奈はショートボブまで短く切った髪を触った。

「ここまで短くしたのは久しぶりです。どんな感じになるのかなと、かなりドキドキしました」

「大人っぽくていい感じじゃん。ねえねえ、どこの美容院？」

「メイクの津久見さんに紹介してもらったお店です」

佐奈を担当したのは、カットの魔術師と呼ばれる男性だった。緊張しながら要望を伝えると、彼はハサミを素早く操り、イメージどおりに仕上げてくれた。

髪を切った一番の理由は雑念を吹っ切るためだ。幸村に対して、もやもやする自分を変えたくて。だから、想像したような喪失感も後悔もなかった。

でも、この髪型を見て彼がどんな顔をするのか、やはり気になる。

「お前達、何をサボってるんだ。会議を始めるぞ」

突然、張りのある声がオフィスに響いた。待ちわびていた人の登場に、佐奈の心臓は激しく高鳴る。

「編集長、おはようございまーす」

幸村が近づいてくると、先輩達は左右にさっと広がる。中央に残された佐奈の前で、彼はぴたりと立ち止まった。

「……お前は、小泉?」

真正面から見下ろされ、佐奈はがちがちに固まった。幸村は相当驚いたようで、大きく目を見開いている。信じられないといった表情だ。

周りは皆、楽しそうに見守っている。しかし佐奈は生きた心地がせず、今すぐオフィスを飛び出したくなった。ヘアスタイルを変えただけなのに、こんな思いをするなんて。

「悪くないな」

短い感想が聞こえた。素っ気なく、ぶっきらぼうな言い方である。だけど今の一言は、空耳ではない。佐奈は、身体がふわりと浮くような喜びを感じた。

「悪くないどころか、すごく似合ってるじゃないですか」

「髪型一つでこれほど雰囲気が変わるのは、変身企画の成果ですよ。小泉さん、頑張ってるもの」

部員は皆、佐奈の味方である。幸村は苦笑しながらも、彼女らの意見を受け入れたようだ。佐奈を見直し、あらためて評価した。

「そうだな、よく似合ってる。真っ黒スタイルの新入社員Aが、ここまで変わるとは。変身企画を立ち上げた俺が言うのも何だが、本当に驚いてるよ。確かに小泉は……」

息を詰めて、佐奈は言葉を待つ。目の前にいるのは上司であり、好きな男性だ。

「きれいになった。努力が実りつつあるな」

佐奈の頬がみるみるうちに熱くなる。ヴェリテ編集部は歓声に包まれ、変身企画が成功を収めたかのように沸き立っている。

きれいになった——一生縁のない言葉だと思っていたのに、しかも好きな男性からそんな言葉をもらえるなんて、感激しすぎて目が回りそう。

「お前にしては上出来だ。しかし、よくこんなにバッサリと……」

幸村の手が、佐奈の髪に触れようとする。しかし目が合うと、すぐに引っ込めてしまった。

「……編集長？」

「いや、すまない」

彼は気まずそうに横を向く。やはり、もう触れてくれないのだ。

佐奈は何も言えなくなり、ひそかにため息をついた。

彼の心を垣間見るための、何らかのきっかけが欲しい。ロマンス小説なら素敵なエピソードが組み込まれるのに、現実の恋は都合よくいかない。

佐奈は引き続き、迷宮をさまようのだった。

食堂でランチを済ませると、佐奈は文芸書籍部のオフィスに向かった。

今月発売されたシティロマンスの感想を、相馬と椎名に伝えるためだ。熱心な読者の来訪を、彼らも心待ちにしている。

文芸書籍部にいたのは、相馬だけだった。

オフィスに入ってきたのが佐奈だと分かったとたん、彼はつかつかと歩み寄り、興奮した様子で見回してくる。

「驚いたなあ。誰かと思ったよ」

「あはは……驚かせてスミマセン」

熱心に見つめられて、ちょっと恥ずかしい。佐奈が冗談めかすと、相馬は言葉を続けた。

「もちろん、いい意味での驚きだよ。急に大人びて、きれいになったから」

「……えっ？」

男性にきれいと言われたのは、幸村に続いて二人目である。しかも、この人は佐奈が尊敬する相馬編集長だ。幸村に対するのとは違う意味での喜びがこみあげてきた。

「ありがとうございます。相馬さんに褒めていただけて嬉しいです」

「そ、そうかい？」

相馬は赤くなった。女性を褒め慣れておらず、照れたのかもしれない。

「ところで、今日は相馬さんお一人なのですね。椎名さんや、他の部員の方は……」

「ああ、皆は外食に出かけたよ。近所のステーキ屋が半額サービスとか言ってたな」

相馬も誘われたが、読みたい本があるからと遠慮したらしい。

「そうなんですか。シティロマンスの新刊を読み終わったので、感想を伝えにきたのですが」

「えっ、もう読んだのかい？　それはぜひ聞かせてほしいな」

相馬は目を輝かせた。レーベルを担当する編集長として、読者の反応が気になるのだろう。

「でも読書中なのでは？」

「ああ、ついさっき読み終えたところだよ。そうだなあ……今日はまだ時間が早いから、ティールームに行こうか」

佐奈は目を瞬かせた。ティールームというのは、一階ロビーにある喫茶店だ。洒落た雰囲気が人気で、一般の客も利用できる。

「どうかな、小泉さん」

「え、ええ。私は構いませんが」

「良かった。じゃあ行こうか」

そう言って、相馬が立ち上がる。今日の彼は少し様子が変だ。いつもは落ち着いているのに、そわそわしていて違和感がある。佐奈は不思議に思いながらも、彼について行った。

ティールームに入ると、二人は窓際の席に腰かけた。他部署の上司と、喫茶店で向かい合って座るのは、何だか妙な心地だ。

しかも、相馬はいつになくにこにこしている。よく分からないが、とりあえずポケットから手帳を取り出した。

「ではさっそくですが、新刊の感想です。いつものように、要点をメモしてきました」

「うん、いいよ。聞かせてくれ」

相馬と話すのは楽しい。シティロマンスの編集長だけあって、彼は物語に詳しく裏話も知っている。佐奈が微笑みながら感想を伝えると、相馬も嬉しそうにしていた。

「あら、やっぱり小泉さんだわ」

聞き覚えのある声に呼ばれ、佐奈はハッと顔を上げる。

「あっ……玲美さん」

そこにいたのは、ヴェリテのレギュラーモデルの玲美だった。マネージャーと店を出るところのようだ。突然の遭遇に、佐奈はどぎまぎした。

「この前と印象が違うから、すぐに分からなかった。髪を切ったのね」

「は、はい」

「ふうん……相馬さんも、お久しぶりね」

玲美が声をかけると、相馬も「やあ」と返す。彼らが知り合いなのは意外だった。

「幸村が文芸書籍部にいた頃、話したことがあるんだ」

佐奈が不思議そうにすると、相馬は小声で教えてくれる。なるほど、幸村繋がりである。

「相馬さんも出世したわね。さすが、仁のライバルだわ」

「いや、まだまだですよ」

相馬は謙遜しながら腕時計を確かめる。そろそろ昼休憩が終わる時間だ。

「ごめんなさい、お仕事が始まるわね。私もこれから仁と打ち合わせなの。このお店に入ったのは時間調整のためだけど、おかげでいい場面に出会えたわ」

玲美は意味ありげな目つきで、佐奈と相馬を見比べる。

「あなた達、そうだったの。うふふ……それでは、失礼」

何かを呟くと柔らかな笑みを残し、玲美は立ち去った。ティールームに居合わせた客が、憧れの眼差しで彼女を見送っている。

(今、何て言ったのかな。よく聞こえなかったけど)

相馬に確かめようとして前を向き、佐奈は目をぱちくりとさせた。

「相馬さん、どうかされましたか」

「えっ？　な、何がだい？」

相馬は上ずった声で、逆に訊いてきた。

「いえ、お顔が赤いので、具合でも悪いのかと」

彼は黙ってポケットからハンカチを取り出し、額の汗を拭った。耳まで赤くなっている。

「や、何でもないよ。温かいお茶を飲んだから、体温が上がったのかな」

彼はばつが悪そうに目を逸らし、伝票を取った。

「午後の仕事が始まるよ。行こうか」

「は、はい」

相馬はお茶代を払ってくれた。ティールームを出て佐奈が礼を言うと、彼はいつものように笑う。顔色も元どおりだ。

(さっきはどうしたんだろ。びっくりした)

二人は並んで、エレベーターホールに向かって歩いた。

「そういえば、玲美さんはヴェリテのモデルを務めているらしいね」

「はい。特集に登場していただくレギュラーモデルです」

「幸村と彼女は縁があるのかな。二人とも仕事一途で、負けず嫌いなところがよく似ている。気が合うんだろうね」

「え、ええ」

相馬の言葉は的を射ていた。あの二人は互いをリスペクトしている。きっと、相性がいいのだ。

「幸村はモデル時代の仲間を大事にしている。彼女だけが特別ではないだろうが、それにしても長い付き合いだよ。……ところで小泉さん」

相馬は少したためらった感じで、佐奈に訊いた。

「最近、好きな人ができた？」

「ええっ？」

ひっくり返った声がエレベーターホールに反響する。周囲から注目されてしまった。

「すみませんっ」

「いや、こっちこそごめん」

悪目立ちした相馬も恥ずかしそうだ。佐奈は少し迷ってから、彼に一歩近づく。隠しても仕方ないし、この人になら正直に答えて大丈夫だと思う。

「はい。実は、そうなんです」

「……やっぱり。だから急にきれいになったんだね」

「まさか、そんなこと……きっ、きれいになったとしたら、変身企画のおかげだと思います」

「いや、恋は女性を美しくする。シティロマンスのヒロインも皆、そうだろ？」

相馬の眼差しは真剣だ。冗談を言っている顔つきではない。

（私は、編集長に恋をして、きれいになった。本当に？）

仕事は仕事、恋は恋。でも、恋が仕事にいい影響を与えるなら、素晴らしいではないか。

「そうかもしれません。片想いですが……でも、前向きに行かなきゃですね」

「ああ、もちろんだよ。それで小泉さん、その相手というのは……」

ポーンと音が鳴り、エレベーターの扉が開く。

相馬と佐奈は会話を止めると、降りる人のじゃまにならないよう脇に寄った。

「あれ？」

最後に降りた男性が、こちらに向かって大股で歩いてくる。長身でスタイリッシュな彼は、恐ろしい表情で……

「へっ、編集長。どうしてここに？」

腕時計を確かめるが、昼休憩は五分ほど残っている。遅刻した部下を怒っているのではない。

それならなぜ、あんなに怖い顔をしているのだろう。

「小泉！」

「すみませんっ。私、何か失敗しましたでしょうか？」

先手を打って頭を下げる佐奈を庇うように、相馬が前に立つ。すると幸村はいかにも不愉快そうに眉根を寄せた。

「どけ、相馬。俺は小泉に用がある」

「部下を怯えさせるな。パワハラだぞ」

「はあ？　人聞きの悪いことを言うな」

エレベーターの扉が閉まり、ホールには三人だけになった。

相馬の背中から、佐奈はそっと覗き見る。幸村の鋭い視線とかち合い、思わず顔を引っ込めた。

「こら、どこに隠れてるんだ。お前の上司は俺だぞ」

「だから落ち着けって。そんなに興奮して、一体何があったんだ」

「何って、玲美がティールームでお前達を見たと……」

幸村は言葉を切り、自分の口を手で押さえた。失言したかのように、悔しげな顔になる。

「ああ、玲美さんなら僕達も会ったよ」

「僕達？」

幸村はなぜかムッとして、相馬と佐奈を交互に睨みつける。

「とにかく相馬、うちの部員を勝手に連れ回すな。小泉、辻本さんが探してたぞ。早く編集部に戻れ」

「あ、はいっ」

ほどなくしてエレベーターが到着し、三人は一緒に乗り込んだ。

雑誌フロアに着くと、幸村はさっさと降りてしまい、佐奈は相馬に会釈してから慌てて上司を追いかける。相馬は苦笑していた。

「まったく、お前も懲りないやつだ。せっかく垢抜けてきたのに、相馬に影響されて元に戻ったらどうする」

　廊下を歩きながら、幸村は小言を始めた。いつもどおりの文句だが、今日の佐奈は反発を覚える。いくら相馬とライバル関係でも、ひどい言い草ではなかろうか。

「でも、相馬さんは編集長の変身企画を応援されていますよ？　さっきも私のことを褒めてくれました。大人びて、その……きれいになったと」

「何だって？」

　幸村が立ち止まり、口答えした部下を振り返る。暗雲が立ち込め、今にも雷が落ちそうだ。

「つ、つまりですね。あの相馬さんだからこそ、努力を認めてもらえるのは嬉しいというか……確かに地味な方かもしれませんが、私はとても励まされるわけで……」

　相馬をフォローすればするほど、幸村の表情は険しくなる。上司に歯向かって相馬の味方をしていると誤解されたのかもしれない。幸村が、いつにも増して恐ろしく感じられた。

「ダサ男にきれいと言われて何が嬉しい。お前はまだまだ未熟者だ。俺の変身企画は、終わったわけじゃないぞ」

「でっ、ですよね。すみません！」

「大体お前は……」

本格的な説教が始まろうとした時、アラームが鳴った。佐奈の腕時計が昼休憩の終わりを告げたのだ。

「くっ、時間切れか」

幸村は無念そうに呟くと、垂れてきた前髪をかき上げる。珍しくセットが乱れていた。

「午後から公園でロケだったな。雨が降りそうだから気をつけろよ」

「はい。モデルさんが濡れないように注意します」

ビシッと答える佐奈に、幸村は呆れ顔になった。

「そんなのは当たり前だ。俺が言ってるのは、お前のこと」

「あ……なるほど。スタッフも、ですね」

恐縮する佐奈を見て、幸村は額を押さえた。頭が痛いというジェスチャーだが、その原因が何なのか佐奈は分からない。会話がずれているのだろうか。

「編集長？」

「いや、もういい。俺はミーティングルームにいるから、何かあれば連絡しろ」

雑誌フロアの入り口前で、幸村と別れた。彼はこれから、玲美と打ち合わせをするのだ。

「お前はまだまだ未熟者だ。変身企画は、終わったわけじゃないぞ……か」

佐奈はしょんぼりと肩を落とす。幸村は今朝、きれいになったと褒めてくれた。それなのに、もう撤回されてしまうなんて。

恋は仕事にいい影響を与える。しかし、その逆も然りだと痛感させられた。

（でも、めげてる場合じゃない……仕事を頑張らなきゃ！）

無理やりテンションを上げると、勢いよく雑誌フロアに入った。


幸村が言ったとおり、屋外ロケの途中で雨が降り始めた。佐奈は現場の責任者として、モデルとスタッフに迅速に指示を出し、小雨のうちに撮影を完了させることができた。しかし撤収作業に手間取り、最後のほうは本降りの雨に襲われてしまう。バケツをひっくり返したような、ひどい降り方だった。現場に忘れ物がないか確認したあと、佐奈はロケ用のワゴン車に最後に乗り込み、モデルとスタッフに声をかけた。

「お疲れ様でしたー。すごい雨ですが、皆さんご無事でしたか？」

全員、ＯＫサインで応えた。さほど濡れずに済んだようで、佐奈はホッと息をつく。

「っていうか小泉さん、あなたがずぶ濡れですよ。カッパを着なかったんですか？」

「え？」

スタイリストの女性に、大判のタオルを差し出された。佐奈はそこで初めて自分を見下ろし、濡れネズミになっていることに気づく。

「わわっ、いつの間にこんなことに」

「とにかく身体を拭いて、これに着替えてください。風邪引いちゃいますよ」

スタイリストがTシャツとパンツを貸してくれた。バスの奥はカーテンが引かれ、更衣室になっている。運転手に出発してくださいと頼んでから、佐奈は服を着替えた。

「本当にずぶ濡れ。カッパも着ずに走り回ってたから……うう、何だか寒くなってきた」

ふと、幸村のアドバイスを思い出す。もしかして彼は、こうなることを想定したのでは？

俺が言ってるのは、お前のこと――と、スタッフだけでなく、佐奈自身に気をつけろと忠告したのだ。さすが上司、部下がやらかしそうなことをよく分かっている。

「……って、感心してる場合じゃない。これで風邪なんか引いたら、めちゃくちゃ怒られるよ」

仕事を頑張ると意気込んでも、寝込んだら頑張りようがない。

佐奈は気力を振りしぼり、寒気を感じるのは気のせいだと強く念じた。


翌朝。起きてすぐ熱があると確信した佐奈は、出勤をあきらめた。

辻本の携帯に欠勤の連絡を入れてから、近所の病院で受診する。風邪と診断された佐奈はアパートに帰り、ふらつきながらパジャマに着替えた。食欲がないのでビタミンゼリーで朝食を済ませ、薬を呑んでからベッドに倒れ込む。

「今日はロケの写真を選んで、原稿をまとめて、編集長のチェックを受けるはずだったのに。明日も熱が下がらなかったらどうしよう」

企画から校了まで、佐奈のスケジュールはびっしり埋まっている。一日遅れたら、次の日は二倍の仕事量になるのだ。最悪なのは、誰かに肩代わりさせること。佐奈の場合、それは辻本になるだろう。普段からめんどうをかけている先輩に、余分な仕事を押しつけたくない。

自己管理がなっとらん！　と、鬼の形相で説教する幸村の姿が、目に浮かんだ。

「とにかく寝よう。もともと頑丈なんだから、ちゃんと眠ればすぐに治るよね」

だけど、熱のせいか見るのは悪夢ばかり。怖くて目を覚まし、うとうとしてまた悪夢を見るという繰り返しだった。

「うう……頭が痛い。眠れない……」

平日の昼間。アパートの静かな部屋に、水槽のエアポンプの音だけが寂しく響く。水槽の中でクロがひらひら泳ぐのを、佐奈は潤んだ目で見つめた。一人暮らしで寝込むのは初めてだ。だんだん心細くなり、涙が出そうになる。

叱られてもいい。編集長の顔が見たい。

甘ったれた自分が情けなくなり、瞼をぎゅっと閉じた。幸村は今頃、佐奈のことなど忘れて仕事に没頭しているだろう。そう考えるとますます寂しさが募り、涙がぽろりとれた。

二人三脚の紐が切れて、幸村が先に行ってしまう。そんな夢を見ては、佐奈はうなされた。

目を覚ますと、時刻は午後八時を回っていた。うなされているうちに、いつの間にか深く眠ったらしい。熱が少し下がったようで、頭痛が治まっている。

「良かった。この調子なら明日は出勤できそう！」

沈んでいた心が一気に浮上する。そのとたんお腹がぐうと鳴り、空腹を訴えた。朝からまともに食事をしておらず、胃が空っぽだ。

佐奈はベッドを出て、冷蔵庫へふらふらと歩く。冷凍うどんがあったので、卵とじうどんを作った。具材はネギだけのシンプルな一品だが、なかなか美味しい。

「うどんもいいけど、すりおろしりんごが食べたいなあ」

子どもの頃、風邪を引くと母親がいつも作ってくれた。熱っぽい身体をほどよく冷ましてくれる、爽やかな甘さを思い出す。

りんごを買っておけば良かったと悔やみながら、空のどんぶりを流しに運んだ。

風邪薬を呑んでいると、ベッドに置きっぱなしのスマートフォンが鳴った。発信者を確かめた佐奈は、あっと声を上げる。

「どどっ、どうして編集長から電話が？」

佐奈が何か忘れていることがあって、編集部が大変なことになっているとか。それとも、幸村にアドバイスされたにもかかわらず風邪を引いてしまったので、叱責されるとか。

いずれにしろ、怒られる気がする。そう思いながらも、電話を取った。怒られるのは怖いけど、それ以上に幸村の声が聞きたい。孤独だった一日は、彼の存在の大きさを佐奈に思い知らせた。

「もしもし、小泉です」

『遅くにすまない。幸村だ』

予想に反して、いつもより優しい口調である。胸がドキドキしてきた。

『具合はどうだ。少しは良くなったか』

「は、はい。よく寝たので、だいぶ熱が下がりました」

『それは良かった』

電話越しに、安堵の気持ちが伝わってくる。佐奈は怒られると思ったことを後悔した。よく考えれば、幸村は病人に鞭打つような人ではない。

『ええと……実は今、お前のアパートの最寄り駅にいるんだ』

「え……」

なぜ編集長がそんなところに？　佐奈は緊張し、スマートフォンに耳を集中させた。

『お前に届けたいものがあってね。今から寄ってもいいか？』

編集長が家に来る？　雑然とした部屋を見回し、佐奈は焦りまくった。

「そ、それは構いませんが、かなり散らかっていまして……」

『いや、気を使わなくていい。玄関先で荷物を渡したら、すぐに帰るから』

「えっ？　あ、そうなんですね。すみません。えっと、場所はお分かりでしょうか」

うろたえるあまり変なことを口走ってしまった。何だか急に、熱が上がったように感じる。

『大丈夫、地図を見て行くよ。それじゃ、よろしく』

「はい、よろしくお願いします」

電話を切ると、佐奈はそこら辺に散らばる着替えや、丸めたティッシュなどを急いで片付ける。

どうにか整えたところで、インターホンが鳴った。

ドアスコープを覗くと、ドアの前に幸村が立っている。いつもどおりスタイリッシュに決めた彼を見ると同時に、佐奈は自分がパジャマ姿であることに気づく。

「ひええ、私ったらこんな格好で。せめてスウェットにしておけば……ああっ、もう遅い」

カーディガンを羽織り、前のボタンを全部留める。なるべく裾を引き下げてズボンを隠してから、勢いよくドアを開けた。

「どうも、お待たせしました！」

「おお、悪いなこんな時間に……」

幸村は佐奈を見て、何か言いかけた口をぽかんと開ける。病欠中とはいえ、あまりにもだらしない格好なので呆れたのだろう。しかし、今さらどうしようもなく、佐奈はもじもじする。

「えっと、あの……みっともない姿をお見せして、すみません」

「何を言ってるんだ、お前は」

幸村はいきなり佐奈の肩を掴み、額をくっつけてきた。突然のどアップに、目玉が飛び出そうになる。

「へ、編集長。何を……」

「まだ熱があるじゃないか。顔が真っ赤だぞ」

額を離すと、彼は真剣な目で見つめてくる。佐奈は頭がくらくらして、大きくふらついた。

「おい、しっかりしろ」

「あ、あれ、変だな……さっきまではこんなんじゃ……」

「ったく……じゃまするぞ」

幸村はよろめく佐奈を支え、少しためらってから玄関に入った。

「こんなことなら、辻本さんを連れてくるんだった」

「うう、すみません」

どういうわけか、めまいがする。幸村の力強い腕に掴まり、何とか歩いてベッドに辿り着いた。

「とにかく横になれ。安静にしてろ」

「はい」

素直に返事をして瞼(まぶた)を閉じる。自分の身体なのにコントロールが利かず、佐奈は少し怖くなってきた。身も心も不安定すぎて、どうすればいいのか分からない。

そんな佐奈に、幸村は問いかけてくる。

「飯は食べた?」

「はい。卵とじうどんを」

「そうか。他に食べたいものは?」

薄目を開けると、幸村は微笑んでいた。声音は穏やかで、思いやりに満ちている。

「果物とか、ヨーグルトとか、いろいろ持ってきたんだ」

「あ、ありがとうございます」

届けたいものとは、見舞いの品らしい。風邪を引いて寝込んだ部下のために、彼は買い物をして、わざわざ立ち寄ってくれたのだ。自宅は反対方向なはずなのに。

「遠慮なく言いなさい。食欲がないなら、冷蔵庫に入れておくが」

病気の子どもを看病するお母さんのように慈愛に満ちている。佐奈はすっかり安心し、彼に甘えたくなった。ダメもとでリクエストしてみる。

「りんごのすりおろしが食べたいです」

「ほう、予想どおりだな」

幸村はニヤリと笑い、荷物の袋からりんごを取り出した。

「風邪といえば、すりおろしたりんごと相場が決まっている。台所を借りるぞ」

「えっ、本当に作ってくれるのですか」

「食べたいんだろ？」

彼は当然のように言い、ジャケットを脱いでシャツを腕まくりする。ダメもとだったのに、これは意外な展開だ。

「包丁はこれか……おろし金は？」

「えっと、流しの引き出しにあります」

「分かった。ちょっと待ってろ」

ワンルームの小さな台所で、幸村が鼻歌を歌いながらりんごを洗っている。ベッドの上から彼の後ろ姿を眺め、佐奈は何ともいえない幸せな気持ちに浸った。好きな人がお見舞いに来てくれた。しかも看病までしてくれるなんて。

こんな奇跡があるだろうか。まるで夢のような光景だ。

「よーし、できたぞ」

しばらくして、幸村がデザートを運んできた。ガラスの器に入ったそれをテーブルに一旦置き、佐奈が起き上がるのを手伝ってくれる。彼の優しさと頼もしさに感動し、胸がときめく。

「すみません」

「いや、こっちこそ……不快だろうが、今日は許せ」

「え？」

どういう意味だろう。思わずじっと見つめると、彼は気まずそうに顔を逸らした。

「さっきも、お前があまりにも真っ赤だったから、つい額をくっつけて……悪かった」

しばし考え、ようやくぴんとくる。玄関先で佐奈の熱を確かめたことだ。

幸村は前にも、額をくっつけて佐奈の熱を測ったことがある。玲美の初めての撮影が行われた日、更衣スペースで二人きりになった時だ。

あの時に抗議して以来、幸村は佐奈と身体的に距離を取るようになった。やはり、いまだに気にしているのだ。

「不快だなんて、そんなことありません」

「ああ、すまなかった……え？」

きょとんとした顔をしたので、一瞬、幸村が少年みたいに見えた。

「本当に？」

「はい、本当です」

こんな至近距離で、こんな会話をするなんて妙な心地だ。ただの上司と部下の関係なのに、勘違いしてしまいそう。

「へ、変なことを気にしすぎです。編集長らしくないですよ？」

「そうか。いや、まったくそのとおりだ。俺らしくなかったな、うん」

気のせいか、ずいぶん喜んでいるように見える。気恥ずかしくなり、佐奈は話題を変える。

「あの、編集長。りんごのすりおろしを……」

「おっと、そうだった」

幸村はガラスの器を手に取り、こちらに寄越した。指先が触れるけれど、彼は慌てることなくしっかりと持たせてくれる。

佐奈はいただきますと挨拶してから、こんもりと盛られたすりおろしりんごをひと匙すくう。

「美味しいっ」

りんごの甘みと酸味が口中に広がり、たっぷりの果汁が渇いた喉を潤す。懐かしくて、何よりありがたい薬だった。

「嬉しい。ホントに食べたかったんです、私」

「そうだろう、そうだろう。俺も子どもの頃から、これが大好きなんだよ」

ふと目が合い、幸村は真顔になった。佐奈はスプーンを止めて、何となく見つめ返す。

「……大好きなんだ」

「編集長？」

なぜ、言い直したのだろう。それも、こんなふうに真剣に、まっすぐな瞳で。

「小泉」

「は、はい」

「俺はな、本当は……」

ぱしゃん。二人の背後で水音がした。幸村は驚いた顔になり、さっと振り返る。

「えっ、金魚？　この部屋、金魚がいたのか」

「は、はい。一匹、飼っておりますが」

ローチェストに置かれた水槽に、初めて気がついたようだ。

「いや、全然目に入らなかったよ。地味な金魚だなあ」

飼い主と同じで——そんな言葉が続くと予想したが、幸村の反応は違っていた。水槽に近づくと、元気に泳ぎ回るクロを嬉しそうに眺めている。

「これは青文魚だな。なかなか渋いじゃないか」

「……よく、ご存じですね」

佐奈は目をぱちくりとさせた。家族や友人で、品種まで知る者はいなかった。それに、こんなに熱心に見入る人も珍しい。

「俺の父親が金魚好きなんだ。その影響を受けて、俺も子どもの頃はいろいろ飼ってたなあ」

「えっ、そうなんですか」

「金魚にはちょっとうるさいぞ。こいつ、名前はあるのか？」

「あ、はい。クロっていいます」

幸村はぷっと噴き出した。

「単純……でも、シンプルでいいよ。はは、可愛いなあ」

本当に金魚が好きらしい。オフィスでは鬼の編集長なのに、今は子煩悩なパパといった感じで、デレている。その微笑ましい光景に、佐奈は和(なご)んだ。

「さて、そろそろ帰るよ。今日はすまなかったな、上がり込んでしまって」

「そんな、こちらこそお世話をおかけして、すみませんでした」

幸村は佐奈が食べ終わった器(うつわ)を流しに運び、洗ってくれた。その動作は自然で、違和感がない。ファッショナブルな外見からは想像できない、家庭的な姿だった。

「明日も辛かったら無理するなよ。仕事のことは考えず、風邪を治すことに専念しろ」

「はい、でも……」

「いいから、横になれ」

佐奈をベッドに寝かせると、幸村はさっきの続きみたいに見つめてくる。

「編集長？」

「……ああ、いや。何でもない」

幸村は視線を外した。佐奈に背を向けてジャケットを羽織り、帰り支度を始める。

広い背中を見ながら、ふと、わがままを言いたくなった。彼の優しさに、もう少し甘えたい。まだ帰らないでほしい。

「編集長。五分だけ、傍にいてください。私、すぐに眠りますから」

「……ん？」

虚を衝かれた顔で、彼は明らかに戸惑っている。佐奈はすぐに後悔したが、彼は要望を断ることなくベッド脇に座り直した。フレグランスが香り、その甘さは佐奈を安心させる。

「しょうがないやつだ。少しだけだぞ。お前が寝たら、そこに置いてある鍵で戸締まりをして帰る。鍵はポストに入れておくからな」

「はい」

少しと言いながら、眠るまで傍にいてくれるつもりだ。佐奈は素直に返事して、目を閉じた。ほどよく疲れた身体と、熱っぽさ。そして何より、大好きな人に見守られるという安心感が、幸せな眠りに誘う。五分も経たず、うとうとしていると——

「早く治せよ。お前がいないと、張り合いがない」

頬にキスされた——ような気がしたけれど、佐奈は半分、夢の中。まさかねと思い、そのまま深く眠ったのだった。

翌日、熱がすっかり下がった佐奈は出社し、編集会議に参加していた。

一月号の発売日は十一月二十七日。その二か月前にあたる今日、九月末の編集会議で、幸村の企画『お洒落初心者の変身プロジェクト～新入社員Aの場合～』の一月号掲載が正式に決まった。

「小泉さん、頑張ったものね。入社した頃は真っ黒スタイルだったのに、こんなに変わるなんて。正直、皆びっくりしてるのよ」

辻本が「おめでとう」と祝福すると、編集部は拍手に包まれる。佐奈はひたすら恐縮し、先輩達にぺこぺこと頭を下げた。ここまで変わることができたのは、周りの人の協力や、アドバイスのおかげである。そして、誰よりも……

「まだ企画は成功していない。雑誌に掲載されて、読者の反応を見てから判断しろ」

背後からたしなめてきたのは幸村編集長。早くも浮かれる部員達を、じろりと睨んでいる。

「すみません、幸村さん」

「ついつい、盛り上がってしまいました」

「……ったく。結果が出るまで『おめでとう』は禁句だ。気を引きしめていけよ」

編集会議が終わり部員達が各々のデスクに散らばると、幸村は佐奈を手招きした。編集部のスペースを出て、雑誌フロアの通路で向き合う。

「体調はどうだ。顔色は良さそうだが」

「おかげさまで、すっかり回復しました。あの……昨夜はありがとうございました」

お見舞いに来てくれたことを、あらためて感謝する。早く治ったのは幸村のおかげだ。

「いや、あれは別に……大したことじゃない」

「りんごのすりおろしのおかげです。それと……」

「ん？」

夢うつつで聞いた幸村の言葉。そして、頬に残るあの感触。気のせいだとしても嬉しかった。むくむくと元気が湧いてきて、早く会社に行きたくて堪らなくなったのだ。

「いえ、何でもありません」

「変なやつだな……」

幸村はちょっと照れた感じで前髪をかき上げる。佐奈が黙っていると、別の話を切り出した。

「ところで小泉、明日の夜は空いてるか」

「ええと、明日は金曜日ですね。はい、特に用事はありません。残業できますよ？」

「そうじゃなくて。変身企画の掲載が正式に決まっただろ。まだまだ気を抜けないが、一応ここまできたご褒美ってことで、食事でもどうだ」

「えっ？」

突然の誘いに、佐奈は目を白黒させる。残業ではなく食事。しかも、ご褒美ということは——

「もしかして、二人で……ですか？」

「いいや、辻本さんと三人で。企画の初期から、かなりサポートしてもらってるからな」

「あ、そ、そうですよね。すみません」

落ち着き払った幸村の前で、佐奈は一人で焦りまくる。いつかのように、また二人で食事できるのかと期待してしまった。

「今日は無理せず早く休め。そして明日は七時半をめどに仕事を終わらせろ。以上だ」

「はいっ、分かりました」

幸村はすぐに背を向け、仕事に戻って行く。忙しそうな後ろ姿を見て、佐奈は反省した。

(そうだよね。編集長は私だけ特別扱いなんてしない)

お見舞いも、部下だから来てくれただけ。あれこれ妄想する自分が恥ずかしかった。

翌日、仕事を終えると、佐奈は幸村と二人で会社を出た。呼んでおいたタクシーに乗り込み、人気のバルレストランに向かう。女性に人気の店だと、辻本は喜んでいたのだが……

「急用って、何かあったのでしょうか」

「さあ。家庭の用事だと言ったが、よく分からんな」

三人で食事するはずが、直前になって辻本が抜けてしまった。幸村は延期を提案したが、彼女はなぜか遠慮して、そそくさと帰ってしまったのだ。

「仕方ない、辻本さんとは別の機会に食事しよう。とりあえず、今日は二人で乾杯だ」

「は、はい」

二人で乾杯——幸村の言葉に佐奈はドキドキする。でも、もともと三人で食事する予定だったのだから、深い意味はないのだ。妙な期待をしないようにと、何度も自分に言い聞かせた。

幸村が予約してくれたバルレストランに着き、中に入ると、陽気な音楽と明るい話し声で賑(にぎ)わっていた。

黒のベストを着た店員に案内されて、窓際のテーブル席で幸村と向き合う。気取った店ではないが、カップルの客が多い。そう気づいて、佐奈は緊張してくる。

「さて、小泉。変身企画の主役として、お前はよく頑張っている。これは最後の撮影に入る前の、激励会ってところだ。好きな料理を遠慮なく食べろよ」

「ありがとうございます」

幸村の態度は上司らしく、オフィスにいる時と変わらない。佐奈は肩の力を抜き、差し出されたメニューを受け取った。

飲み物と最初の料理が運ばれてくると、二人は乾杯した。魚介類と野菜を中心とする料理はどれも美味しく、佐奈の顔は自然とほころぶ。幸村もずいぶんご機嫌な様子で、お酒がすすんでいる。

デザートが運ばれる頃、幸村は変身企画について話し始めた。レモン風味のナティージャを味わいながら、佐奈は耳を傾ける。

「変身企画の締めくくりは、華やかなパーティードレスにするのはどうだ」

「パーティードレス？　むっ、無理ですよ、そんな。私が着ても絶対似合いませんから」

スプーンを皿に置き、ばたばたと手を振った。

「心配するな。ドレスといってもカジュアルなやつだ。それに、今のお前はそれなりのレベルに達している。これまで必死に努力してきた自分を信じろ」

「は、はあ……」

幸村は真顔で、佐奈はそのぶんプレッシャーを感じる。

パーティードレスといえば、シティロマンスのヒロインがクライマックスで纏う衣装というイメージがある。しかもその場面には、ヒーローのエスコートが不可欠だ。

華やかなドレス姿で、一人突っ立っているところを想像すると、惨めで滑稽に思えた。

「言っておくが、小泉。変身企画が終わっても、俺はお前の変身をプロデュースするつもりだ。ヴェリテの一員として、今のままでは物足りない。最終的には、ハイブランドのドレスを着こなせる女になってもらうからな」

「はい……ぶらんど？」

幸村の発言はぶっ飛んでいる。佐奈は激しく動揺し、逃げ腰になった。

「お気持ちは嬉しいのですが、それはちょっと……」

「何？」

厳しい目つきが怖いけれど、無理なものは無理。思いきって正直なところを述べた。

「私はもう、限界だと思います。これ以上どう頑張っても変わりようがないかと。元が元ですし」

「まったくお前は、どうしてそう後ろ向きなんだ。自信を持てと言ってるだろ」

「はあ、しかし」

「まだまだ改善の余地がある。例えば……そう、色気が足りない」

「い、色気ですか？」

その発言はセクハラでは？　佐奈は身を引くが、幸村は大真面目である。

「色気というか、女としての魅力だな。内面からの変身ってことだ」

「女としての、魅力……」

喪女の私に一体どうしろと。幸村の提案は無理難題すぎて、佐奈は困惑するばかり。

その時、隣席のカップルが食事を終えたようで、席を立った。仲の良さげな彼らの後ろ姿を見やり、幸村は小さなため息をつく。

「お前、好きな男はいないのか？」

「はい？」

佐奈は一瞬ぽかんとする。だが質問の意味を理解すると、大いにうろたえた。

「ええっと、あ、あの、小説の登場人物なら……」

「ばか、現実の男に決まってるだろ」

「それは……」

幸村に正面から睨まれ、佐奈は焦りまくる。他の誰でもない、好きな男性にそんな質問をされて、正直に答えられるわけがなかった。

佐奈が口ごもると、幸村は焦れたように追及してくる。

「ちょっと気になるとか、そのていどでもいいんだ。そうだな……ごく身近な人間。例えばほら、仕事ができて頼りになる、年上の男とか？」

「仕事ができて頼りになる……」

佐奈の頭に、ある人物の顔が浮かぶ。仕事ができて頼りになる男性だ。

「相馬さん、ですかね」

「相馬？」

幸村はいかにも不快そうに眉根を寄せた。佐奈は失言に気がつき、ぱっと口を塞ぐ。

相馬が彼のライバルだということを忘れていた。

「お前まさか、あいつが好きなのか」

「いえいえ、好きとかそういうんじゃなくて、理想の上司という感じで……」

「なにい？」

直属の上司に言っていい言葉ではなかった。言いわけするつもりが、ますます怒らせてしまう。佐奈は汗を垂らしつつ、必死でフォローした。

「す、すみません。あのっ、もちろん編集長のことも尊敬しておりますし、素敵だと思いますよ？」

「取ってつけたようなことを言うな」

幸村は腕組みをして、しばし黙り込む。怒るというより、落胆したという表情だ。

(ああ、もう。どうしてこうなるの？　せっかく楽しく食事してたのに)

スマートに会話できない自分が嫌になる。もしかしたら、こういった不器用さを何とかしろと、幸村は言いたいのだろうか。

佐奈はふと想像した。玲美のように洗練された女性なら、洒落た会話が楽しめるだろう。ハイブランドのドレスをさらりと着こなす、魅力的な女性になれれば……

しょぼんとする佐奈に、幸村が話しかけた。

「なあ、小泉。これは一つの提案なんだが……」

意外なほど穏やかな口調で、彼は腕組みを解いて、テーブルに身を乗り出す。

「男と交際して女を磨くという手もあるぞ。付き合ってみたらどうだ」

さっきの話の続きだろうか。佐奈は目を見開き、信じられない気持ちで彼を見返す。

「そっ……相馬さんとですか？」

「違う、あいつじゃなくて、その……誰か他の男だよ。いないのか、適当なやつ」

「適当って……私にはできません」

「どうして」

心から不思議そうに訊かれ、佐奈は切なくなった。片想いの相手に他の男と付き合えと言われて、苦しくて仕方ない。

「……リア充の人には簡単かもしれませんが、私はダメなんです。そもそも、私と付き合いたい人なんていませんし」

「小泉」

まどろっこしそうに、幸村が口を挟んだ。

「一度経験してみろと俺は言ってるんだ。楽しいぞ、デートとか」

「ダメです。男性と二人きりなんて無理です」

「俺と二人きりで食事してるじゃないか」

「あ……」

佐奈は思わず目を逸らした。本心を見透かされそうで、ドキドキする。

「へ、編集長は、特別なんです」

「特別？」

幸村はぴんとこない様子。だけど、特別としか表現しようがない。『好き』だなんて、言えない。こんな喪女が告白しても、ドン引きされるに決まっている。

「特別って、どういう意味だ」

「つまりその、編集長は上司ですし。一緒にいるのが自然で、安心できるというか……」

幸村は不機嫌な顔になった。せいいっぱいの好意を伝えたつもりなのに、なぜ怒るのだろう。

「あ、あのぅ？」

「そうか、よく分かったよ。俺となら、二人きりでも平気ってわけだ」

「は、はあ……えっ？」

何か誤解された気がする。平気ではないが、否定もできない。

幸村は胸を反らし、上から威圧するように佐奈を見下ろした。不穏な空気が漂っている。

「なっ？」

「だったら、手始めに俺と付き合ってみろ。恋人としてお前を扱い、女を磨いてやるよ」

予想外の展開に動揺する。感情の処理が追いつかず、現実的な質問をぶつけていた。

「それは、業務命令でしょうか？」

「やるのか、やらないのか。イエスかノーで答えろ」

佐奈の問いを無視し、ぐいぐい迫ってくる。問答無用ということだ。

要するに、こちらに選択権はない。

「や、やります。お付き合いさせていただきます！　……あっ」

気がつくと承諾していた。慌てて撤回しようとするが、幸村の勢いがそれを許さない。

「よし、約束したぞ。変身企画の第二弾、しっかり取り組むように。分かったな？」

「ううっ……承知いたしました」

何とか返事をしたものの、頭はパニック状態。企画のために上司と付き合うなんて、恋人契約を結ぶようなものだ。シティロマンスでも王道のシチュエーションである。

「それじゃ、そういうことで。とりあえず来週末にデートするから、プランを練っておけよ」

「えっ、さっそく来週末ですか?」

「予定でもあるのか」

「いえ、ない……です」

幸村はにやりとする。意味ありげな微笑に、妙な色気を感じるのは気のせいだろうか。

(私、編集長を好きすぎて、夢を見ているのかもしれない)

佐奈は現実感のないまま、レジに向かう幸村の背を追いかける。雲の上を行くような、ふわふわとした足取りだった。

週明けの月曜日。出勤した佐奈は幸村と顔を合わせたけれど、特に何も言われなかった。彼は辻本や他の部員にも、変身企画の第二弾について報告しない。

(恋人として付き合うというのは、企画の一環……だよね?)

主要テーマは内面からの変身。そのために打ち出したアイディアのはずだ。それなのに幸村は、辻本に説明せず、会議にかける様子もない。

(そうか。私と付き合うなんて、たとえ企画でも公(おおやけ)にしたくないんだ)

幸村から見れば、佐奈は単なる部下。その上、まだまだ改善の余地がある未熟者だ。それなら私も、他の部員には話さないでおこう。編集長のプライドを傷つけてはいけない――

佐奈はそう思い、幸村に提出するつもりで用意したファイルを、デスクの引き出しにそっと戻した。すっかりその気で、週末にデートプランを練ったのだ。そんな自分が、滑稽に思えてくる。

冷静に考えれば、モテ男と喪女のデートなど、現実ではあり得ない話なのだ。先週、幸村はずいぶん飲んでいたし、冗談だったのかもしれない。

もやもやするけれど、割り切るほかない。

佐奈はその後、自分でもびっくりするほど落胆した気持ちで一日を過ごした。

その日の夜、ヴェリテのバックナンバーをパラパラめくりながら、幸村が声をかけてきた。夜遅いオフィスにいるのは、彼と佐奈だけだ。

「小泉、デートプランはできたのか」

「はい？」

間の抜けた返事をすると、彼は雑誌をぱたんと閉じた。

「忘れたのか？　今週末にデートすると約束しただろう」

どきーんと胸が鳴った。すっかりあきらめていたのに、なぜ今頃？　しかも、二人きりになってからそれを持ち出すなんて。佐奈はびっくりしてしまう。

「わ、忘れていません。きちんとプランを練って、ファイルにまとめてあります」

「見せてみろ。チェックしてやる」

「はいっ。お願いします！」

佐奈は大慌てで、引き出しからファイルを取り出す。その中には、デートプランを書き込んだ企画書が入っている。幸村はそれを受け取ると、厳しい顔つきで目を通した。

「ふむ、夜景が美しいレストランで食事……か。ベタなプランだな」

「は、はあ」

率直な評価を聞き、佐奈は赤くなる。確かに、夜景が美しいレストランで食事という案は、ありきたりかもしれない。だけど、ベタなコースこそが、佐奈がずっと憧れている場面設定なのだ。もちろん、発想の源(みなもと)はシティロマンスである。

「ま、いいだろう。ピックアップしたレストランも悪くない」

幸村は企画書を預かった。修正を覚悟していた佐奈は、えっ？　という顔になる。

「あとの段取りはやっておく。当日は午後六時に迎えに行くよ。それと、今回のデート服は俺が用意するから、それを着るように。

「……あ」

「ちょ、ちょっと待ってください。デート服って、そこまでしてもらっては……」

「俺のセンスに不満でも？」

じろりと睨まれ、ばたばたと手を振った。

「いえっ、とんでもない。よろしくお願いします！」

「よろしい」

幸村はファイルをビジネスバッグに仕舞い、ぽんぽんと上から叩いた。

「あのう、ところで編集長」

「ん？」

企画が通ったのは嬉しいが、一つ気になることがあった。変身企画第二弾について、なぜ辻本達に報告しないのか。そして、その理由は？

「何か質問でも？」

「い、いえ。何でもありません」

もし推測どおりの理由だったら――それを考えると、怖くて言い出せない。たとえそうだとしても、彼の口から直接聞くのは残酷だ。

佐奈は首を横に振り、無言で幸村を見つめた。

「土曜日……楽しみにしてるよ」

「え……」

幸村が微笑み、佐奈を見つめ返す。この甘い態度は、恋人としての演技だろうか。彼の魅力に早くも酔わされそうで、佐奈は焦った。

「こちらこそ、よろしくお願いしますっ」

いつものように、部下らしく返事をする。そう、彼は上司で私は部下。冷静になれと、佐奈は自分に言い聞かせる。身の程知らずな夢を見て、傷つくのは嫌だった。

土曜日の午後六時。佐奈のアパートの前に、時間どおり黒塗りのハイヤーがやって来た。幸村が手配してくれた迎えで、彼自身はレストランが入っているホテルのロビーで待っているらしい。

車を降りた運転手は、佐奈に向かって丁寧にお辞儀をする。

「小泉様ですね。幸村様のご依頼で、お迎えに上がりました。幸村様がお待ちのホテルまでお送りいたします」

「はいっ。よろしくお願いします」

エスコートされて、高級車に乗り込む。広い車内はゆったりとして乗り心地がいい。

（何だか、すごく贅沢な気分。お姫様になったみたい）

佐奈はそわそわしながら、車窓を流れる夕暮れの都会を眺める。

この一週間、幸村の態度は普通だった。

彼は変身企画の第二弾について部員達に話していない。当然、今夜二人がデートすることを誰も知らない。やはり、佐奈と恋人として付き合うことは公にせず、企画を進めるつもりなのだ。

（そのことは少し寂しい。だけど、やっぱりドキドキする）

佐奈は胸を押さえた。今着ているのは、幸村から贈られたドレスである。

ドレスのお礼を言うと、彼は『気にするな』とだけ返した。素っ気ないのは、佐奈に気を使わせないためのポーズかもしれない。

何にせよ、このときめきは止まらない。今夜、幸村が選んだ服を着て、彼とデートするのだから。

気分が高まってきた頃、ハイヤーは高層ホテルのロータリーに入った。

ヒールの高いパンプスは履き慣れなくて、足元がおぼつかない。佐奈はエントランスの床を踏みしめるようにして、ゆっくりと歩いた。

「わ、まぶしい……」

吹き抜けのロビーは広々として、華やかな明るさに満ちていた。

中央に飾られた豪華な花。煌めくシャンデリア。回廊へと伸びる幅広の階段――何もかもがラグジュアリーな雰囲気で、まるでシティロマンスに登場する一流ホテルだ。

パーティーの招待客だろうか、スーツ姿の男性や、美しく着飾った女性が優雅に行き交う。誰も彼もが、小説の主人公のようにきらきらと輝いて見えた。

「あ、編集長」

向こうから近づいてくる背の高い男性を見つけ、思わず声を上げた。彼は一瞬足を止めるが、まっすぐに歩いてきて佐奈の目の前に立つ。

「こら、編集長はやめろ」

「え……？　あっ、すみません」

いきなり注意されて、佐奈は首をすくめる。今夜は恋人として、二人きりでデートするのだ。上司と部下の関係を持ち込むのは、マナー違反になる。

「では……ゆ、幸村さん？」

「それも堅苦しいな。下の名前で呼びなさい」

「ええっ？」

どうやら彼は本気である。恋愛初心者には高すぎるハードルだが、ここを越えねば先に進めない。佐奈は覚悟を決めて、力いっぱい踏みきった。

「では、遠慮なく呼ばせていただきます。じ……じっ、仁さん……！」

これでいいのかな。ちらりと窺うと、幸村——仁は苦笑している。

「ま、いいだろう。でもあまり力むなよ？」

「はいっ、ありがとうございます」

「よし……おいで、佐奈」

仁が腰を抱き寄せ、さり気なくリードする。それはあまりにも自然な仕草で、佐奈は抵抗することなくそれを受け入れていた。

（あ……あれ？　何だかすごく密着してる。それに今、私のことを佐奈って……）

名前を呼ばれただけなのに甘い響きがした。おまけに身体が近すぎて、あらぬ妄想をかき立てられてしまう。恋人としての接触は、想像を絶する刺激だった。

エレベーターに乗ると、狭い空間で二人きりになる。彼は佐奈の姿をあらためて見下ろし、満足そうに目を細めた。

「思ったとおり、よく似合っている。今夜の君は、とてもきれいだ」

（は、はいいい？）

これ以上ないくらい目を見開き、仁を見返す。今のは、幻聴だろうか。

「どうした。何か不満でも？」

「いっ、いえ、とんでもない。とても素敵な洋服を選んでいただき、すっごく嬉しいです！」

「本当に？」

「もちろんです。ヘアメイクは洋服のイメージに合うように工夫しました」

仁が選んでくれたのは、ピンクのノースリーブワンピース。シンプルなきれいめデザインで、柔らかな生地は優しく肌に馴染んでいる。ワンピースとセットで、襟まわりにビーズを散らしたボレロ風カーディガンもつけてくれた。

「デートがすごく楽しみで……時間帯や場所を考えるのはいろいろ大変でしたが、わくわくしました」

「……そうか」

デートのためにお洒落するのは楽しかった。こんなこと、半年前の自分からは想像もつかない。その上、好きな男性に褒めてもらえるなんて嘘みたいだ。

（きれいって言われて、びっくりしたけど……幸せ）

佐奈が素直に笑うと、仁も微笑む。彼の笑顔は至近距離で強烈な陽射しを浴びるかのようで、佐奈は頭がくらくらして倒れそうになる。

（ああ、やっぱり編集長ってかっこいい）

仁のほうこそ、いつにも増してスタイリッシュに決めていた。

グレイの細身スーツはイタリアンブランド。ドレッシーな色合いで、ネクタイのドット柄がほどよい遊び心を添えている。爽やかで洗練されたイメージは、洒脱というのだろうか。

「さあ、着いたぞ。足元に気をつけて」

「は、はい」

エレベーターの扉が開き、仁のリードでフロアに踏み出す。

互いに寄り添い、歩調をともにするこの感じ。佐奈はふと、二人三脚のようだと思った。変身企画の第二弾に、彼は本気で取り組んでいる。それなら、こちらもその気になって息を合わせなければ失礼だ。大切なのは、ゴールに向かって走り続けること。

その先に何があるのかは、分からないけれど――

高層ホテルの最上階から望む夜景は美しい。仁が予約した窓際の席からは、煌めく都会が見えた。

「すごくきれいですね」

「ああ。月並みな表現だが、まさにダイヤモンドの海だ」

飲み物の注文を取りにきた店員に、二人とも白のグラスワインを頼んだ。

店員が去ると、佐奈は店内の様子をさり気なく窺う。全体的にカップルが多い。夜景を楽しむためか照明は抑えてあり、大人のムードが漂っている。

このレストランは、デートコースを企画する際、佐奈がピックアップした店だ。他にも候補があったが、最終的に仁が選択して予約してくれた。フランス料理全般と、ココットをメインに据えたコース料理が人気である。メニューは佐奈の提案を採用してくれた。

「オーナーの実家が農家なので、野菜には特にこだわりがあるそうです」

「それは楽しみだな」

嬉しそうに笑う彼。いつものやり取りのようだが、やはり違う。

仁の眼差(まなざ)しも、口調も、部下に対するそれではない。何を言っても許されそうなほど、包容力を感じる。恋人をまるごと包み、愛する男性みたいだ。

(編集長って、すごい。仕事のためなら役になりきれるんだ)

彼の態度は恋人そのもの。本当に佐奈を愛しているかのように、情熱的な瞳で見つめてくる。

佐奈も応(こた)えようとするのだが、難しかった。長年の喪女(もじょ)生活が染みついた身体は不器用で、他愛ない言葉すら出てこない。一体、どうすればいいのだろう。

「佐奈」

「えっ？」

低い声で呼ばれ、ドキッとする。だけど彼の声音に厳しさは感じられず、とても穏やかだ。

「リラックスしろ。まずは食事を楽しんで、ゆっくり慣れていけばいい」

「へ……仁さん」

編集長と言いそうになり、内心慌てた。仁はお見通しのようで、クスクス笑っている。

「自信を持て。佐奈は俺の恋人だ」

演技だと分かっていても、佐奈は蕩けそうだった。少女の頃に思い描いた理想の恋人と、ロマンティックなデートを楽しむ。何と贅沢な時間だろう。

目の前にいるのは、憧れの王子様。仕事でなければ、一生縁のない男性である。だけど、かりそめでも彼は佐奈の恋人だ。

（せめて今夜だけでも、シティロマンスのヒロインのように素敵な恋愛をしよう）

夢みたいな仕事を与えられ、佐奈は幸せだと思った。

時間というものは、楽しければ楽しいほど、あっという間に過ぎる。ディナータイムは終盤を迎え、気がつけばデザート皿は下げられ、コーヒーカップも空になっていた。

「あの……美味しかったですね」

「そうだな。野菜料理が特に気に入った。今度は別のコースも食べてみたいな」

今度は別の女性と――佐奈には、そう聞こえた。だから返事ができず、仁の視線から逃れるように顔を背けた。夜の街は変わらず輝いている。

デートは楽しかった。食事中、本物の恋人になったみたいに熱く見つめ合ったりした。でも、酔いは段々と醒めてきて、佐奈を現実に引き戻す。ゴールに辿り着くどころか、スタート地点に戻ってしまった気分で、虚しかった。

「きれいだ……」

「はい。きれいな夜景ですね」

堅苦しい口調。こんなことではダメだと思っても、どうにもならない。ダイエットしても、お洒落しても、不器用なのは相変わらずなのだ。

「佐奈、違うよ」

どこか、寂しげな響き。仁の呟きにそっと顔を向けると、彼は夜景ではなく佐奈を見つめている。

「君はきれいになった。驚くほどに。十分変身した」

「仁……さん」

もうこれ以上、揺さぶらないでほしい。夢が素敵であればあるほど、現実に戻った時の反動が大きくて、辛くなるのだと分かった。傷つかないために、佐奈は冗談めかす。

「もう、本気にしますよ?」

「俺は本気だ」

「でも、まだまだ改善の余地があると言ったじゃないですか。色気が足りないって」

いじけてみせる佐奈に、彼は真顔で答えた。

「そうだったな……君は、まだまだ育てがいがある」

どういう意味だろう。仁の発言に矛盾を感じ、佐奈は困惑する。

「少し飲み足りない。佐奈、付き合ってくれないか」

「え……」

仁は立ち上がると、佐奈に手を差し伸べた。

レストランと同じフロアにバーがあった。仁に手を引かれて中に入ると、薄暗くムーディーな空間にR&Bが低く流れている。ここは完全に、大人の世界だ。

「あの、私にはちょっと……」

「奥に行こう」

有無を言わせぬ強引なリードで、窓際のカウンター席に連れて行かれた。場違いな気がしてそわそわするが、よく見れば客は数人のみで、こちらに注意を払う様子もない。

ウェイターが来ると、仁はウィスキーを注文する。佐奈はよく分からないので、見本の写真を見て、メロンボールというカクテルを選んだ。

「ワインを飲んだ後だけど、平気か？」

「ええ。かなり、醒めましたので」

アルコールに弱いはずが、今夜の佐奈は酔わない。いや、妙に気が冴えて酔えないのだ。

「そういえば、佐奈。君に渡したいものがある」

仁は上着の内ポケットを探り、それを取り出した。平らな形をした小箱——銀のラッピングに、ブルーのリボンが結ばれている。

「これは？」

「開けてごらん」

甘く優しい声。仁は恋人の表情で佐奈を見守っている。

リボンをほどく手が微かに震える。ラッピングを取り去ると、エンボスの小箱が現れた。高級ジュエリーブランドのロゴが箔押しされている。

蓋を開けて、佐奈は小さな声を上げた。

「えっ」

バングルタイプのプラチナブレスレット。周りにあしらわれた石がまばゆく光っている。

「まさか……これって、ダイヤモンドでは」

「手を……」

仁はブレスレットを取り、佐奈の手に飾った。夜景の煌めきに負けないくらいきらきらと輝いている。

「ああ……何て素敵」

仁を見ると、嬉しそうに微笑む。

「お気に召したかな？」

「はい、とても……とても」

そこで、ウェイターが飲み物を運んできた。佐奈の前に、メロンボールとナッツが置かれる。鮮やかな若葉色のカクテルは、まるでジュースのようだ。

喉が渇いて仕方ない。佐奈はタンブラーを持ち、一気に飲んだ。

「ばか、何をしてる」

ワインと比べたら飲みやすい。だけどメロンボールは、ジュースではなくお酒だ。佐奈はけほけほとむせてしまい、その背中を仁がさすってくれる。

差し出されたハンカチは清潔で、大人の香りがした。

（胸が、く、苦しい……）

こんな気持ちは初めてだ。佐奈はその理由を分かっている。

今起こっているすべてのことは夢であり、幻だから。

ブレスレットのダイヤがまぶしい。かりそめの恋人なのに、本気すぎるプレゼントだ。

佐奈は寂しくて堪らなくなり、ぽろぽろと涙を零した。

「佐奈？」

「す、すみません。わたし……」

華やかな容姿とファッションセンスを併せ持つ、王子様タイプのヒーローに憧れていた。

でも、夢見る乙女は失恋によって現実を知り、喪女になった。そして地味に生きるつもりだったのに……幸村仁という男性に出会い、憧れと恋心を復活させてしまった。

――せめて今夜だけでも、シティロマンスのヒロインのように素敵な恋愛をしよう。

そう思ったとおり、佐奈は幸せだった。お洒落をして、好きな男性と夜景の見えるレストランで食事をし、プレゼントを受け取る。少女の頃に思い描いたとおりのヒロインだ。

だけど、彼の熱い眼差しも、温もりも、いずれ儚く消えてしまう。

「無茶な飲み方して……悪酔いするぞ」

「帰りたくない」

佐奈が呟くと、背中をさする仁の手が止まった。

瞬きもしない彼の目を、佐奈はまっすぐに見つめ返す。

シティロマンスの展開なら、男女が食事して終わりではない。その後二人は深く愛し合うのだ――

どうせ消えてしまうなら、最後まで夢を見たい。

「今夜だけでいいの。ヒロインとして、傍にいさせてください」

「……どういう意味か、分かってるのか」

仁に問いかけられ、迷わず頷いた。心からの望みだと、分かってほしい。

「佐奈」

仁はもう追及せず、ぎゅっと肩を抱き寄せてくる。強く、優しく。

「俺も、帰したくない」

佐奈は震えながら、熱いキスを受け入れた。


その後すぐ、仁はホテルのフロントでチェックインをした。ここは人気のホテルだけど、直前にキャンセルが出たそうで、高層階の部屋を取ることができた。その幸運に、佐奈は心から感謝する。

部屋に入るやいなや、仁に抱きしめられる。彼の身体は燃えるように熱い。色っぽいフレグランスが立ち上(のぼ)り、佐奈の官能を強く刺激する。

「佐奈……」

仁は腕の力を緩めたかと思うと、瞳の奥を覗くように顔を近づけてきた。余裕のない表情。額(ひたい)をくっつけて熱を測った時とは、目的も意味も違う。

「もう、後戻りはできないぞ」

「はい」

佐奈の声は震えている。返事に嘘はなく、自(みずか)ら望んだ展開だけど、やっぱり少しだけ怖い。

唇を激しく塞(ふさ)がれた。大人のキスは想像よりもずっと情熱的で、戸惑うほど生々しい。

「んっ」

歯列をこじ開け、舌が侵入してくる。くちゅくちゅと音を立てながら口中を蹂躙され、佐奈はどうすればいいか分からず、されるがままになる。

「う、ケホッ」

息が苦しくなり、むせてしまった。仁はキスを中断し、佐奈が落ち着くのを待っている。佐奈を見守る眼差しは、とてつもなく優しい。

「すまない。つい、夢中になった」

佐奈は仁の胸にすがり、首を横に振った。

「わ、私が初心者だから、いけないんです。キスの仕方も知らない喪女だから……」

「違うよ。何も知らない君だから、可愛いんだ」

「……えっ？」

ふわりと身体が宙に浮く。これは、お姫様抱っこだ。

「シャワーを浴びる？」

耳もとで囁かれ、佐奈は返事の代わりに彼の首にしがみついた。身体が火照るのは、彼を求めているから。一分一秒も待てないほどに、強く。

「……浴びないなら、このまま抱くぞ」

佐奈は軽々と運ばれ、ベッドに寝かされた。あり得ないほど、胸がドキドキしている。

「少し待ってろ」

仁が身体を離し、ベッドを下りようとした。

「いや」

彼の背中に抱きつき、引き止める。一瞬でも離れたくない。

「……この酔っぱらい」

こちらを向いた仁に、押し倒された。佐奈を映す彼の双眸は燃えている。

「そんなに俺が欲しいのか」

「欲しい……です。だって、大好きだから……」

仁は虚を衝かれた顔になるが、すぐに唇を引きしめる。

佐奈を見下ろしながら上着を脱ぎ、ネクタイをほどいた。シャツも脱ぐとサイドテーブルからリモコンを手に取り、室内を少し暗くする。

スムーズな動きだが、どこか焦っているようにも見えた。でもそれがなぜなのか、佐奈には分からない。

オレンジの照明に浮かぶ仁の上半身は、美麗な顔立ちと相反して猛々しかった。スマートに見えて、実は逞しい男性なのだ。

「仁……さん」

佐奈は腕を伸ばして、彼を求めた。燃える身体を重ね、強く抱きしめ合う。

「佐奈、好きだよ」

低い囁きに全身が痺れた。好きな人が、好きだと言ってくれる――リア充なら当たり前のできごとも、喪女の自分には永遠に訪れない。絶対にあり得ないと思っていたのに、奇跡が起こった。

「ううっ、嬉しい……」

佐奈は涙ぐみ、仁の真剣な顔を見返す。

壁際の間接照明が、美しくも精悍な彼の姿を幻想的に照らしていた。

「夢でも幸せです」

「夢？」

仁の形のいい眉が、ぴくりと動く。

「夢なんかじゃないよ」

「でも」

彼は目を細め、佐奈の目尻に浮かんだ涙をそっと拭ってくれた。

「夢じゃないって、身体で分からせてやる」

「え？」

さっきよりも穏やかなキス。だけど、口内をうごめく舌は貪欲に佐奈を求めている。

「んんっ……」

佐奈を抱く彼の手が、背中から腰に下りていく。ワンピースの上から、身体の線に沿ってゆっくりとまさぐり、やがて尻を撫で始めた。

「ひゃっ?」

仁の唇が、耳たぶ、首すじへと移動する。佐奈は吐息をもらし、身体をよじった。その動きに合わせるように、仁が佐奈のボレロを剥ぎ、ワンピースのファスナーを下ろす。

「や、だめ……」

恥ずかしさのあまり、拒む言葉が口をつく。けれど佐奈の身体は、仁を求めている。下腹の奥が、じんわりと濡れ始めていた。

下着姿にされた佐奈は、反射的に前を隠す。仁はその仕草を見て、なぜかにやりとした。

「君は誘うのが上手いな」

「さ、誘う?」

佐奈は意味が分からず、ぼんやりした表情になる。たっぷりと愛撫を受けた素肌は上気し、目は潤んでいる。

「男ってのは……隠されると、暴きたくなるんだ」

「あっ」

両方の手首を掴まれ、ベッドに縫いつけられた。下着姿を彼に見下ろされる。

白地にピンクの刺繍が施されたブラとショーツは、色合いのわりにセクシーなデザインだ。仁は気に入ったのか、頬を緩めている。

「きれいな身体だ」

佐奈の上を、仁の視線が這い回る。隅々まで愛撫される感覚に襲われ、恥ずかしくてもじもじした。

「髪は艶やかで、肌も瑞々しい。よくぞ、ここまで磨き上げた。それに、こんなにも色っぽいとは驚きだ。そそられるよ」

「色っぽいって……まさか、嘘です」

「嘘じゃない。この俺を誘惑するとは、けしからんカラダだ」

佐奈の胸は早鐘を打ち始める。

仁の呼吸が荒くなっているのに気づき、初めて逃げ出したくなるが、もう遅い。

「きゃあっ」

いきなり抱き起こされた。佐奈の身体を彼が後ろからがっしりと捕らえ、拘束された状態になる。身動きできなくて戸惑っていると、彼の両手が左右の乳房を鷲掴みにした。

「あん！」

ブラの上から胸を揉みしだかれる。その上、仁は佐奈の首すじに顔を埋めて肌を吸った。

「や、そんなこと……」

仁がブラをずらし、乳房を零れさせる。すかさず先端をきゅっとつままれ、佐奈は切ない声を上げた。しかし彼の指はさらに刺激を続け、泣き言を受けつけない。

「やあん！　だめえっ……あああっ」

彼の愛撫で佐奈の身体は芯からとろとろに蕩けてしまいそうだ。

「大人しくしないか。感じすぎだぞ」

「ううっ、だってえ」

仁は右の乳房を解放したが、その代わり空いた手をショーツの中に忍び込ませた。佐奈が驚いて脚を閉じようとすると、耳もとでそれを叱る。

「こら、それじゃ愛せないだろ」

「でもっ、お、お願いです、ちょっと待って」

「待てない」

「そ、そんなあ」

「佐奈、脚を広げてくれ」

「は……い」

仁の催促を受け入れ、おずおずと脚を開く。あられもない格好にされて恥ずかしいのに、どうしてかときめいてしまう。身体の奥はすっかり熱くなっていた。

「すごいな、こんなに」

仁はショーツの奥まで手を潜り込ませ、佐奈の秘部を手のひらで包む。そして、ゆっくりと前後に揉んだ。あっという間に泉があふれ、彼はぐちゅぐちゅと音をさせて、佐奈を辱(はずかし)める。

「いやらしい子だ」

「そ、そんなこと、仁さんのせいなのに……」

「ふうん、俺が悪いのか」

仁は意地悪く言うと、佐奈の柔らかな谷間を指でなぞり、突起を押したり弄(いじ)ったりする。佐奈は背中を仰(の)け反(ぞ)らせ、快楽に耐えようとする。

「あ、いやっ、ん……」

「我慢するな。感じるままの声を聞かせてくれ」

「でも、ふあっ……はあん、あああん！」

信じられないほど淫(みだ)らな声が漏れて、部屋中に響く。恥ずかしいのに、我慢できなかった。

仁の手がブラを外し、ショーツを脱がせ始める。佐奈はそれをじゃましないばかりか、気づけば身を捩(よじ)りながら脚を広げていた。

「挿(い)れるよ」

佐奈の秘部の入り口に指を添える。佐奈は小さく頷(うなず)いた。

「い、ああっ」

中指の先端が入る。仁はさらに押し込もうとするが、きつかったのか一旦引く。佐奈は唇を震わせ、肩で息をしていた。

「怖いか？」

優しく訊かれ、首を横に振る。

怖いけど、怖くない。早く仁が欲しい。一つになりたい。

「もっと、奥まで挿れて」

「……佐奈」

熱いため息が首すじにかかる。仁は指先に力を加え、ずぶずぶと押し込んできた。

「くっ……は……あ、あっ」

切なげに悶える佐奈だが、仁はやめない。押したり引いたりしつつ、中に入ってくる。

愛液が豊かにあふれ、内側を探る彼の指をぐしょぐしょに濡らした。

「いけるぞ、佐奈」

仁の呟きを聞き、佐奈はほっとする。頑なな彼女の身体を、仁が上手に、ちょっと強引に解してくれたのだ。

「次は俺自身を挿れるが……一度休もう」

愛情に満ちた男性の囁き。初めての佐奈を思いやってくれるのだ。その気持ちが愛しかった。

「抱いて……ください。私も今すぐ、仁さんが欲しいの」

「いいのか?」

なぜそんなことを訊くのだろう。私をこんな風にしたのは、あなたなのに。

佐奈は甘えるように、彼の胸板にもたれた。

「少しだけ、待ってろ。避妊具をつける」

彼は慎重に指を抜くと、佐奈をベッドに横たわらせた。そして軽くキスをして、ベッドを離れる。

佐奈は目を閉じて、彼の準備が整うのを待つ。

しばらくするとベッドが揺れて、仁が戻る気配がした。瞼を開くと、黒い瞳が見つめていた。

「君はきれいだ。そして、誰よりも可愛い」

「……可愛い?」

「世界で一番可愛いよ。愛しくて堪らない。大事な、俺だけの佐奈だ」

思いも寄らぬ告白に、佐奈は瞳を潤ませる。

「仁さん、本当に?」

「ああ、本当だ。何度も言わせるな」

あなたこそ、照れた顔が可愛い——佐奈は心で呟き、微笑みを浮かべる。鬼の上司は、こんなにも甘い素顔を隠していたのだ。

「私も、仁さんが世界で一番大好き。愛しています！」

「佐奈……」

二人は抱き合い、情熱的な口付けを交わす。再び愛液があふれ出し、それを察した仁が佐奈の脚を開いて両脇に抱えた。屹立（きつりつ）した先端が、佐奈の入り口にあてがわれる。

「痛かったら、遠慮なく教えろよ」

こくりと頷（うなず）くと、仁は微笑み、腰を押し進めた。

「んっ」

入ってきたそれには、指先とは比べものにならないほどの力強さがあった。少しずつ、佐奈の内側を押し開き、領域を広げていく。

「はあっ、はあ……やっ……ううん」

「いいよ、上手だ」

眉を寄せ、息を荒くする佐奈に彼が声をかける。穏やかな口調で彼女を励ましてくれた。

「ふ、あ……あああっ……！」

「佐奈」

低い呼びかけが耳元で聞こえた。いつの間にか身体が深く交わり、抱きしめられる格好になっている。

「仁さん……わたし、あ……」

「入ったよ、全部」

ぽろぽろと涙が零(こぼ)れる。痛くて、苦しかった。でも、そんなもの全部忘れるくらいに、一つになれたことが嬉しい。

「……温かい、佐奈」

「仁さん」

繋がったまま口付ける。舌を絡め合い、腰を押しつけ合って二人は蕩(とろ)けた。高ぶる気持ちをどうすればいいのだろう。

「痛いだろう？　君が辛いなら、やめたっていい」

「え……」

労(いた)わるように髪を撫でてくれる。彼のほうこそ、辛そうに見えた。

「俺のために我慢することは……」

「いやです。離れたくない！」

仁の首にしがみついた。仕事の鬼と呼ばれる人が、なぜこんなにも甘いのか。そのギャップが、佐奈の女心をきゅんとさせる。

「佐奈」

「ここまできて、やめるなんてひどい。愛してくれないなんて」

必死の思いを分かってほしくて、彼の首筋に吸いついて懸命に誘った。

「……参ったな。俺の弱みを知り尽くしてるんじゃないか、君は」

「弱み？」

「そんな風に甘えられると、理性が吹っ飛ぶ。たがが外れるってやつだ」

燃える眼差しが佐奈を捉えた。美麗な男が欲情する姿は、ぞくぞくするほど魅惑的だ。

「誘惑したからには覚悟しろよ。遠慮なんかしない」

「え、あの、ちょっと待っ……」

脚を高く上げられ、深く交わる体勢になる。熱い欲望が覆い被さってきた。

「いい眺めだぞ、佐奈」

「そんな……やっ」

動き出した仁に、身体を揺らされる。初めはゆっくりと、徐々にスピードを上げて佐奈を官能へと導く。ぬちゅぬちゅと淫らな水音が響き、全身に痺れが広がっていった。

「あっ、じ……んさっ……はあっ、はあっ……」

宣言したとおり、遠慮せず佐奈を攻めてくる。繋がる部分だけが、焼けつくように熱い。

「はあっ、は……仁さ……んっ……やっ、あああああ！」

何度も肉を打ちつけた末、彼は腰を沈めた。

燃え滾る情熱が、佐奈の奥深くに流れ込んでくる。規則的に、そして勢いよく。薄く開けた目に、仁の苦しげな表情が映った。

汗まみれの肉体は艶めかしく、野性的な魅力を醸している。

「佐奈……」

感極まった彼の声。潤んだ瞳で見つめ合い、互いを抱きしめた。

「痛かっただろ」

佐奈の呼吸が整ってきた頃、仁が尋ねる。これ以上ないくらい、甘い囁きだった。

「そんなこと、ないです。だって……」

「だって、何だ？」

今さらだけど、恥ずかしくてためらう。でも、これが佐奈の正直な気持ちだ。

「仁さんなら、平気です。大好きだから」

仁は真顔になり、キスをしてきた。唇を吸ったり押しつけたり、夢中になっている。

最後に長いディープキスをして、ようやく解放した。

「すまない、つい感激して」

「感激？」

「あ、いや……こっちの話」

彼はちゅっと唇を合わせてから、名残惜しそうに身体を離した。

「仁さん？」

「この体勢も悪くないが、身体を休ませないとな」

佐奈から自身を抜き、仁はベッドを下りてバスルームに入った。しばらくして戻ってくると、熱い湯で絞ったタオルで佐奈のことを丁寧に拭いて、それが終わると腕枕してくれた。

「ほら、ゆったりするだろ？」

「ありがとう、仁さん」

甘えて頬を寄せる佐奈に彼は微笑み、静かな声で問いかけてきた。

「君は、いつから俺を好きだった？　最初の出会いの印象は最悪だろうし、新人の君に対して俺は厳しく接した。嫌われても仕方ないと思っていたよ」

「それは……」

どこから話せばいいのだろう。佐奈は困惑する。

もともと仁のような男性がタイプだけど、過去の失恋をきっかけに苦手になった。しかしそれを説明すると長くなるし、コンプレックスの原因となった惨めなできごとは知られたくない。

佐奈が答えられずにいると、仁は額をくっつけてくる。

「そもそも君は、派手な男は苦手なはずだ」

「え、ええ……そうなんですけど、仁さんは特別なんです」

「どうして」

　ぐいぐい追及してくる。佐奈は焦りながらも、懸命に思いを伝えた。

「確かに最初は苦手だったし、怖かった。でも、本当は部下思いの優しい人だと分かってきて、私の気持ちも変化してきて……」

「なるほど。それで？」

　仁の腕が腰に回り、強く抱き寄せられた。下腹の辺りに彼自身が触れ、それが硬いことに気づいてドキッとする。

「そ、それで……一緒に仕事したり、食事したりするうちに、好きになりました。あと、風邪を引いて寝込んだ時、お見舞いに来てくれましたよね。りんごのすりおろしを作ってくれて、嬉しかったです。あの頃にはもう、あなたのことで胸がいっぱいでした」

「そうか、あの頃には……ということは、君は俺の中身に惚れたわけだ」

「いえ、もちろん外身も好きですよ？　顔もスタイルも、ファッションセンスも素敵です」

「ベタ惚れだな」

「はい」

　佐奈が赤くなると、仁は満足そうに笑う。デレた顔も魅力的で、思わず見惚れてしまった。

　しかしすぐにハッとして、彼に問いかける。

「あのっ、仁さん」

「ん？」

「あなたこそ、いつから私のことを？」

彼のとろんとした目が、ぱちりと開く。びっくりした顔で、佐奈を見返した。

「いつからって……」

「私みたいな女を、どうして可愛いなんて言ってくれるの？」

「それはだ、な……」

「はい」

「君と同じだよ。一緒に仕事したり、食事したりするうちに、だんだんと好きになった」

「え……？」

少し拍子抜けして仁を見ると、彼は耳まで真っ赤になっている。部屋のライトは光量を弱めてあるが、それでもありありと分かった。

「これで満足か？」

「は、はい。あの、すみません……よく分かりました」

もう少し詳しく聞きたかったが、これ以上追及するのはよくなさそうだ。

佐奈が口を閉じると、仁は無言で起き上がり、ベッドを離れた。

もしかして怒ったのだろうか。

不安になる佐奈だが、すぐに違うと気づく。彼は次の準備をして、素早く戻ってきた。

いきなりうつ伏せにされた。振り向こうとするが、仁に腰を持ち上げられ、四つん這いの格好になる。

「きゃっ……」

「じ、仁さん、何を」

「君は全然分かってない。身体で教えてやる」

「ええっ？　はぁ……、ん……」

後ろから覆い被さってきた彼に、乳房を掴まれた。抵抗しようとするが、ベッドに両手をついているのでされるがままだ。

「だめ、こんな格好……でっ……」

「嘘をつけ。反応してるぞ」

乳首をきゅっとこねられた。感じていることが、その硬さでバレてしまう。

「こんな格好にさせられて、悦んでる」

「違……そんなこと」

はっきりと否定できないことに、佐奈は自分で驚く。そして、そんなつもりはないのに、彼を求めて自然と尻を突き出していた。

「初心者とは思えない、感度のいいカラダだ。俺を上手く煽ってるよ」

「そ、そんなこと……あ、だめえっ……」

仁は片手で胸を揉みながら、秘部の愛撫を始めた。

入り口に指を押し込み、リズミカルに抜き差しする。違和感はあるけれど、一度したからかさっきよりもスムーズだ。くちゃくちゃとはしたないほどの水音が響き、シーツに愛液が滴り落ちる。

「あああっ、お、願い……や、どうにか、なっちゃいま……す」

佐奈は腰をくねらせて快楽から逃れようとする。それが、ますます煽情的な動きになるとは知らず。

「どうにかなりそうなのは、俺も同じだよ。お前が、可愛すぎて……」

仁さんはなぜか怒ったように言うと、指を抜いた。そのべったり濡れた指で、腰を掴まれる。

「あっ、仁さ……んっ」

「こっちのほうが感じるはずだ。いやと言うほど啼かせてやる」

「……んんっ」

正常位での挿入とは刺激が違う。獣となった彼に半ば強引に抱かれ、後ろから支配される体勢は、佐奈のマゾっ気を引き出していた。

「ひゃあん！　や、やめ……ああっ、ああん……だめ、こんな」

「へえ？　やめてほしいのか」

分かっているくせに、意地悪を言う。

「いいぞ、ほら」

仁が腰を引き、そのぶん佐奈の中から蜜があふれ出た。

「やめてほしいのに、どうしてこんなに濡れてるんだ」

「……仁さんの、い、意地悪」

「佐奈が素直になれば、可愛がってやるぞ？」

彼は前後に腰を揺らしながら、再び奥へと入ってくる。内側がこすれて、佐奈は堪らず身悶えた。

「はんっ、はんっ、あぁんっ……は、はやく、仁さ……ふあっ……」

「聞こえないよ」

どこまでも彼は意地悪だ。それなのに、優しい声音で攻めてくるから、佐奈は甘えてしまう。

「あなたが、欲しいの。もっと奥にき……て」

「こんな風に？」

ずんと、突き立てられた。痛みが走るけれど、激しい興奮がそれをかき消す。

「いやあ、仁さん……っ！」

「く、このっ……」

無意識に腰を動かし、彼を呑み込もうとする力は、絶妙な愛撫となったようだ。

佐奈の身体は仁の支配下にありながら、彼を翻弄している。

「ったく、何てやつだ。俺のほうがイッちまう」

汗ばむ彼の手のひらが、佐奈の腰をしっかりと掴んだ。限界が近づいているのが、内側から伝わってくる。求める気持ちは同じだった。

「いくぞ」

彼が愛しやすいよう、腰を持ち上げる。いやらしく、はしたないポーズだけれど、構わない。羞恥心などどこかに吹き飛んでいた。

「はあん！」

最奥を突かれ、歓喜の声を上げる。

それを合図にするように、仁が激しく動きだす。初めての時より勢いをつけて、佐奈の全身を揺さぶる。肉を打つ音が部屋に響き、交わう実感を佐奈に与えた。

涙が出るほど嬉しい。愛する人に抱かれているのだ。佐奈の心は満たされ、喜びにあふれた。

「じ、ん……さ、あっ、あっ……」

動きに合わせ呼吸するのがせいいっぱいで、佐奈の想いは言葉にならない。仁も何も言わず、ひたすら佐奈を愛している。

愛して、愛して、二人は一気に頂点へと駆け上がり――

やがて、動きが止まった。どくん、どくんと、奥に熱いものが注がれる。

仁は抱え直すように、佐奈を後ろから強く抱きしめる。逞しい腕に包まれる幸せ。身体の隅々にまで、愛情が広がっていく。

「佐奈、俺はこんなにも君が好きだ」

「仁さん……私、も……」

涙声になり、唇が震えて続きが言えない。でも彼は佐奈の首筋に顔を埋め、分かっていると囁く。とてつもなく優しい声で。

頬を伝うのは悦びの涙。

佐奈は濡れた目を閉じて、愛する人の鼓動を感じた。


朝の気配がする――

佐奈は枕を抱きしめ、寝返りを打った。何だかとても、いい夢を見た気がする。

(もっと寝ていたいけど、起きて会社に行かなきゃ。……あれ？　今日は何曜日だっけ。ええと、昨夜は確か、編集長とデートして……)

ハッとして瞼を開く。ここは、佐奈のアパートの部屋ではない。

「おはよう。よく眠れたみたいだな」

「ひゃああっ！」

佐奈は悲鳴を上げて、飛び起きる。ベッドサイドに、バスローブを纏った仁が立っていた。微笑む彼を見たとたん、昨夜の何もかもを思い出す。

「へっ、編集長。ああっ、あの……私、私はですね、そのっ……」

「落ち着け。丸見えだぞ」

「はい？」

そういえば、少し肌寒いような。佐奈は自分の格好を見下ろし、あまりのことに仰天する。

「きゃああっ！　見ないでください」

布団を被り、すっぽんぽんの身体を隠す。

朝陽のまぶしい部屋で、ありのままの姿を晒してしまった。

「何を今さら。お互い、全部見せ合っただろう」

（いやあああ！）

重大なことをクリアに思い出した。昨夜、佐奈は仁とセックスしたのだ。

「すっ、すみません。その件は忘れてください！」

「何だって？」

仁は片方の眉をぴんと上げ、ベッドに腰かける。口元まで布団で覆う佐奈に、顔を近づけた。

「どういう意味だ、それは」

明らかに怒った顔だ。だけど、佐奈としては申し訳ない気持ちでいっぱいなのだ。

「わ、私とエッチしたなんて、編集長は後悔してると思って」

「はあ？」

泣きそうな佐奈を見て、仁は頭を抱えた。

「お前なあ……ったく、自信なくすよ」

「えっ？」

どうして彼が自信をなくすのだろう。よく分からず、佐奈はおろおろする。

「一晩かけて、全力で伝えただろ。俺はな、お前が好きなんだよ」

夢の続きではなく、これは現実だ。しかし佐奈は信じられない気持ちで、首を横に振った。

「佐奈」

低い声で呼ばれ、ビクッと身体が震えた。怖い表情で、彼は見つめてくる。

「どうして信じないんだ」

「だってそんなの、無理です」

佐奈は筋金入りの喪女（もじょ）だ。彼氏いない歴＝（イコール）年齢。思春期の失恋以来、ずっと男性を避けて、同時に避けられてきた女である。こんな奇跡があるわけない。

昨夜は確かに、めいっぱい抱かれた。身も心も満たされ、仁の深い愛情を感じたのは事実だ。

だけど、夜が明けて冷静になった今、自信のなさが復活している。

「いいか。俺は小泉佐奈という女を愛している。お前のことが、可愛くてしょうがないんだ」

昨夜の告白を、彼は繰り返した。頬が少し赤らんでいる。

「だから、何度も言わせるなと……ったく、お前というやつは」

「あ……」

昨夜も仁は、こんな風に照れていた。耳まで真っ赤になっていたことを佐奈は思い出す。年上の男性に何度も告白させるなんて、と反省した。

「うう、ごめんなさい！」

仁は苦笑し、布団の中で縮こまる佐奈を抱き寄せた。まるで、優しく守るように。シャワーを浴びた彼の身体は、爽やかな香りがする。

「とにかく俺は本気だ。仕事は関係なく、佐奈と付き合うからな。そもそもお前には、俺にここまでさせた責任がある。逃げるなよ」

「は、はいっ。へん……じゃなくて、仁さん」

「そうだ」

仁は頷くと同時にキスをしてくる。そのままベッドに押し倒され、布団を剥ぎ取られた。滑らかな彼の所作に佐奈は戸惑う。

「じ、仁さん……あのっ？」

「どうも心配だ。もう一度、よく分からせる必要があるな」

「ええっ？」

彼は色っぽい目つきで、上から下まで眺め回してくる。まさか、今から致すつもりでは……

「でもっ、こんなに明るいですよ？　朝からするのは、恥ずかしいというか」

「問答無用」

「きゃ、ちょっと待っ……ああん！」

仕込まれた身体は素直に濡れて、あっという間に天国に連れて行かれた。

仁の思いは、かりそめではない。激しい愛情をこれでもかと注がれて、佐奈は幸せを実感するのだった。

かくして佐奈と仁は、プライベートでお付き合いすることになった。

（つまり、仕事とは関係なく個人的に。ああ、夢じゃないんだ……）

週明けのオフィス。佐奈は入稿の準備をするため、いつもより早く出勤した。それなのに、週末のことを思い出し、少しぼんやりしてしまう。

「小泉さん、何かいいことあった？」

「はいっ？」

ふいに話しかけられ、ビクッとする。振り返ると、辻本が意味ありげに微笑んでいた。さっきまで誰もいなかったのに、いつの間に現れたのだろう。

「お、おはようございます。あの、私は別に……」

「あっ、編集長だ！」

「えぇっ？」

オフィスの入り口を振り返るが、誰もいない。過剰反応した佐奈はしまったと思い、辻本の顔を見直す。

「幸せそうな顔しちゃって。バレバレよ？」

「なっ……あの、もしかして辻本さん。全部、分かって……」

「隠しおおせるとでも思ったの？　大先輩を見くびってもらっちゃ困るわ。小泉さん、幸村さんと付き合い始めたのね？」

隣の椅子に腰かけて、佐奈と向き合う。辻本は楽しげな様子だ。

他の部員はまだ出勤していない。二人きりだから、彼女はからかったのだろう。

佐奈はおずおずと頷き、「どうしてご存知で……？」と尋ねる。

「教育係として、小泉さんの傍にいるから気づいたのよ」

「そ、そうなんですか。あ、でも編集長は……」

「幸村さんとは長い付き合いだもの。彼があなたに惹かれてるのは、何となく分かっていたわ」

鋭い観察眼に驚いてしまう。当の佐奈ですら、仁の気持ちを知らずにいた。

辻本は一旦席を立ち、コーヒーを淹れてくれた。佐奈を落ち着かせようという気遣いである。大先輩は、何もかも把握しているのだ。

「前々から感じてはいたのよ。確信したのは、変身企画の掲載が正式に決まった日ね。幸村さんは、あなたへのご褒美に食事するからと言って、私も誘ってくれたわ。あの時の嬉しそうな表情……あんな幸村さんを見るのは初めてだった。小泉さんが可愛くてしょうがないって感じ？」

「うっ……」

コーヒーを噴きそうになる。ベッドで聞いた彼の告白を思い出し、佐奈は赤面した。

「だから私は空気を読んで、二人のおじゃま虫にならないようドタキャンさせてもらったの。ねえ、あの日に進展があったんでしょ？」

「は、はい。そのとおりです」

辻本には敵わない。さすが、大人の女性である。

「そっかあ。幸村さんってモテモテなのに、女性と付き合う気配もないし、仕事一筋でしょう。だから、独身主義者なのかと思ってたけど、そんなことなかったのね」

「えっ？」

きょとんとする佐奈を見て、辻本はにんまり笑った。

「彼は派手な外見に似合わず誠実な人よ。小泉さんと付き合うからには、将来のこともちゃんと考えていると思う」

佐奈は瞬きもせず、辻本の顔に見入る。あり得ないほど胸が高まってきた。

「しょ、将来というのは、要するに……」

「結婚よ。あなたをお嫁さんにするってこと！」

結婚――

佐奈はカップを落としそうになり、慌てて持ち直す。大先輩が発した予想外の言葉を受け止めきれない。仁と付き合い始めたという事実だけで、キャパシティオーバーなのに。

「ま、まさか……け、結婚だなんてそんな、急に」

「あら、嫌なの？」

「ええっ？　いえいえ、嫌なわけ……」

意思を示そうとした佐奈は、ハッとする。パーティションの外から靴音が聞こえてきた。勢いのある、この歩き方は……

「おはよう。二人とも早いな」

絶妙のタイミングで現れたのは、話題の主。佐奈は悲鳴を上げそうになるが、辻本に肘で突(つっ)かれ、何とか堪(こら)える。

（ううっ、心臓に悪い）

胸を押さえてもドキドキは収まらない。落ち着くために小さく深呼吸した。

「小泉、入稿の準備はできたのか。遅れるなよ」

「は、はいっ」

仁はいつもと同じ顔と口調で声をかけてきた。辻本も生真面目な態度で、仕事を始めている。他の部員も次々に出勤し、オフィスはたちまち仕事モードに突入した。

平常心を取り戻した佐奈は、隣の辻本をちらりと見やる。どうやら彼女は、佐奈と仁の関係を胸に収めてくれるらしい。それはとてもありがたい配慮だった。

（仕事は仕事、恋は恋……ですよね）

仁は大人の男性である。上司として、恋人として、佐奈を導いてくれるだろう。

これからも、ずっと――

結婚の二文字を頭に浮かべ、すぐに打ち消す。シティロマンスのクライマックスは、恋人からのプロポーズだ。夢見る乙女にとって憧れのシーンだけど、今はまだ受け止める心の余裕がない。

　彼に相応しい大人の女性になるため、佐奈にはさらなるメタモルフォーゼが必要だった。

　仕事を終えて会社を出ると、秋風が吹いていた。駅に向かう佐奈の足元を、街路樹の落ち葉が転がっていく。

「無事に入稿できて良かった。明日は校正紙をチェックして、編集長に見てもらって……」

　仕事の段取りを考えながら、仁の顔を思い浮かべる。

　そして、特別なことは何も話さなかった一日を、少しだけ寂しく感じた。

　オフィスでの仁は上司である。分かっているけれど、この気持ちはどうしようもない。週末、あんなにも愛されたばかりだから。

　駅に着く頃、スマートフォンが鳴った。ポケットから取り出してみると、発信者は仁である。

「えっ？　どうしたんだろ」

　佐奈がオフィスを出た時、彼はまだ仕事中だった。入稿に問題があったのか、それとも別の用事か。いろんな意味でドキドキしながら応答する。

『佐奈、俺だよ』

「あ……」

苗字ではなく、下の名前で呼ばれた。この甘い声音は恋人のものだ。

「はい、仁さん」

駅に入ると壁際に寄り、スマートフォンを持ち直す。秋風に冷やされた頬が上気している。

『少しだけ、いいか』

「はい、私は大丈夫です。仁さんは……」

『ちょっと抜けてきた。休憩室に一人でいる』

耳もとで、囁(ささや)くように話す。ベッドでの睦言(むつごと)が再現されるようで、佐奈はときめいてしまう。

『週末は楽しかったよ。ありがとう』

「こ、こちらこそ、とても楽しかったです。ありがとうございました」

ときめいているのに口調が硬い。仁のように、上手く切り替えられない自分がもどかしかった。

『職場ではイチャイチャできないからな、電話したんだ』

「イ、イチャ……って」

上気した頬が、ますます熱くなる。仁のストレートな表現は、佐奈の恋心を強く刺激した。

『今朝、辻本さんと話してただろ』

「あ、はい」

『彼女、気づいてるみたいだな』

仁も長い付き合いである彼女のことを、よく分かっているらしい。仕事上でも彼らは、あうんの呼吸でやり取りしている。

『あの人に隠しごとはできないな。まあ俺としては、隠すつもりもないが』

「はい？」

彼の発言が意外すぎて、変な返事になった。

『何だ、佐奈は隠したいのか』

「えっ、あの、それは……」

隠すという言葉にはネガティブな響きがある。堂々とした性格の仁は、それを良しとしないのだろう。だがやはり、彼のオープン宣言は意外だった。

『俺はもともと、公（おおやけ）にするつもりでいたよ。佐奈の気持ちを確かめてからね』

「そうなんですか？」

『ああ。記者会見を開きたいくらいだ』

「え……」

冗談なのか真面目なのか判断できず、佐奈は曖昧に笑う。だが仁は笑わず、さらに追及してきた。

『それで、質問の答えは？　佐奈は隠したいのか』

「私は、えっと……何と言いますか」

『うん？』

正直に言えば仁は怒るだろう。佐奈は慎重に言葉を選び、おずおずと意思を伝えた。

「み、皆に冷やかされると、恥ずかしいので。どうふるまえばいいのか分からないし、仕事に差し障りが出そうなので、できれば内緒でいたいなあと思うのですが」

『……そういえば、佐奈は恋愛初心者だったな』

「はい。スミマセン」

朗らかな笑い声が聞こえた。少なくとも怒ってはいないようで、佐奈はホッとする。

『考えてみれば無理もないか。佐奈にとって、俺は初めての男だもんな』

「え、ええ」

含みのある言い方が、何だかいやらしい。それとも、そんな風に感じてしまう自分がいやらしいのだろうか。ちょっとしたことですぐ反応する自分を、佐奈は持て余した。

『了解。俺達の関係は非公開にしよう。だけど、佐奈』

「はい」

『プライベートでは恋人として扱うからな、覚悟しておけ』

「わ、分かりましたっ」

　覚悟とは、どんな覚悟だろう。恋愛初心者には見当もつかないが、とにかく彼について行く。どんな世界が展開されようと、逃げ出さないつもりだ。

『おやすみ、佐奈。愛してるよ』

「ええっ？　あ、あの……はいっ、私も……」

『私も？』

　恥ずかしさのあまり、しどろもどろになる。でも、ちゃんと応えたかった。

「私も、愛しています」

『……よろしい』

　彼も照れたのか、口調が上司っぽくなる。二人でクスッと笑い、同じタイミングで電話を切った。

（ああ、雲の上を歩いてるみたい）

　佐奈はスキップするように改札を通り、ホームへの階段を上がった。

　寂しかった気持ちが、たちまち消えていく。

　大好きな人と数分話しただけで、こんなにも元気になれるのだ。恋ってすごい！

　だけど、ふと冷静になる。さっきの電話で、少しだけ嘘をついてしまった。恋人であることを内緒にする理由について……

仁はモテる人だ。そして佐奈はモテない人。そんな二人が付き合っていると知れば、周囲はどう思うだろう。考えるまでもなく、佐奈は分かっていた。

不釣り合いだと言われるのが怖い。それが、関係を公にしたくない本当の理由だ。

「正直に言えば怒られるよね。どうしてお前は後ろ向きなんだ……って」

でも、いつかきっとメタモルフォーゼする。仁に釣り合う女性として胸を張れるよう、一生懸命努力するから待っていてほしい。

「……あ」

駅のホームに立ち、佐奈は一瞬息を止めた。向こう側のホームに、化粧品会社の大きな看板がある。イメージモデルの二階堂玲美が、自信にあふれた笑みを浮かべ、ポーズを決めていた。

「道は険しいけれど、いつか……私も」

電車が目の前に滑り込み、玲美の視線を遮ってくれた。

──幸村さんと玲美さんは以前、同じ事務所のモデルだったの。当時は付き合っていたとか？

いつか楢崎から聞いたこと。あれはただの噂だと信じたい。たとえ本当だとしても、過去は過去だ。けれど──

電車に揺られるたび、テンションが沈んでいく。ちょっとしたことで浮かれたり、落ち込んだり、感情の起伏が激しくて疲れてしまう。

恋ってすごい——様々な思いをこめて、佐奈は小さく呟いた。

秋の深まりとともに、仕事も恋も豊かに実っていく。

入社した当時、雑誌編集部に配属され落ち込んでいたことなど、今では考えられない。佐奈はそれほどまでに、充実した日々を送っている。

仁は約束どおり、佐奈と付き合っていることは誰にも言わないでいてくれた。そして、プライベートでは甘く優しく、佐奈に接する。休日にはデートして、夜は親密に過ごした。身体を重ねるごとに、身も心も彼に溶けていく。仁のいない生活など、もう考えられない。

浮いたり、沈んだり、感情の揺れに翻弄されるが、それも恋の醍醐味。少しずつ古い殻を脱ぎ捨て、佐奈は成長していた。

「いよいよ変身企画の総仕上げだ。小泉、気合を入れろよ」

「はい、編集長」

十月下旬の月曜日。今日は変身企画の最終ページを飾る写真を撮影する。佐奈もスタッフも、緊張の面持ちでスタジオに入った。

「それにしても、きれいになったわねえ。パーティードレスが似合うようになるなんて」

スタイリストの楢崎が、ドレスに着替えた佐奈に目を細める。メイクの津久見、カメラマンの穂高も深く頷いていた。

「最初はどうなることかと思ったけど、本当に良かった。さすが幸村さんの企画ね。真っ黒スタイルの新人を、見事に変身させてしまったわ」

楢崎の言葉に、仁は首を横に振る。

「優秀なスタッフのおかげです。皆の協力がなければ、この企画は実現不可能だった」

「あら、嬉しい。でも私達も今回は勉強させてもらった。あきらめないことが大事なのよね」

楢崎は仁に花束を持たせた。スーツ姿の彼が、一気に華やかな雰囲気になる。

「幸村さんは、彼女をパーティーにエスコートする恋人役よ」

「ええ。後ろ姿ですが、その気になって演じます」

佐奈は仁に手を取られ、カメラの前に進んだ。

最後の最後、こんなに素敵な演出が用意されていた。この演出は、ミーティングで仁が提案したのだ。彼自らが、モデルを務めることを。

「自然な感じで動いてください。そうそう、グラスを手にポーズして」

スタジオ内にレストランのセットが置かれている。佐奈は恋人とともにパーティーに招かれるという設定だ。ちなみに、特集の主役は佐奈なので、仁は顔出ししない。モデルの存在が映えるように、さり気なくエスコートしてくれている。

「小泉ちゃん、いい笑顔だねえ。本当に恋してるみたいだよ」

穂高の声かけにドキッとする。仁を見ると、いたずらっぽく片目をつぶってみせた。

(嬉しくて、つい顔に出てしまった。は、恥ずかしい)

「よく似合ってる。成長したな、小泉」

「あ、ありがとうございます」

佐奈が身につけているのは、若い女性に人気のブランドドレスだ。光沢のあるグリーンの生地と、雪のようなファーがキュートで、少し大人っぽいデザイン。それはデートのために彼が用意したドレスと似ていた。

「はい、ラストです。小泉ちゃーん、笑って!」

佐奈は恋人に寄り添い、幸せいっぱいの表情をカメラに向ける。

二人三脚の企画は、最高の形でフィナーレを迎えた。

十一月二十七日。街がイルミネーションで輝きだす頃、ヴェリテ一月号が発売された。

佐奈は万感の思いでそれを手に取る。

表紙を飾るのはレギュラーモデルの玲美。メイン特集は年末年始の装い。そしてサブ特集『メタモルフォーゼ～お洒落初心者の変身プロジェクト・新入社員Aの場合～』が、今月号の目玉となった。サブ特集だが、ページ数は多めに割かれている。

スタートは見開きページだ。入社間もない頃の、真っ黒スタイルの佐奈が載っている。

――ここまでネガティブかつセンスゼロの新人がヴェリテの一員になるなど、許せん。

あの頃、仁に指摘されたことはすべて的を射ていた。今さらながら納得し、逃げてばかりいた自分を情けなく思う。佐奈は反省しながらページをめくった。

企画のために毎月撮影した写真が、仁のコメントとともに掲載されている。

仕事を頑張る佐奈の姿を、時に辛口に、時にユーモラスに描き出す。その筆致は切れ味鋭く、見出しもレイアウトもセンス抜群だった。

そして、企画のフィナーレを飾る最後のページ。ドレスを纏う佐奈の写真は、本人も驚くほどきれいに仕上がっている。もちろん佐奈は素人モデルであり、スタイルも姿勢も、プロのモデルとは比べものにならない。佐奈を輝かせたのは仁の存在である。

彼が傍にいるからこそ気分が高揚し、自信を持って撮影に挑めたのだ。

その号は、佐奈にとって宝物となった。

「ヴェリテ一月号、売り上げ絶好調です！　玲美さんの表紙も人気ですが、幸村さんの企画目当てに購入する読者が予想以上に多く見られますね。ネットのアンケートでも、投票数トップですよ」

発売日から三日後。営業部の報告を受けた編集部は、大いに盛り上がった。幸村仁の編集者としての評価は、売り上げの数字にも表れている。

部員達は仁の周りに集まり、尊敬の眼差しで彼を見上げた。

「お前達、これからが本当の勝負だ。今月号の勢いをバネに、ヴェリテはまだまだ売り上げを伸ばす。浮かれてないで仕事に集中しろ」

「はい、編集長」

「私達も頑張ります！」

いつもと変わらぬ仁の発破がオフィスに響く。部員達は元気に応え、一斉に仕事を再開した。

仁と佐奈は、営業部員と一緒にオフィスを出てエレベーターホールに向かう。これから二人は、社内報のインタビューを受ける。仁の企画が好評なので、広報部から急遽呼ばれたのだ。

並んで歩きながら、営業部員が声をかけてくる。

「さすが幸村さんですね、すごいなあ。モデルの小泉さんもかなりの評判ですよ。あんなに地味だったのに、これほど素敵な女性になるとは驚きです。相当、努力されたのでしょうね」

「い、いえ、私はそんな」

「もちろん努力した。俺のスパルタ指導にも耐え、よく頑張ったよ」

恐縮する佐奈の代わりに、仁が胸を張って答えた。

「だから、もう少し自信を持てと言うのだが、なかなか……ね」

彼は肩をすくめると、営業部員と笑い合う。

何だかんだ言っても売り上げ好調はいいニュースであり、仁はご機嫌だった。

「しかし、小泉さんは注目の的ですよ。ヴェリテは女性雑誌ですが、幸村さんの記事は男性社員もチェックしますから。特に雑誌フロアの男どもが、放っておかないでしょうねえ」

仁が立ち止まった。笑みを消し、饒舌な営業部員を見下ろしている。

「放っておかない……というのは、どういう意味だ。記事を見た男どもが、ウチの部員によからぬ興味を抱くとでも？」

地獄の底を這うような、恐ろしい声音だった。営業部員は青ざめている。

「いえあの、違うんです。そういうことじゃなくてですね、小泉さんが女性として魅力的だから、人気が高まるのではないかと思っただけですので、ハイ！」

「同じことだろう」

仁は前を向き、再び靴を進めた。この態度は、明らかに怒っている。

営業部員はしまったという顔になり、エレベーターホールに着くと、横の非常階段を指さす。

「あの、私、一つ下に下りるだけなんで、階段で行きますね」

愛想笑いしながら、彼はそそくさと退散してしまった。

佐奈は仁の隣に立ち、そっと横顔を窺う。彼は怒ってはいないが、きまりが悪そうにしている。

「……ったく、男ってのはしょうがない生き物だ。変身したとたん注目しやがって」

佐奈は頬を染めた。彼は他の男が佐奈に興味を持つと思い、苛立っているのだろう。

「あ、あの、それはないと思いますよ？　だって、今まで男性に注目されたことなど、ありませんし。雑誌に載ったからといって、急には……」

「だといいがな」

その時、複数の足音が近づいてきた。

「あっ、幸村さんだ。コンチハ！」

仁に挨拶したのは、メンズファッション誌の編集部員二人だ。どちらも二十代半ばくらいの男性で、髪型も服装もお洒落にキメている。

顔は見知っているが、佐奈は話したことがない。彼らの軽いノリが、どうにも苦手だった。

「ヴェリテの変身企画、拝見しましたー。さすがのクオリティですね」

「僕らはメンズ担当ですけど、参考にさせていただきます！」

カリスマ編集長の仁は、若い編集部員にとって尊敬の対象だ。仁も先輩としてアドバイスを与えるなど、普段は親しく接している。

だが、今日の仁はにこりともせず彼らを睨みつけた。それに気づかず、メンズ編集者達は佐奈を囲む。

「いやあ、ビックリですよ。地味な新人さんが、こんなに可愛く変身するなんて」

「君、小泉佐奈ちゃんだよね？　変身企画のモデル役、最高だったよ」

「えっ？　あ、ありがとうございます」

これまで口もきいたことのない人達に馴れ馴れしく呼ばれ、佐奈はうろたえた。

エレベーターの扉が開くと、メンズ編集者の一人がさっと乗り込んでボタンを操作する。

「佐奈ちゃん、足元に気をつけてね」

「す、すみません」

会釈して乗り込む佐奈を、彼らは無遠慮に眺め回した。

「佐奈ちゃん、その服は自分でコーデしたの？」

「はい、自分で選びました」

仁が苛立っている。佐奈はそう感じながらも、先輩社員に失礼のないようきちんと答えた。

「ピンクのアンゴラニットに、こげ茶のギャザースカートか。いいチョイスだね」

「同感！　着回しできる組み合わせだからデート服にもなるよ。佐奈ちゃんって彼氏いるの？」

「はい……えっ？」

佐奈は口ごもった。プライベートに踏み込んだ質問をされ、戸惑ってしまう。

この軽いノリ、やはり彼らは苦手なタイプだ。

「もしフリーならさ、今度俺達と合コン……」

「お前ら、いい度胸だな」

怒気を含んだ声が、お喋りを中断させた。メンズ編集者二人はぎょっとした顔で、仁を見上げる。

「俺の前でヴェリテの編集部員を口説くとは。それなりの覚悟は、できてるんだろうな」

エレベーターが五階に到着した。佐奈達が降りる階だ。

「い、いやあ。合コンの面子が足りないんで、ちょっとお誘いしたんです」

「すっ、すみません。他を当たってみますので！」

二人とも後ずさりして、ぶるぶる震えている。仁は彼らに構わず、佐奈の背を押すようにしてエレベーターを降りた。

「図々しいやつらだ。小泉、チャラ男には注意しろよ。先輩社員だろうが、ああいった誘いはきっぱり断れ」

「は、はあ……」

「何だ。まさか、あいつらに興味があるんじゃないだろうな」

広報部に向かいながら、仁が睨んできた。佐奈は慌てて首を横に振る。

「いえいえ、違います。先ほどの先輩方は、私の苦手なタイプですし」

第一、今後も声をかけられる可能性は低いと思う。今は雑誌に載ったばかりで、珍しいから誘ってくるのだろう。それに、佐奈はプロのモデルではなく一般人。外見だけでなく、いろいろ足りていない新入社員なのだ。仁だって冷静になれば、一時的な現象だと分かるはずなのに。

「ふうん、苦手なタイプね。それなら、もしも苦手ではない男が……」

仁は突然、話すのをやめ、唇を結んだ。不愉快そうに眉根を寄せて、前方に目を向けている。

「どうかしたのですか……あっ」

「やあ、小泉さん」

広報部の隣にある宣伝部から出てきたのは、文芸書籍部の相馬編集長。不快感を露わにする仁と異なり、爽やかに微笑んでいる。

「相馬さん、こんにちは。お久しぶりです」

「本当に久しぶりだね。いや、会えて嬉しいよ」

相変わらずの穏やかな雰囲気に、佐奈はほっとする。やはり相馬は、佐奈にとって理想の上司。仁とはまた違う、人としての魅力があった。

「幸村も元気そうだな」

「よお」

ぶっきらぼうな返事だ。相馬を前にすると、仁はいつも大人げない態度になる。

佐奈はハラハラするが、相馬は頓着せず話しかけてきた。

「ヴェリテ一月号の変身企画、見せてもらったよ。ファッションに疎い僕でも、すごく興味を引かれたし、感動した。小泉さん、頑張ったね」

「あ、ありがとうございます」

尊敬する相馬に褒められ、佐奈は舞い上がった。嬉しさのあまり、頬が熱くなる。

「……そんなことより、相馬。宣伝部に何の用だ？　書籍が売れないから、広告でも打ちにきたのか？」

相馬との会話に、仁が割って入った。不穏な空気を感じて、佐奈は慌てて後ろに下がる。仁は部下がライバルに懐いているのが、気にくわないのだ。

「まあ、当たらずといえども遠からずだな。シティロマンスシリーズが創刊三十周年を迎えるから、記念展を開催することになった。その告知をお願いにきたんだ」

「シティロマンスの記念展⁉」

つい叫んでしまった。佐奈はきらきらと目を輝かせる。シティロマンスの愛読者として、相馬の情報に興味津々（しんしん）だ。

「来年の三月に、都内の百貨店で開催予定だよ。創刊からこれまでの作品紹介や、装丁画の展示、作家のサイン会などイベントが盛りだくさんだ。小泉さんにはチケットをプレゼントするから、ぜひ……」

「そろそろ行くぞ、小泉。悪いが相馬、俺達は広報部に用があるんだ」

またしても仁が割り込み、会話が中断される。レーベルファンの佐奈のために、相馬が説明してくれているのに、少し意地悪く感じた。

（でも、確かに今は仕事中だし、お喋（しゃべ）りはダメだよね）

情報を詳しく聞きたいが、またの機会にしよう。最近は忙しくて相馬や椎名に会いに行けていないけれど、仕事優先だから仕方ない。

「ああ、引き止めて悪かったね。それじゃあ、僕はこれで」

相馬が立ち去ると、仁は大きく息をついた。

そんなに相馬を嫌わなくてもいいのに。佐奈は呆れ顔になるが、仁がこちらを向いたので表情を引きしめる。

「佐奈、今夜デートするぞ」

「……え」

下の名前で呼んだ。しかも、デートの約束をするなんて。それこそ仕事中なのに、いきなりどうしたのだろう。佐奈は戸惑うが、とりあえず「はい」と返事する。

それを聞いた仁は仕事の顔になると、広報部のドアを開けた。

「あ、仁さ……だめ……」

降り注ぐシャワーの中、佐奈は喘いだ。それにかまわず、仁が後ろから突き上げてくる。

「やっ、そんな激しく……あっ、あん、あんっ！」

今夜の仁は、いつもと違う。何かとても、焦っているように感じる。

二人は会社帰りに和食レストランで食事をし、仁のマンションに直行した。明日は休みだからと、彼が佐奈を誘ったのだ。

部屋に入るなり、佐奈はキスに襲われた。すぐに抱きたいと囁かれ、その場で服を脱がされてしまう。仁の手つきは性急で、やや乱暴だった。

佐奈がバスルームに入ると、仁も全裸になって背後から抱きしめてくる。汗ばむ身体は燃えるように熱く、既に怒張した彼の分身はゴムを装着済みだった。

いつもなら、優しく丁寧に愛撫する彼なのに、前戯もそこそこに挿入してきた。

佐奈は後ろから抱かれると、すぐに濡れてしまう。仁はそれを熟知しているので、少し強引に押し入ったのだろう。

「はあん、仁さん……っ！」

ちょっときついけれど、上手に彼を呑み込むことができた。

そして今、佐奈は壁に両手をついて身体を支え、尻を突き出している。

慣れない体位だけど、佐奈のいいところがこすれて、強烈に感じてしまう。仁も後ろから攻めると興奮するらしく、早くも息が荒い。

「はあっ、はあっ、い、いっちゃう。もう……わた、し……」

「佐奈」

彼はいかせてやると言わんばかりに、激しく腰を打ちつけてくる。彼の情熱が佐奈の理性を奪い、快楽に溺れさせた。

「あああっ」

びくびくと全身が震えたかと思うと、佐奈の口から嬌声が漏れ、脚の力が抜ける。崩れそうな佐奈の身体を支えながら、彼は自身をさらに深く挿れてきた。

「や、ど……して……？」

休む暇も与えてくれない。仁の両手が背後から回り、揺れる乳房を包んだ。彼は腰を動かしつつ、ゆっくりと佐奈の胸を揉みしだく。

「んっ、はああん……！」

強烈な刺激を受けて佐奈は身悶える。気持ち良すぎて、目尻に涙が滲んだ。

「だ、だめ……！　またいっちゃう……!!」

「何度でもいけばいい」

「そ、そんな」

乳首をこねられた瞬間、中がぎゅっと締まる。仁の動きが止まり、うめき声が聞こえた。今度は彼がいきそうなようだ。

「……仁さん、も？」

「ああ、そろそろ……限界だな。でも、まだ足りない」

仁は腕を伸ばし、シャワーを止めた。

「仁さん？」

「君の汗を感じたい。もっと濡れてから……」

仁の右手が、佐奈の尻や太腿をいやらしく撫で回す。彼の左手は乳房を掴み、揉みしだいている。

「や……やめ、て……い、いきそうに、なっちゃ……」

彼の指先が太腿の間に潜り込み、秘部を弄り始めた。小さな粒を可愛がられて、その刺激で蜜があふれ出す。

「すごいことになってるぞ」

「い、意地悪……」

「でも、君のカラダは悦んでる。全部バレてるよ」

「うう……」

いやらしい言葉と愛撫で、佐奈は蕩けてしまう。恥ずかしくても抵抗しないのは、快楽に溺れているから。あなたが欲しいと訴えるように、愛液が泉のごとく湧いてくる。

「だめ、もう、許してえ……どうにか、なりそ……」

佐奈の身体は内側から燃えて、汗が滲んできた。仁の素肌と密着し、皮膚はねっとりとした感触に覆われる。

「あっ、ああ……お願い……」

佐奈はねだるように、自ら尻を持ち上げて彼に押しつけていた。

「エロいな。何て格好をしてるんだ」

「だ、だって……」

甘えた声を漏らすと、仁は軽く突いてきた。愛液が零れて、腿の内側を伝っていく。

「いいよ、もっともっと溺れろ。エロティックな佐奈を、俺だけが堪能できるんだ。いやらしくて淫らで、可愛い君を……誰にも渡さない」

「はん……っ」

仁がぐちゅぐちゅと音を鳴らして動き始め、さっきよりも激しく、巧みに攻めてくる。

「あっあっ、やっ、あん……はあん、いいっ……」

最奥を穿たれ、佐奈は悦びに浸る。こんなにも深く、性急に愛されるのは初めてだ。

「可愛いよ、佐奈。君は俺のものだ」

「ああああん！」

佐奈は本格的な攻めに翻弄される。湯気がこもるバスルームに、肉を打つ音が響いた。接合部はずぶずぶになり、二人は溶け合っていく。

「好きだ。愛してる、佐奈」

「……わたし、も。あいして……るっ、仁さ……」

仁は両手で佐奈の腰を支え、思いきり突き上げてきた。舌を噛みそうなほどの振動に揺らされ、声も出せなくなる。

(仁さん……仁さんっ)

頭の中が真っ白になりそう。快感に乱されて、わけが分からなくなる。どこまで上り詰めるのだろう。生まれて初めての不安に襲われる。だけど、怖くはなかった。

仁と一緒なら、何も怖くない。

「あっ、あっ……い……いかせ……て……」

「佐奈っ」

何度も名前を呼ぶ彼の声は、ひたむきだ。愛する人を一途に思う気持ちは佐奈と重なっている。

「あんっ、あんっ、あんっ……あっ、ああんっ」

突かれて、突かれて、数えきれないほどの情熱を叩き込まれ、佐奈は頂点に達した。

「は……うっ」

どくどくと、愛欲を注（そそ）がれる。

熱く、痺（しび）れるような瞬間を分かち合い、溶け合い、一つになる感覚。

「じん、さ……ん……」

繋がったまま抱きしめられた。乱れた呼吸を首筋に感じて、佐奈は泣きそうになる。

こんなにも求めてくれる、彼のすべてが愛しい。

「ふう……最高だ」

長いこと佐奈を捕まえていた彼の腕が緩み、杭も引き抜かれた。

佐奈は仁の方へ向き直り、厚い胸に甘える。まるごと包んでくれるのは、激情のあとの静かな優しさ。下腹がじんじん疼（うず）くことすら幸せだ。

「すまない。疲れさせたな」

「ううん」

仁は佐奈の髪を撫で、つむじにキスしてくれる。愛情に満ちた彼の仕草が嬉しい。

「シャワーを浴びて、少し休もう。喉が渇いただろ」

「そういえば、カラカラです」

「ベッドに入る前に、一杯やるか。甘いカクテルを作るよ」

佐奈を抱っこして、楽しそうに微笑む彼。嵐のようなセックスのあとは、いつもどおりの仁に戻っていた。


彼の自宅は、築浅のデザイナーズマンションだ。黒と白の壁面が蔵を思わせ、仁はその和風モダンなデザインが気に入っているという。

インテリアも、障子や畳が多用されていて和のイメージが強い。

佐奈はこの部屋を初めて訪れた時、仁が以前連れて行ってくれた『清流』を思い出した。岐阜出身の夫妻が営む素朴な店で、仁は佐奈と向き合い、我が家のように寛いでいたのだ。

お酒を飲んだあと、二人はベッドに潜り込む。仁はスウェット、佐奈はパジャマに着替えている。マドラスチェックの可愛らしいパジャマは、お泊まり用に彼がプレゼントしてくれたものだ。

「ああ、やっぱり家は落ち着ける。ホテルもいいが、俺はどちらかと言えば家派だな」

「私も家派です。狭いアパートだけど、家に帰るとホッとしますね」

仁は「えっ？」という顔になる。

「この部屋はどうだ。あまり落ち着かないか」

心配そうに訊かれて、佐奈は焦った。

「もちろん、アパートと同じくらい落ち着きますよ？　特に、広くてゆったりとしたベッドは寝心地が良くて、何時間も眠れそうですし」

素直に答えると、仁は目尻を下げた。

「嬉しいことを言ってくれる。何なら、毎晩寝てもいいんだぞ」

「え？」

「俺は睡眠不足になりそうだが」

仁は甘く囁き、佐奈をぎゅっと抱きしめる。彼の温かな胸は、ボディソープの香りがした。

（毎晩寝てもいい……って、このベッドで？）

佐奈はドキドキする。一緒に暮らしてもいいと、仁は考えているのだろうか。

「佐奈」

「は、はい」

仁は腕の力を緩め、佐奈を見つめる。意外なほど真面目な表情を浮かべていた。

「……クロは、どうしてる」

「クロ？」

思わぬ話題が出て、佐奈は目を瞬かせた。クロというのは、佐奈が飼っている金魚のことだ。仁がお見舞いに来た時、嬉しそうに眺めていた。

「元気ですよ？　食欲旺盛で、餌をパクパク食べてます」

「それは良かった。だが、餌のやりすぎには注意しろよ」

そう言いながら、仁は佐奈に腕枕する。二人は仰向けになり、天井を見上げた。

静かな部屋に、風の音が微かに聞こえる。

（どうしたのかな）

佐奈はちらりと仁を見やった。

（さっき、何か話したそうにしたのは、クロのことではないような……）

眠くなったのか、仁はリモコンでライトを消す。オレンジ色の間接照明が、窓の障子をぼんやりと照らした。

「それにしても、今日は参った」

「参った？」

独り言のような呟きに、耳を傾ける。

「変身企画が好評なのはいいが、佐奈が急にモテ始めて、焦ったよ」

「え……」

しばし考え、昼間のできごとに思い至る。メンズ編集部員に、声をかけられたことだ。

「あ、あれは一時的なものだと思います。別に、モテているわけでは……」

「雑誌に載せたら、こうなることは分かっていた。それなのに、俺の覚悟が足りなかった」

「仁さん、あのですね……きゃっ？」

なぜか仁はいきなり覆い被さってきた。思いきりどアップで佐奈を見下ろしてくる。

「……仁さん？」

「これは俺のわがままだ。しかし、言わせてくれ」

「は、はい」

仁の目は、熱っぽい感情を湛えている。

「俺以外の男を見るな。合コンに誘われたら、きっぱり断れ。相手がタイプであろうとなかろうと、関係なく」

「ですから、あれは一時的なもので……あっ」

佐奈の腰から尻にかけて、彼の手が撫で回した。佐奈は敏感に反応し、全身がぴくりと震える。

「俺が佐奈の恋人だと、言ってしまいたい」

「そっ、それは、や、仁さ……ん？」

彼は佐奈のパジャマのズボンを下ろそうとしている。彼の手を押さえるけれど、止まらない。

「だめなのか」

「あ、ん……だって、わたし」

「恥ずかしい？」

ショーツも下げられ、素肌を愛撫（あいぶ）される。こんなのはズルい。

「だめ、だめなの。し、仕事に、集中したいから」

「仕事？」

仁は愛撫（あいぶ）を止めた。呼吸を乱す佐奈を、愛しそうに見つめている。

「私……一人前の、編集部員になりたい。仕事を頑張りたいの。もっとメタモルフォーゼして、成長したいから」

「ふむ、それは感心だが」

仁は複雑そうに微笑む。上司として嬉しいが、恋人としてはもどかしいのだろう。

「分かった。もうしばらく秘密にしよう。だが約束してくれ。他の男に誘われても、目移りしないと」

「め、目移りなんかしません。私が好きなのは、あなただけですから」

ちゅっとキスをされた。目の前に、彼のデレた顔がある。

「殺し文句をさらりと言う。可愛いやつだ」

「あ、仁さん、待っ……」

今度はディープキスに襲われる。佐奈がとろんとすると、彼の手が愛撫を再開した。

「パ、パジャマが汚れちゃいます」

「そうだな。脱いだほうがいい」

抵抗したつもりが、仁の思うつぼに嵌ってしまう。あっという間に全裸にされて、素早く抱く準備をした仁が上に乗ってくる。

キスをしながら絡み合い、佐奈はたちまち濡れそぼった。

「幸いなことに、明日は休みだ。たっぷり可愛がってやるぞ」

「やんっ」

脚を左右に開かれ、その中心に彼が顔を埋める。濡れた丘を舌で丁寧に舐め上げ、グチュグチュと音をさせて食んだ。

「あああん、だめえ……っ」

「口だけだな。君のカラダは俺を求めてる」

そのとおり、身体は正直だった。仁に愛撫されると、どこもかも濡れてしまう。

「素直になれよ。佐奈のすべては俺のもの。俺だけを受け入れて、感じろ」

仁は膝立ちになり、脚を開いたままの佐奈を引き寄せる。濡れた中心に自身をあてがい、力強く入ってくる。

「ううっ、やっ……はあ……っ、ん……っ」

「悶(もだ)えろ、佐奈。もっと乱れて、俺を煽(あお)れ」

リズミカルに突いてくる仁に、揺さぶられる。脚を高く上げられ、汗にまみれて、佐奈は乱れた。

「もっと、仁さん……っ、奥まできてっ……ああっ……あんっ、あんっ！」

シーツを掴み、快楽に耐える。でも我慢できず、淫(みだ)らに仁を誘ってしまう。

「……めちゃくちゃ可愛いよ。くそっ、可愛すぎて、どうにかなりそうだ」

互いのすべてを奪い合い、そしてめいっぱいの愛をぶつける。

激しい交わりは夜半過ぎまで続いた。

「仁さ……ん、愛して……るっ」

「佐奈っ……」

最後は、果てた身体を寄り添わせ、眠りに落ちた。

夢の中まで、二人は手を繋いでいる。道に迷い、はぐれないように――

ゴールはまだ、霧(きり)の向こうにあった。


ヴェリテ一月号が発売されてから一週間が過ぎた。

佐奈はますます仕事に集中した。仁とはたびたびデートを重ね、愛を深めている。仁が懸念したとおり、佐奈を合コンに誘う男性社員もいたが、丁重にお断りした。お高く止まっていると揶揄されて、へこむこともある。だけど、仕事に集中すれば全部吹き飛んでしまう。

何より、仁という恋人の存在が佐奈を支えていた。

「あらあ、小泉さんじゃない。今日は撮影のアシスタント？」

スタジオで撮影の準備を手伝っている佐奈に、張りのある声が飛んできた。ビクッとして振り向くと、恰幅のいい女性が近づいてくる。江藤専務だ。

「こんにちは。おっ、お久しぶりです」

「うふふ。こんにちは」

スタジオ内のスタッフも、作業の手を止め彼女に挨拶している。相変わらずの貫禄と存在感だ。

「聞いたわよ。ヴェリテ一月号、売り上げ絶好調ですって？　やるじゃない！」

「ありがとうござ……ぐふっ」

江藤にばんばんと背中を叩かれ、佐奈はむせてしまう。ものすごいパワーだ。

「さっすが、幸村君だわ。小泉さんも頑張ったわね」

「は、はい。おかげ様で」

江藤はにこにこしている。心から嬉しそうな彼女の笑顔は、緊張する佐奈をほっとさせた。荒っぽいスキンシップも、彼女流の祝福なのかもしれない。

「あなた達、思ったとおりいいコンビだわ。企画も大成功だし、私までウキウキしちゃう」

以前も同じことを言われた。だけど、あの時のように嫌な気がしない。

「でも、これからが本当の勝負よ。小泉さんも編集者として、ヴェリテを盛り上げてちょうだい」

「はいっ。頑張ります」

元気よく返事をする佐奈に、江藤はうんうんと頷く。

「ところで、これから二階堂玲美の撮影よね。幸村君は？」

「編集長は、大阪で開催中のアパレルブランドの展示会に出かけております」

「あらそう、今日は立ち会わないんだ。玲美が寂しがるわねえ」

独り言のような呟きだけど、江藤は地声が大きいのでよく聞こえた。しかし、どう反応すればいいのか分からず、佐奈は固まる。

「あの二人、昔は恋人だったそうね。どちらも才気煥発。美男美女のお似合いカップルなのに、どうして別れちゃったのかなあ」

ズキンと胸が痛む。考えたくなかったことを、目の前に突き出された。

「玲美のほうは未練がありそうだけど……あら、こんなこと喋ったら幸村君に怒られちゃう。小泉さん、内緒にしておいてよ」

「……は、はい」

声が震えないように、自分をコントロールした。『美男美女のお似合いカップル』という言葉が、佐奈の心を深く抉っている。

「ああ、もう行かなくちゃ。じゃあね、小泉さん。幸村君によろしく」

佐奈は頭を下げて、江藤の背中を見送る。すると、彼女と入れ替わるように、二階堂玲美がスタジオに入ってきた。彼女が現れただけで現場の空気が変わる。トップモデルの華やかなオーラは、佐奈をまぶしく照らした。

「ちょっと小泉さん。さっきの人、江藤専務でしょ。スタジオに何の用だったの？」

スタイリストの楢崎が、こっそり話しかけてきた。

「よく、分かりませんが……編集長に、用事があったのかもしれません」

「そういえば、今日は幸村さんいないわね。玲美さんの撮影に立ち会わないなんて珍しい」

「はい」

佐奈は努めて冷静に対応する。こんなこと、今さら気にするなんておかしい。

あの二人が恋人だったとしても、それは昔の話。仁が毎回玲美の撮影に立ち会うのは、彼女がヴェリテにとって重要なモデルだから。

（ダメダメ。仕事中に余計なことは考えない）

佐奈は楢崎の指示に従い、モデルの服を準備する。懸命に、揺れる感情を抑えた。

「うーん、アクセサリーがごついのよねえ」

幅広のツイストバングルを手に、楢崎がうなった。モデルの玲美はノースリーブのニットを身につけている。白い生地と襟元のファーが、清(きよ)らかな印象だ。

「もっとこう、華奢(きゃしゃ)なデザインがいいのよ……あらっ？　小泉さん、素敵なバングルじゃない」

楢崎が佐奈の手首を指さす。バングルタイプのプラチナブレスレットが、控えめに輝いている。

「チャネル留めの石がきれい。これって、もしかしてダイヤモンド？」

「は、はい」

このブレスレットは仁のプレゼントだ。普段使いするのがもったいなくて仕舞っておいたのだが、最近は身につけている。『ダイヤモンドは男除(よ)けになるから』と、仁からつけるよう言われたのだ。

「イメージぴったりだわ。小泉さん、貸してもらえる？」

「えっ？」

佐奈は一瞬、躊躇(ちゅうちょ)する。仁から贈られたアクセサリーを、玲美が身につける――個人的感情がそれに抵抗し、快く貸すのをためらわせたのだ。

でも、これは仕事である。佐奈は急いでバングルを外そうとした。

「結構よ、小泉さん」

凛とした声がスタジオに響く。玲美が目の前に立ち、涼やかに微笑んでいた。

「大事なものみたいだから、やめましょう。確か、マネージャーが同じようなブレスレットを持っていたわ」

「いえっ、私は構いませんので、これを使ってくださ……」

「ダメよ。相馬さんに怒られちゃう」

「は、はい？」

思わぬ時に、思わぬ人の名前が出た。佐奈は目をぱちくりさせて、玲美の顔を見返す。

「そのブレスレット、相馬さんからのプレゼントでしょ？　彼、なかなかセンスがいいわね」

「え……相馬さんって、あの、どうして。違……」

佐奈の声をかき消すように、楢崎が驚く。

「あらまあ、そうだったの？　相馬さんって、文芸書籍部の地味な人よね。小泉さん、あの人と付き合ってるわけ？」

楢崎も他のスタッフも、玲美の発言を真に受けている。

佐奈はおろおろした。一体どういう経緯でそんな誤解が生まれたのか、見当もつかない。しかしとりあえず、今は仕事をすべきだ。

「これは、その……自分で買ったものです。全然構いませんので、ぜひ使ってください」

ブレスレットを外し、玲美の手に強引に持たせた。彼女はクスクス笑っている。佐奈の言葉を、まったく信じていないようだ。

(ああもう。どうして相馬さんが出てくるの?)

佐奈は変な汗をかきながら、裏方の仕事に戻った。今日は撮影のあとで、ランチミーティングが行われる。アシスタントとして、弁当の用意をしなければ。

(誤解された理由は分からないけど……でも、そうだよね。どちらかといえば、仁さんよりも相馬さんのほうが、私のタイプだと思われるかも)

そんなことを考えながら、休憩室のテーブルにランチボックスを並べる。

玲美のリクエストで、有名総菜店から取り寄せた和風弁当だ。五穀米入りのご飯と、鶏の胸肉や白身の魚、旬の野菜を調理したおかずが詰まっている。

「さすがプロフェッショナル。栄養とカロリーに気をつけてるんだ」

玲美は容姿端麗の上に仕事も完璧。佐奈は、仁と玲美が付き合っていたという噂は本当だと思い始めている。もしそうなら、二人はなぜ別れたのだろう――

「お疲れ様でしたー。ランチタイムに入りまーす」

撮影チームの班長に続き、玲美とマネージャー、撮影スタッフが休憩室に入ってきた。それぞれ席に着き、賑やかなランチミーティングが始まる。

「わあ、美味しそう。このお弁当、玲美さんのリクエストですよね」

「すごーい、ヘルシー。盛りつけもきれい！」

スタッフは嬉しそうに箸を取る。憧れの玲美と食事ができるのを、皆、楽しみにしていた。

お茶を配り終えた佐奈は、楢崎に手招きされて彼女の隣に座る。テーブルを挟んだ正面に玲美がいて、にこりと微笑んだ。

「そうだ、小泉さん。さっきのこれ、ありがとう」

楢崎がバングルを佐奈に返した。服のイメージに合っていたと、玲美にも礼を言われる。

「お借りしてごめんなさい。相馬さんに、お詫びしておいてね」

「は、はあ」

玲美は完全に誤解している。しかし本当のことを言うこともできず、佐奈は曖昧に言葉を濁した。それに、彼女は何だかご機嫌だ。楢崎やスタッフと気さくに語り合い、ランチを楽しんでいる。

ミーティングを兼ねた食事会は和やかに進んだ。

「美味しかったー。やっぱり和食っていいよねえ」

楢崎が満足そうにお腹をさする。佐奈も食べ終わり、ランチボックスの蓋を閉めた。

「楢崎さんは和食派なの？」

お茶を飲みながら、玲美が訊いた。

「そう、和食派。特に川魚が好きなのよね。鱒とか鮎とか、できれば天然のやつ。熱々の塩焼きをつまみに、ビールをグイッと……」

「昼間からやめてくださいよ。飲みたくなっちゃう」

スタッフから苦情が飛び、笑いが起きた。佐奈はふと、仁が連れて行ってくれた和食の店を思い出す。川魚が好きなら、楢崎も気に入るはずだ。

「この近くに、美味しい和食屋さんがありますよ。『清流』っていう名前の、素朴なお店です」

「へえ、どの辺りに？」

楢崎が関心を寄せる。場所を教えようとすると、玲美が口を挟んだ。

「ちょっと待って。まさか『清流』って、駅近くにある？」

彼女は真顔である。表情が急に変わったので、佐奈は戸惑う。

「そうです、ビルの一階にある食事処ですが……」

「仁が連れて行ったの？」

佐奈はハッと気がつく。『清流』は仁が学生時代から通う店で、店長の息子はモデル仲間だと聞いた。それなら玲美が知っていても不思議ではない。

「は、はい。編集長のおすすめで、天然鮎の塩焼きを食べました。とても美味しかったので、楢崎さんも気に入るはずだと……」

玲美は突然、椅子を立った。とても怖い目で、佐奈を見下ろしている。

「あなた、少しは成長したと思ったけど、相変わらずね」

さっきまで和やかだった休憩室の空気が、ピリッと張りつめる。スタッフも笑みを消し、口を閉じた。佐奈はわけが分からず、高圧的な玲美の態度に怯える。

「ど、どういうことでしょうか」

「例えば、そのアクセサリー」

玲美は視線で、佐奈の手首を示す。先ほど撮影のために玲美に貸した、プラチナのバングルだ。

「とても上品できれいなデザインね。撮影用の服に、イメージぴったりだったわ。小物の選択は重要よ。アイテムのテイストやディテール、素材によって、合わせるアクセサリーも違ってくるの。洋服の魅力を表現するため、イメージを突き詰めていくこと。それがどれほど大切な意味を持つのか、ファッション誌の編集者なら、当然知ってるはずよね」

「あ……」

佐奈はビクッとする。玲美が何を言いたいのか分かってしまった。

「でもあなたは、スタイリストがバングルを貸してと要求した時、躊躇したわ。彼氏からもらったアクセサリーを、他の女に渡したくないから。あの一瞬、仕事のクオリティより私情を優先させたの。プロフェッショナルが命がけで働く現場でね」

楢崎はじめ、スタッフは沈黙している。佐奈は青ざめ、震える手でバングルに触れた。

「変身企画が好評みたいだけど、実際はこのていどってわけ？　がっかりだわ。モデルの真似ごとをして、少しばかり見栄えが良くなったけど、本質的に何も変わってないのよ」

玲美の言葉は、鋭い刃物のように佐奈の胸を突き刺す。傷が深すぎて、反応できない。

「玲美さん、そろそろ時間です」

マネージャーは時計を見ると帰り支度をしながら、事務的に声をかけた。玲美はふっと息をつき、うつむいた佐奈を見据える。

「前にも言ったわよね。私は、中途半端は嫌いなの。いい加減な気持ちで仕事をするなら、編集者などやめてしまいなさい」

彼女が背を向け、立ち去る気配がした。楢崎達が見送りに行くけれど、佐奈は動けず、その場で頭を下げるのみ。遠ざかっていくヒールの音を、黙って聞いていた。

「どうしたんだろ、急に。バングルのことなんて、現場では何も言わなかったのに」

しばらくしてスタッフは椅子に座り直すと、玲美の言動に首を傾げた。佐奈は楢崎の横で、小さくなる。自分のせいで玲美を怒らせてしまった。

「ところで、何の話をしてたっけ……えっと、小泉さんが『清流』っていうお店を、私に教えてくれたのよね」

楢崎が言うと、スタッフもそうそうと続ける。

「玲美さんが、仁が連れて行ったの？　とか訊いてたな」

「もしかして、小泉さんが幸村さんと食事したのが気に入らないとか？」

「それはないんじゃない。幸村さんって面倒見がいいし、部下と食事するなんてフツーでしょ。しかも、相手は小泉さんだよ？」

皆、うんうんと頷いている。彼らの反応は当然のこと。誰が見ても、仁と佐奈は『上司と部下』なのだ。

だけど、あの会話をきっかけに玲美の態度は豹変した。何かが気に障ったのは確かである。

「女王様は気まぐれなのよ。小泉さん、あなたが頑張ってることは、私がよーく知ってるからね。落ち込むんじゃないよ」

楢崎がぽんぽんと肩を叩いてくれた。佐奈は泣きそうになるが、何とか堪える。撮影チームに迷惑をかけたのは自分なのだ。現場をフォローすべきアシスタントなのに。

「本当に、すみませんでした！」

スタッフ達に励まされ、それだけ言うのがせいいっぱいだった。

その日の夜、気がつけば、オフィスには佐奈一人が残っていた。午後から原稿を書いていたのだが、見出しがなかなか決まらず、悩むうちに時間が過ぎてしまった。

「ダメだ、もうやめよう」

昼間のできごとが影響している。こんな自分がファッション誌の、しかもアクセサリーのページを担当すること自体、間違いではないか。そんな風に佐奈は深く落ち込んだ。

「ん？」

オフィスに向かって近づいてくる靴音が聞こえてきた。この勢いのある歩き方は……

「小泉、やっぱり残ってたのか」

「編集長？　今日は大阪から直帰の予定では……」

「そうだけど、少し気になることがあって」

佐奈に近づいてくると、仁はナイロン袋を差し出す。大阪の出張土産だ。

「あ、ありがとうございます」

袋の表面に水滴がついている。よく見ると、仁のチェスターコートの肩先も濡れていた。

「外は雨ですか？」

「いや、みぞれだ。今夜は結構冷えるぞ」

そういえば、足元が寒い気がする。

「コーヒーを淹れますね。私も、仕事に切りがついたので」

「ああ、頼む」

佐奈はパソコンの電源を落として席を立つ。二人分のコーヒーを淹れて戻ると、仁は佐奈のデスクに椅子を寄せ、座っていた。

「お疲れ様です。展示会はいかがでしたか？」

「なかなか盛況だった。近頃にしては、実のある出張だったよ」

仁は黙ってコーヒーを飲んだ。いつもなら、もっと生き生きと仕事の話をするのに、どうしたのだろう。直帰せず、オフィスに寄ったことと関係があるのかもしれない。

「あの、気になることというのは？」

何か問題でも起きたのだろうか。佐奈は心配になり、彼に近づいた。

「……昼間、楢崎さんから電話をもらった。仕事の報告を受けたんだ」

「えっ？」

反射的に顔が強張る。楢崎が報告するとしたら、玲美の撮影についてだろう。

「玲美にお説教されたんだって？」

「う……」

ランチミーティングでの一件だ。問題を起こした佐奈が気になって、仁はオフィスに寄ったのだろう。

「私が編集者として未熟だから、玲美さんは怒ったんです。撮影の時、楢崎さんにアクセサリーを貸してと言われて……」

「ああ、それも楢崎さんが教えてくれた。全部分かってるよ」

「そ、そうでしたか」

ならば、説明の必要はない。佐奈は項垂(うなだ)れて、上司の叱責を覚悟する。

「佐奈、俺は責めてるんじゃない。楢崎さんも、お前が落ち込んでるだろうからと、心配して電話をくれたんだ」

「でも、私……玲美さんだけでなく、撮影チームの皆さんに不快な思いをさせてしまいました。私のせいで、ランチミーティングが台無しに……」

「佐奈」

膝の上で握りしめた佐奈の拳を、仁の大きな手が包み込んだ。彼はまったく怒らず、それどころか、未熟な部下を慰(なぐさ)めようとしている。

「何度転んでも、起き上がって前に進む。お前はそうやって、ここまで来たじゃないか。今回も、玲美のお説教を糧(かて)にして成長すればいい」

「仁さん」

「もっとメタモルフォーゼして、成長したいと言っていただろ。あれは嘘なのか？」

目の奥が熱くなる。だけど、仁の前で泣くのはダメだと思った。甘えてしまったら、それこそ成長できなくなる。

「嘘じゃありません。だけど、玲美さんのような人に叱られて、自分のていどを思い知らされたというか……落ち込んでしまったんです」

「玲美のような人？」

「完璧な人です。美人で、仕事ができて……」

誰から見ても仁と釣り合う人。佐奈にないものを、彼女はすべて持っている。絶対に敵うわけがない。玲美のことを考えると、佐奈はとても惨めな気持ちになるのだ。

自分が仁の恋人であることが、信じられなくなって――

「玲美は玲美で努力して、今の地位を築いたんだ。モデルの自己管理がどれほど厳しいものか、佐奈も知ってるだろう」

佐奈はこくりと頷く。それを分かっているからこそ、惨めになる。でも、この心情を上手く伝える自信がないし、何より仁を失望させたくなかった。

「そうですよね。私もいっぱい努力して、頑張ります。落ち込んでないで、もっとメタモルフォーゼしなくちゃ」

本音を隠して明るく笑う。仁の手を握り返し、まっすぐに彼を見つめた。

「よし、それでこそ佐奈だ。これからも、お前らしく頑張ればいい」

仁のホッとした顔を見て、佐奈も安堵する。こんな自分を好きだと言ってくれる彼を、心配させてはいけない。

「もうこんな時間。帰りましょう、仁さん」

「ああ」

佐奈は手を離すと、元気よく席を立つ。急いで帰る準備をして、仁と一緒にオフィスを出た。

外に出ると、イルミネーションが煌めいている。冬らしい景色の中、二人は駅に向かった。

「ところで、佐奈。楢崎さんから、もう一つ気になる話を聞いたんだが」

「えっ？」

他にも何か問題が？　仁の深刻そうな横顔を見上げ、佐奈は緊張する。

「……いや、大した話じゃない。ただ、そのバングルについて」

「バングル？」

佐奈は手首を上げて、コートの袖口からプラチナを覗かせた。昼間の撮影で、玲美の怒りを買う原因となったアクセサリーだ。

「あの……やっぱり玲美さんのことで？」

「いや違う。玲美は関係ない」

どういう意味だろう。彼女以外について、一体何を気にしているのか。それに、大した話じゃないと前置きしながら、ずいぶんと言いにくそうにしている。

「……バングルをプレゼントしたのが相馬だと、楢崎さんが言うんだ。佐奈は自分で買ったと言っていたが、あれはきっと相馬からの贈り物だって」

「……あ」

そんなことまで伝わっているとは――楢崎はあの時の状況を、かなり細かく話したようだ。

「そ、それは、玲美さんがなぜか誤解されていて、楢崎さんがそれを真に受けてしまったようです。仁さんの名前を出して、ややこしくなるのもあれだったので」

「自分で買ったと言った、と」

「はい。すみません」

仁は何か言いたそうにするが、ふいと前を向く。

「いや、そういうことなら構わない。ただ、俺の選んだアクセサリーを、あんな野暮な男のプレゼントだと思われたことが、ちょっと面白くないだけで」

「は、はあ」

拗ねたような言い方に、佐奈はちょっと呆れる。相馬が絡むと、彼はなぜこんなにムキになるのか。同期のライバルとはいえ、相手を悪く捉えすぎている。

しかし、下手に取り成そうとすると仁が怒るので、佐奈は黙っておいた。仁もそれ以上何も言わず、夜空に向かって白い息を吐く。

駅の構内に入ると、仁は佐奈に向き直った。

「暖かくして寝ろよ。風邪を引かないようにな」

優しく微笑し、保護者のように世話を焼く。

一緒に改札を通り、反対方向に帰る佐奈が階段を上るまで、彼は見送っていた。

まるで子ども扱いだ。成長しろと言いながら、甘やかす。仁の矛盾した態度は、佐奈を複雑な心境にさせた。

階段を上ると、電車が発車する間際だった。ぎりぎりで乗り込み、ホッと息をつく。

（あっ、そういえば、訊くのを忘れてた）

佐奈は『清流』について、仁に訊いてみるつもりだった。

玲美が怒ったのは仕事上の姿勢についてだが、怒り出したのは雑談の最中。佐奈が仁に連れられて『清流』に行ったという話が、彼女の気に障ったような気がする。

しかし、撮影チームの皆が言うとおり、仁が部下と食事するのは珍しい行為ではない。

それならば、『清流』という店自体に理由があるのではないか。

（……あの店は確か、仁さんのモデル仲間の家なんだよね。それと関係あるのかな）

もしそうなら、仁に訊くのも怖い気がしてきた。仁と玲美の過去を、知ることになりそうで。

「もう、いいや。仁さんの言うとおり、前に進まなきゃ」

過去など知らなくていい。それより、もっと成長して仁に相応（ふさわ）しい女性にならなくては。

――いい加減な気持ちで仕事をするなら、編集者などやめてしまいなさい。

思い出すたび、ぐさりと胸を刺す玲美の言葉。

くじけそうになるが、頑張るしかない。何度転んでも、起き上がるのが私だから。佐奈はもう何も考えず、車窓に流れる雪を見つめた。


その後、ヴェリテ編集部は本格的な年末進行に入った。年末年始に取材や撮影ができないので、一月末発売の三月号の作業が前倒しになっているのだ。二月号の校了作業と重なるせいで連日残業続きとなり、息をつく暇もない。ベテランから新人まで部員の体力は底を尽き、もはや気力で仕事を回していた。

だが、今の佐奈にとっては悪くない状況である。実はまだ、玲美の一件が尾を引いていた。あれ以来、玲美と顔を合わせてはいないが、誰かが『玲美さん』と言っただけでビクッとする。

忙しいほうが、その怯（おび）えを紛らせることができるのだ。

「毎年のことだけど、この時期は疲れるわ。小泉さん、彼氏とデートもできないよねえ」

「え、ええ。まあ……」

隣の席から、辻本がこっそりと囁く。彼女の視線が仁に向くのを見て、佐奈はハラハラする。部員は皆忙しそうなので、気づくはずもないけれど。

「年末年始の予定は立てたの?」

「はい。お正月に、ドライブと初詣に出かけます」

「いいわねえ。お正月デートを楽しみに、年末進行を乗りきりましょう」

佐奈は頷き、仁のほうをちらりと見やる。さすがに彼も疲れた様子だが、お洒落は手を抜いていない。黒のカットソーにボルドーのジャケットを合わせ、シックな雰囲気を醸している。

佐奈もコーディネートを工夫しているが、仁と比べたらまだまだひよっこ。隣に並ぶのも恥ずかしいくらいだ。

(玲美さんなら、シックな装いも似合うだろうな)

つい彼女のことを考えてしまう。佐奈は頭を振って、仕事に集中する。今が年末進行の時期で、本当に良かった。

(あの人を思い出すとツライ。できることなら、しばらく関わりたくない)

ネガティブ思考が嫌になるが、それが佐奈の本音だ。

玲美の呪縛から、どうしても抜け出せなかった。

　二月号の校了が明けた翌日。ヴェリテ編集部員は会議用テーブルに集合した。佐奈も新しい企画書を手に、末席に腰かけた。

「皆、集まったな。それでは会議を始める」

　仁は四月号の内容を各部員と詰めていく。いつもながら、企画会議の真剣な雰囲気は佐奈を緊張させる。どんな企画も、内容は厳しくチェックされるだろう。

　ドキドキする胸を押さえて発言の順番を待った。

「次は小泉のミニ企画だが……」

「はい、発表します」

「ちょっと待て。その前に言うことがある」

　企画を説明しようとする佐奈を、仁が止めた。

「一つ追加事項だ。これは会社の要請なんだが……」

　仁が厳しい顔つきになる。佐奈は緊張しながら指示を待った。

「二階堂玲美が、四月号のアクセサリー企画の単独モデルを務める。先ほど事務所を通して、本人の了承を得た」

　部内がざわついた。新人が担当する小さな企画に、超人気の一流モデルが参加する。しかも、あの二階堂玲美が単独で？

部員達は皆、佐奈が玲美に叱責されたのを知っている。企画書を持ったまま硬直し、返事もできずにいる佐奈を、気の毒そうに見やった。

「社の全体会議で、江藤専務がアイディアを出した。新人編集者の企画に、一流モデルを使うのも面白いとね」

部員達は揃って、仕方ないという顔になる。江藤専務の提案となれば無視できない。彼女は役員にして、ヴェリテの初代編集長でもあるのだ。

「俺も最初は無茶な話だと思ったよ。だが、同じ企画を漫然と繰り返すことでマンネリを生み、結果、読者離れが進む。つまり、今のヴェリテに必要なのは……」

「メタモルフォーゼですね」

仁の隣に座る辻本が答えた。彼女は、佐奈に笑顔を向けている。

「そのとおり。ヴェリテのコンセプトは成長と充実。それを実現させるには、思いきった変化が必要だ。小泉！」

「はいっ」

反射的に大きな声が出た。そのとたん、佐奈の表情に生気が戻ってくる。

「これは仕事だ。玲美も企画の狙いを理解している。そして、やるからには最高の仕事をすると約束した。お前も編集部員として、さらに成長してみろ」

「わ、分かりました。全力で頑張ります！」

これは仕事だ――その一言で、佐奈の心は決まった。

(正直、玲美さんと関わるのは怖い。でも私は、ヴェリテの編集部員。個人的な感情や事情で、逃げるわけにはいかない)

「よし、決まり。年内に一度、玲美と打ち合わせするように。辻本さんにサポートについてもらうが、小泉が責任を持って企画を進めるんだぞ」

「はい、編集長」

その後も、企画会議はスムーズに進行する。

佐奈の企画も組み込まれ、四月号の予定はきっちりと埋まった。


今度のアクセサリー企画は、ジュエリーウォッチを取り上げる。

佐奈はこれまで、指輪、ネックレス、ピアスなどの定番アイテムを扱ってきた。今度はヴェリテがターゲットにしている働く女性にとって実用性の高いものをと考え、ジュエリーウォッチに決めた。

そして今日は、玲美との打ち合わせの日。

場所は会社のオフィスではなく、ジュエリーウォッチを扱う店のショールームだ。メーカーの担当者を交え、実際の商品を手に取りながら企画の説明を行う。本物を見てイメージを固めたいという玲美の要望だった。

「約束の時間五分前か。……あ、あのタクシー、玲美さんじゃない？」

「はい、おそらく」

佐奈の同行者はスタイリストの楢崎だ。小さな企画だが、玲美がモデルということで、彼女が担当することになった。

「頑張りなさいよ、小泉さん。応援してるから」

「ありがとうございます」

楢崎に励まされ、佐奈は気を引きしめる。タクシーから降りた玲美を出迎え、挨拶した。

「あら、まだやめてなかったのね」

開口一番、玲美が皮肉をぶつけてくる。しかしこれは想定内のこと。

「お、おかげ様で、毎日頑張っております！」

楢崎が小さく噴き出す。力みすぎて顔を熱くする佐奈を、玲美は冷静に見下ろしてくる。

「ふん……私は忙しいの。さっさと仕事しましょう」

玲美のマネージャーを含めて四人で、ショールームへと足を進めた。

「私どもは、実用性とデザイン性を併せ持つ、現代的な商品をご提供しております。華奢なデザインと精巧な細工が特徴ですが、他社のブランドと一線を画すのはムーブメント。自動車にたとえるとエンジン部分です。時計メーカーならではのクオリティを保証いたします」

白い壁に囲まれたショールームで、メーカー担当者の説明を聞く。三十代半ばくらいの、落ち着いた印象の女性である。この店のジュエリー部門の、プレス兼スタイリストだという。

「こちらが定番の人気商品です」

トレイに並ぶジュエリーウォッチは、どれも素晴らしい。気品と知性を兼ね備えた、大人の女性に相応しいアクセサリーだ。ヴェリテ読者の好みにも合うだろう。

「うーん、どれも素敵なんだけど、イメージがまとまりすぎかな。ねえ、どう思う?」

楢崎が佐奈に意見を求めた。

「そうですね……」

隣に座る玲美を意識する。さっきから彼女は何も言わず、編集者とメーカーのやり取りを見守っている。モデルが口を出す段階ではないが、あまり黙っていられると、かえってやりにくい。

「あの、こちらに並んでいるのは、電池で動くクォーツ式のものですよね。貴社は機械式時計で有名だとお聞きしました。ジュエリーウォッチでは、機械式のムーブメントは使われないのですか?」

佐奈の質問に、メーカー担当者は目を見開く。心なしか嬉しそうな表情だ。

「もちろん、機械式時計もございます。少々お待ちください」

彼女はショーケースから商品を取り出し、トレイに並べた。

「こちらは見本になります」

「わあ……」

思わず声を上げる。フェイスが大きく、男性が着けても違和感のないほど、しっかりとしたデザインだ。しかし装飾は細やかで、ライトの反射が星の瞬きのよう。凛々しく、そして美しい。他のシリーズとはまた違う魅力があった。

「一流のクラフトマンが、一点ずつ丁寧に仕上げています。部品の在庫を持たないので、製作にお時間をいただきますが」

「受注生産ですか。ということは、お値段のほうも……？」

楢崎の言葉を受け、担当者は胸を張る。

「一生ものの価値があると、私どもは自負しております。高価ではありますが、デザインも品質も一級品。メンテナンスの長期サービスと併せて、きっとご満足いただけることでしょう」

どうやらメーカー担当者は機械式時計も提案したかったようだ。アクセサリーとしては少しハードなデザインなので、すすめづらかったのだろう。

「着けてみてもいいかしら？」

突然、玲美が口を開いた。佐奈が振り向くと、彼女は目を輝かせて時計を見ている。

担当者は快く頷き、ベルトを調節しながら彼女の腕に巻いた。

「意外と軽くて、着け心地がいいわ。それに何よりデザインに隙がなくて、どの角度から見てもきれい」

「ありがとうございます。ちなみに『リオン』というブランド名がついております」

『リオン』とは、フランス語で獅子という意味だという。

玲美は、『リオン』にひと目惚れしたらしい。エレガントでありながら芯の強さを感じさせるブランドに、佐奈も心惹かれた。

楢崎と頷き合い、テーブルに身を乗り出す。

「リオンをお借りできますか。企画ページのメインに据えて掲載いたします」

担当者は表情を明るくする。

「承知いたしました。では、カタログをお持ちいたします。春に発売予定の新作も、ご紹介させてください」

打ち合わせが盛り上がってきた。佐奈はホッとしながら、玲美の横顔を覗き見る。彼女はカタログを熱心にチェックしていた。本当にファッションが好きなのだろう。

「新作の見本は製作中なんですね。出来上がるのは早くても一月末……間に合うかしら」

楢崎がタブレットのスケジュールアプリを佐奈に示した。

「撮影予定日は二月五日。本当にぎりぎりですね」

リオンを載せるなら、新作をぜひ使いたい。だがもし、撮影に間に合わなかったら……

「あきらめるの？」

鋭い声にハッとして、顔を上げる。玲美がまっすぐに佐奈を見ていた。

「あなたは『リオン』を気に入り、ヴェリテに掲載したいと言ったわ。新作を載せてこそ意味があると、編集者なら分かるはず。それを、間に合わない可能性があるからと、あきらめるつもり？」

玲美は勝負を挑んでいる。一流のモデルである彼女が、ひよっこの編集者を相手に、本気で。

佐奈は鳥肌が立つのを感じた。こんな経験は初めてだった。

「あきらめません」

玲美を見返し、言いきった。膝が少し震えるけれど、視線は逸らさない。

「中途半端は大嫌い。妥協は許さないわよ」

「もちろんです」

佐奈はタブレットを手に、メーカー担当者と話を進める。勝負は始まっていた。

「見本がこちらに届くのは二月の頭ですね」

「予定ではそうなのですが……一度、工房のクラフトマンに相談いたします。その上で、到着の日時をご連絡しますので、少々お時間をいただけますか」

「分かりました。ところで、工房というのは？」

「岐阜のアクセサリー工房です。腕のいい職人がおりまして、見本を組み立てております」

「岐阜……」

何となく玲美を見ると、彼女もこちらを向いていた。なぜか分からないが、ぎこちない空気が流れ、二人同時に顔を背ける。

「でも、万が一の場合は代替品を使って撮影するわよ。とにかく、ぎりぎりのスケジュールなんだから。小泉さん、それは承知しておいてね」

楢崎が言うのはもっともなことだ。だけど、佐奈の心は決まっていた。

慌ただしい年末の忙しさの合間、佐奈と仁はなんとかクリスマスを二人で過ごした。それから仕事納めを迎え、佐奈は彼に見送られて実家に帰省。

家族で年越しをしてから東京に戻ると、新年の一月三日に仁とドライブデートに出かけた。

行き先は長野県。由緒ある神社で初詣をし、近くの店で蕎麦を食べたあと、湖の周囲を散策した。氷結した湖面に太陽が反射して、とてもまぶしい。

（いろんなこと、全部忘れてしまいそう。このままずっと二人きりでいたい）

仁と手を繋いで歩いているだけなのに、佐奈は幸せだった。だけど、楽しい時間はあっという間に過ぎる。東京に戻る車の中で、佐奈は小さくため息をついた。

「疲れたのか」

運転しながら仁が尋ねる。道に連なるテールランプが、フロントガラスを赤く照らしていた。

「いえ……ただ、もっと一緒にいたいなあと」

「ほう、ストレートな誘惑だな。今夜は泊まっていくか？」

弾んだ声で仁が応える。佐奈は慌てて、ばたばたと手を横に振った。

「ゆ、誘惑だなんて、そんな……それに、今夜はモデル時代のお仲間と新年会なのでは？」

「そうだった。あいつらとは、一年前に約束してるからなあ」

彼は困ったように言うが、久しぶりに仲間と会うのを楽しみにしている。モデル時代の仲間とは、年に一度、『清流』に集うことに決めているのだそうだ。

「佐奈も連れて行きたいけど、男ばかりでむさくるしいし」

「男ばかり？」

ちょっと意外だった。モデル仲間というから、むしろ女性のほうが多いと思っていた。それに、玲美も参加するのではと想像していたのに。

「女の人はいないのですか？」

「男だけだよ。呑兵衛が集まる男子会ってやつだ」

佐奈は正直ホッとする。

「悪いな。なかなかゆっくりできなくて」

「私こそ年末年始は実家に帰ってしまって、すみません。仁さんと過ごしたかったのに」

母親に、正月くらい帰ってこいとうるさく言われ、渋々帰省した。のんびりできたけれど、仁に会えなくて寂しかった。

「親御さんは、いつまで経っても心配なんだよ。特に、佐奈みたいな子どもはね」

仁は意味ありげに笑う。少し意地悪な言い方に聞こえた。

「私、そんなに子どもっぽいですか」

「放っておけないのは確かだな。ま、そこが魅力なんだけど」

余裕いっぱいの態度でハンドルを繰る仁。彼はどこからどう見ても、立派な大人の男性だ。

「どうした?」

「い、いえっ、別に……」

思わず見惚れてしまい、佐奈の顔は熱くなる。子ども扱いされるのも仕方ない気がした。

「離れがたいが、しばしお別れだ」

東京に戻り、佐奈のアパート脇に車を停めると、仁は肩を抱き寄せてきた。別れを惜しむ口付けは深い。急に情熱的になる彼に、佐奈は困惑した。

「佐奈。仕事が落ち着いたら、君に大事な話がある」

「え……」

見つめ返すと彼は瞳を揺らす。

「仁さん？」

「いや、この話はまた今度な。おやすみ」

もう一度キスをする。佐奈が車を降りて、部屋に入るまで仁は見送ってくれた。

佐奈はコートを脱ぎながら、水槽のクロに話しかける。

「仁さんはこれから新年会だって。タフだよねえ」

佐奈の気配に気づいたのか、クロが活発に泳ぎ始めた。

「男の人ばかりの飲み会か……」

玲美が参加しないと分かり、佐奈は安堵(あんど)した。考えすぎだと思うが、プライベートで二人が会うとなると、心穏やかではいられない。この感情は、佐奈なりの独占欲だった。

「ん？」

静かな部屋に着信音が響いた。コートのポケットからスマートフォンを取り出すと、ロック画面に通知が表示されている。ＳＮＳの招待メールのようだ。

「わっ、サエちゃんだ。ＳＮＳ始めたんだ」

招待メールをくれたのは、大学時代のサークル仲間のサエだ。アドレスをタップして彼女のページを開くと、懐かしい笑顔があった。

「サエちゃん、地元で就職したんだよね。あっ、海外留学した先輩とも繋がってる」

遠方に住む友人の近況が、手に取るように分かる。SNSの便利さに感心する佐奈だが、今のところ個人で登録するつもりはない。仕事のツールとして、必要な情報だけチェックしている。

そもそもインターネット自体、積極的に覗くことはなかった。変身企画がヴェリテに掲載されてからは、特に。エゴサーチは絶対にするなと、仁に注意されたからだ。雑誌に出た以上、様々なことを書き込まれる。相手がプロだろうが素人だろうが関係ない。むやみに傷つけられぬよう、自衛が必要だった。

「あの玲美さんですら、悪口を書かれるんだから。私なんかはさらに……」

仁に言われるまでもなく、絶対にエゴサーチなどしない。仕事に影響しては元も子もないから。

「さーて、お正月休みも終わり。明日からは仕事、仕事！」

風呂に入り、寝る準備をした。ベッドに潜ると、新年会を楽しんでいるだろう仁を思った。

（そういえば、仁さんの様子が少し変だったような？）

――仕事が落ち着いたら、君に大事な話がある。

一体何の話だろう。いいことだろうか、それとも……佐奈は首を横に振り、目を閉じた。

今は何も考えず、まずは仕事を頑張ろう。そうすれば、次のゴールが見えてくる気がする。

その夜、佐奈は夢を見た。モデル仲間と談笑する仁を、遠くから眺めているという寂しい夢。

妙にリアルで、目が覚めてからも胸が切なかった。

翌日の昼休み。社員食堂で楢崎とばったり会い、同じテーブルに座った。食事中の主な話題は、例のミニ企画について。スケジュールは昨年末に作成し、スタッフ全員に伝えてある。

「小泉さん、四月号のアクセサリー企画だけど、撮影日は二月五日で間違いないわね」

「はい。午後一時からです。『リオン』の新作は五日の午前中に到着すると、メーカーから連絡をもらいました。ぎりぎりですが、何とか間に合います」

「良かったわねえ。玲美さんもノリノリだし、素敵な記事になるわよ」

「最後まで気を抜かず、頑張ります」

社員食堂を出て時計を見ると、休憩時間がまだ残っている。

「そうだ。久しぶりに、文芸書籍部に顔を出してみよう」

シティロマンスの創刊三十周年記念展について、詳しい話を聞きたい。この前は仁に割り込まれ、相馬と話せなかった。今日はその仁もいないし、チャンスである。

「こんにちは。おじゃまいたします」

書籍部のオフィスを覗くと、相馬はいつものようにデスクで文庫本を読んでいた。椎名もちょうど外食から帰ってきたところで、二人とも笑顔で迎えてくれた。

「……というわけで、かなり密度の濃いイベントになりそうだ。チケットが手元に来たら、小泉さんにプレゼントするよ」

「嬉しいです。ありがとうございます」

相馬から記念展の概要を聞き、佐奈はウキウキする。おまけにチケットまでもらえるとは幸せ者だ。シティロマンスの愛読者として、自分は恵まれている。

「それで、小泉さん。もし良かったら、僕と一緒に行かないか」

「えっ？」

予想外のことに佐奈は目を瞬(またた)かせる。

椎名を見ると、彼女はなぜかにやにやと笑い、佐奈を肘で突(つつ)いてきた。

「あ、あの……私は構いませんが、いいんですか？」

「もちろん。一緒に行けば会場を案内できるし、好きな作家さんに紹介したり、楽しく過ごせること請け合いというか……」

相馬は照れくさそうに頭をかいている。彼は佐奈と同じく地味なタイプであり、女性を誘い慣れていないのだろう。それなのに、親切心から声をかけてくれたに違いない。

(相馬さんって本当に、理想の上司だなあ)

直属の部下と変わらぬ扱いをしてくれる、彼の優しさに感動した。

「ありがとうございます。よろしくお願いします」

「おお、やったね！」

椎名がパチパチと拍手した。相馬が「静かに」と注意すると、ぺろりと舌を出す。

「ゴホン。ところで小泉さん。仕事のほうはどう？　順調？」

「はい。何とか頑張っています」

「編集者として、君は成長した。見違えるほど大人の女性になった」

相馬はあらたまったように佐奈を見つめる。真剣な眼差しが、少し気恥ずかしい。

「いえ、私はそんな。まだまだ子どもっぽくて、ひよっこですし」

「嘘じゃないよ。プロポーズしたいくらいだ」

「はあ……えっ？」

きょとんとする佐奈に、彼は背中を向ける。そのままドアに向かってすたすたと歩き、オフィスを出て行ってしまった。

「相馬さん?」

プロポーズとか聞こえた気がする。佐奈の横で、椎名がひょいと肩をすくめた。

「いい年して照れ屋だよねえ。童貞って噂は本当だったりして」

「どっ、どうっ……て?」

相馬という人は、佐奈が思う以上に純情で、奥手なのかもしれない。会社の後輩に対して照れるなんて相当なものだ。もしも好きな女性ができたら、どうするのだろう。

自分のことを棚に上げ、佐奈は心配した。

「あっ、佐奈。もうすぐ昼休みが終わるよ」

椎名が壁の時計を指さす。あと三分ほどで、午後の仕事が始まろうとしている。

「いけない、編集長に叱られる。椎名さん、おじゃましました」

「そうだ、編集長といえば」

椎名が急に呼び止めた。佐奈は足踏みしながら振り向く。

「何ですか?」

「佐奈に会ったら訊こうと思ってたんだ。おたくの幸村さんね」

「うちの、編集長……?」

佐奈は足踏みを止めた。こっそりと囁く椎名の声に、耳を集中させる。

「正月に、街で見かけたのよ。何と、二階堂玲美とデートしてた! 帽子とサングラスで顔を隠してたけど、あれは絶対に玲美さんだね」

世界から音が消えた。大げさではなく、それほどの衝撃が佐奈を襲っている。

椎名は気づかないのか、興味津々で顔を近づけてくる。

「あの二人、恋人だったんでしょ？　今でも付き合ってんの？」

「……さ、さあ」

それだけ言うのがせいいっぱい。佐奈は衝撃を処理できぬまま、自分のオフィスに戻った。


「遅いぞ、小泉」

「すみません」

オフィスに入った佐奈を、仁はじろりと睨む。

「ひょっとして、また文芸書籍部か？　相馬のやつ、ぎりぎりまで引きとめすぎだ」

ビクッと身体が震える。相馬のことを悪く言う仁に、どうしてか腹が立った。

「違います。私が、もたもたしてただけで……」

「ん？」

思わず口答えしてしまった。仁は怪訝な表情をこちらに向ける。

「何だって？」

「いえ、すみません」

ふいと顔を背け、自分の席に着く。パソコンで仕事を始めると、仁はもう追及してこなかった。

——正月に、街で見かけたのよ。何と、二階堂玲美とデートしてた！

きっと、椎名の勘違いだ。佐奈は自分に言い聞かせる。

二人は偶然、街で出会った。彼女はその場面を見ただけ。

（……仁さんがそんなこと、するわけないもの。私に内緒で、玲美さんと会うなんて）

だが偶然であれ、玲美と会ったのは事実だろう。椎名はそんな嘘をつく人ではない。

「調子悪そうだな。企画は進んでるのか？」

「ひゃっ」

椅子の上で飛び上がった。いつの間にか仁が背後にいて、佐奈のパソコンの画面を覗き込んでいる。

「そ、そういうわけでは……企画は順調です」

「例のジュエリーウォッチ、撮影に間に合うんだろうな」

「はい。きちんと確認してあります」

仁の低い声が耳もとで聞こえる。こんなに傍にいるのに、なぜ遠くに感じてしまうのか。

昨夜の夢を思い出し、切なくなった。

「……それならいいが。問題が起きたら、すぐ俺に報告しろよ」

「分かりました」

切ない気持ちを隠し、事務的に返事をする。ただの噂で、ここまで動揺する自分が情けない。そして動揺しながらも、本当のことを知りたくて堪らなかった。


「小泉、ちょっと」

帰り際、仁がデスクから手招きした。

オフィスに残る部員は佐奈一人。時刻は二十四時を回ろうとしている。

「はい、編集長」

「仁でいいよ」

仁のデスクの上は片付いている。彼は佐奈を待っていたらしい。

「どうしたんだ、今日は。何かあったのか」

仁は勘が鋭い。ちょっとした顔色の変化を、すぐに読み取ってしまう。

「何でもないんです。その……久しぶりの出勤だから、ペースが乱れてるのかも」

「ふうん」

おそらく彼は、他に理由があると勘づいている。無理やり聞き出そうとしないのは、彼の優しさであり、大人の余裕だろう。佐奈はそう思った。

（何だか私、いまだに片想いしてるみたい）

椎名の目撃情報の真偽を仁に確かめる勇気がない。

「あの、仁さん」

「うん？」

探りを入れようとするが、どうしてもだめだった。佐奈は笑みを作り、感情を押し込める。

「もう帰りましょう。終電がなくなってしまいます」

時間切れを理由に話を打ち切る。

二人は会社を出て、駅まで並んで歩いた。話を振るのは仁ばかりで、佐奈は口数が少ない。

明日は土曜日。駅で別れる時、仁がデートしようと誘ってきたが、佐奈は「友人と約束があるから」と、適当な理由をつけて断った。

彼は少し残念そうな顔をしたけれど、あっさりと引いた。いつもなら『じゃあ日曜日は空いてるか？』とか、『来週ならどうだ』と、強引に誘ってくるのに。

反対方向のホームに向かう佐奈を、仁は穏やかな笑みを浮かべて見送っていた。

「ただいま、クロ」

佐奈はアパートに戻ると、大きなため息をついた。暖房のスイッチを入れて、まずは部屋を暖める。コートのポケットからスマートフォンを出すと、画面が光っていた。

「あ、サエちゃんからメールだ」

昨日メールを送ったので、その返信だろう。

《こんばんは、お久しぶりです。勝手に招待メールを出してゴメンなさい。そっかー、佐奈はSNSやらないんだ。残念！　気が向いたら私のページ、覗いてみてね》

友人のSNSのページを頭に浮かべる。アルバムもブログも公開設定されていて、近況が手に取るように分かった。

ふと、あることを思いつく。

佐奈は立ったままスマートフォンを操作し、写真共有アプリを開いた。仕事用に登録したのだが、これまであまり利用したことがない。

震える指先で検索欄に『二階堂玲美』と入力し、少しためらってからタップする。望みどおりのユーザーアカウントが最上位に表示された。罪悪感と、本当のことを知りたい気持ちがせめぎ合う。

佐奈は迷いを振り切り、彼女のページを開いた。

正方形の写真がずらりと並ぶ。玲美の美貌(びぼう)と華やかさは、オンもオフも変わらない。多くのファンがフォローし、彼女のファッションセンスを称賛していた。

直近の写真から順にスクロールしていく。一月一日までさかのぼるが、佐奈が懸念するショットは見当たらない。ホッとすると同時に、自分の愚かさに呆れた。

「我ながら、必死すぎて引く。仁さんが裏切るなんて、そんなわけないのに」

よしんば椎名の話が本当だとしても、モデルの玲美がプライベートを公表するわけがない。落ち着いて考えれば、すぐに分かることだ。

「ううん、やっぱり椎名さんの見間違いだよ。疑ってごめんなさい、仁さん」

心から謝り、スクロールをやめようとして――

「えっ？」

ぴたりと指を止め、その画像に見入った。玲美がグラスを掲げ、乾杯の仕草をしている。佐奈はその背景に見覚えがあった。まさかと思いつつ、タップして拡大表示する。

玲美がいる場所は『清流』だ。天井から下がる和紙提灯。渋い内装と、棚に飾られた民芸品。何より、ハッシュタグとキャプションが決定的だった。

#新年会《食事処『清流』にて　最高の夜に乾杯！》

日付は昨日、一月三日。仁がモデル仲間との新年会に参加した日だ。

頭を殴られたような衝撃に襲われる。佐奈はへなへなと座り込み、勝利者のごとく笑う玲美の写真を見つめた。

「そんな……だって仁さん、言ってたのに」

新年会に集まるのは男だけ。女性は参加しないと、彼ははっきりと話した。

それなのに、なぜ玲美が『清流』にいるのか。

佐奈はふと、思い出すことがあった。ランチミーティングで玲美に叱責されたあの日。彼女が突然怒り出したきっかけは『清流』の話題である。

佐奈が仁に連れられて『清流』に行ったことが、彼女の気に障ったのだろう。

玲美にとって『清流』は、仁のモデル仲間が集う聖地なのだ。そして、玲美もその一人であり、佐奈ごときが近づく場所ではないと、激怒したのではないだろうか。

佐奈の気持ちは急激に沈んでいく。仁と付き合い始めてからずっと感じてきた不安が、膨らみ上がる。

普通の女性が変身して王子様の恋人になる。それは、小説の世界でのみ繰り広げられる夢物語なのだ。いくら自分を磨いても、ただの石ころはダイヤモンドに変わらない。

佐奈が何度脱皮しようと、仁や玲美みたいな、美しく完璧な人にはなれない。

そもそも佐奈は、普通の女性どころか喪女なのだから。

「仁さん、どうして嘘なんてつくの」

愛の言葉も、温もりも、全部嘘だったの？

佐奈の胸は猜疑心に占拠される。そして、とてつもなく寂しくて、悲しい。

ゴールが見えない絶望よりも、仁を失うことが怖かった。

翌日の土曜日。佐奈はどこにも出かけず、部屋でぼんやりと過ごした。

外は気温が低く、木枯らしが吹いている。

何もしていないと、仁のことばかり考えてしまう。佐奈はシティロマンスの新刊を読んで気を紛らわせた。

とっぷりと日が暮れた頃、佐奈はテーブルに本を置き、バスルームに立った。洗面所の鏡に映る顔は肌が荒れ、目の下に隈ができている。

真っ黒スタイルだった頃の自分に戻ってしまいそう。だけど、もう後戻りはできない。

佐奈は仁が好きだ。いや、愛している。こんな喪女でも、恋をしてしまったのである。

服を脱ぎかけた時、スマートフォンが鳴った。発信者を確かめてビクッと震える。

「……仁さん？」

一体、何の用事だろう。

嫌な予感がする。出たくないけど、着信音が鳴りやまないので、あきらめて応答した。

「もしもし」

『佐奈、俺だ。夜遅くにすまない。今、家にいるのか』

いつもより静かな話し方に聞こえた。

「はい、います」

『これから、行ってもいいか?』

遠慮した口調だが、切羽詰まった響きもある。どちらにしろ、普段の仁と様子が違う。

「それは……い、いいですけど」

『君に大事な話がある』

「え……」

一昨日の夜、デートの別れ際に仁が言ったのと同じ言葉だ。

「でも、仕事が落ち着いたらと、この間は……」

『事情が変わったんだ。今、アパートの近くまで来ている』

佐奈は動悸がした。たった二日で事情が変わるとは、どういうわけだろう。

(もしかして新年会の時、玲美さんと何かあって……)

疑心暗鬼に駆られ、逃げ出したくなる。でも、訪問を断る理由が思い浮かばない。

『何も構わなくていい。話をしたら、すぐに帰るから』

「……分かりました。待っています」

電話を切ったあと、佐奈は急いで服を着替えてメイクした。

——数分後、仁はインターホンを鳴らした。佐奈がドアを開けると、彼は部屋の奥をちらりと見やる。不自然な仕草は、佐奈をますます不安にさせた。

「どうぞ」

小さく言って、仁を部屋に通す。キッチンでお茶を淹れようとするが、彼に止められた。

「いいから座ってくれ。すぐに話がしたい」

「は、はい」

端整な顔が少し青ざめて見える。とにかく、いつもの仁ではない。

（まさか、別れようと言うのでは……）

絨毯の上に正座して仁と向き合う。怖くて、怖くて、佐奈の膝は小刻みに震えていた。

「佐奈」

「あのっ、仁さん。私やっぱり、お茶を淹れてきます。喉が渇いちゃって」

仁が止める前に、佐奈はキッチンに立つ。時間稼ぎなど意味がないけれど、一秒でも逃げ出したかった。湯を沸かし、緑茶を二つ淹れてからテーブルに運んだ。

「……ありがとう」

仁は仕方ないといった顔で湯呑みを手に取る。

二人は無言でお茶を飲んだ。仁の湯呑みはすぐ空になり、テーブルに置かれた。佐奈もあきらめたように湯呑みを置き、ふと、シティロマンスの新刊を目に留める。

「あのな、佐奈。話というのは」

「そういえば、昨日久しぶりに相馬さんに会いました」

「……何？」

仁が相馬を嫌いなのは百も承知だが、話を変えられるなら何でもいい。佐奈は必死だった。

「シティロマンスの記念展を、相馬さんが案内してくださるそうです。今からすごく楽しみで」

ぎこちない空気を払うように、わざとはしゃぎ、明るく笑った

仁は不機嫌な様子だが、佐奈は止まらない。間を空けたくなくて、続けて喋った。

「それに、編集者として成長したと褒めてもらいました。女性としても……もちろんお世辞でしょうが、プロポーズしたいくらいだって。可笑しいですよね」

仁の眉がぴくりと動く。楽しそうに笑う佐奈を、怖い目で見返してきた。

「俺の知らないところで、そんな話を。あいつと個人的に会ってるのか」

「えっ？」

思わぬ反応に驚き、ばたばたと手を横に振る。

「まさか。ごっ、誤解です！」

「なぜそんなに慌てるんだ。隠すな」

一方的に決めつけられ、佐奈はかちんときた。怖さより、怒りが勝ってくる。

「私は隠し事なんてしません。それを言うなら、仁さんこそ……」

佐奈はハッとし、両手で口を覆う。触れまいとした話題を、自ら振ってしまった。

「俺？ 俺がどうした。ちゃんと言ってみろ」

私に隠れて、玲美さんと会っていたくせに――

「佐奈」

「仁さんは、勝手です……」

震える声で抗議した。何だかもう、堪らなかった。

「仁さんと私なんて、どうせ釣り合わないもの。最初から無理なんです」

いじけたセリフを口にする。本当に言いたいのは、こんなことではないのに。

仁がさらに不機嫌になるが、止められなかった。

「いくら頑張っても、玲美さんのようにはなれない。外見だけじゃない、仕事のスキルだって全然違うし」

「玲美？ どうして玲美が出てくるんだ」

仁はさも不思議そうな顔をする。何も知らないと思って、とぼけているのだ。悔しさと寂しさが胸にこみ上げてくる。

「初めから分かってるんです。彼女のような人が仁さんに相応しいって……」

「いい加減にしないか」

厳しい声音にビクッとする。怯えた目で見ると、彼は怒るというより情けない表情になった。

「佐奈は佐奈だろ？　他の誰かといちいち比べて何になる。まったくお前は、いつまで後ろ向きなんだ。これまで培ってきた自分の努力を無駄にする気か」

「だって……だって、私は……」

　佐奈は感情が昂り、ぼろぼろと涙を零した。自分でも分からない。なぜこんなにネガティブになるのか。これまで懸命に、前を向いて走ってきたはずなのに。

　仁の温もりが感じられず、怖くて堪らない。

「生まれつき華やかでモテモテの人達に、私の辛さなんて一生分かりません」

「佐奈……」

「もう放っておいてください！」

　仁は目を伏せ、ため息をついた。そして上着を取って立ち上がると、泣き崩れる佐奈に背を向け、出て行ってしまった。

　週明けの朝はミーティングがある。ヴェリテ編集部員は会議用テーブルに集まり、各々の進捗状況を報告した。

「各自順調で何よりだ。今週も気を引きしめていけ」

　ミーティングが終わると、仁はすぐに外出した。今日の午前中、編集長は海外ブランドの展示会に出かけて留守になる。佐奈は予定が書かれたボードを見て、ホッと息をついた。

土曜日のできごとは、二人の間に大きな溝を作った。今朝、オフィスの入り口で顔を合わせたが、仁は挨拶する佐奈に「おはよう」とだけ返し、目も合わせなかった。

完全に嫌われたのだ。そんな彼と、同じ空間で過ごすのは辛い。

(でも、仁さんの大事な話って、結局何だったのかな)

佐奈は別れ話だと思い込み、それを回避しようとして、余計なことをべらべらと喋った。最後は卑屈になり、彼を怒らせてしまったのだ。

あれからずっと考えているが、彼がするつもりだったのは別れ話とは違う気がしてきた。もしかして、仕事の話だろうか。よく分からないが、いずれにせよ今回のことで仁は佐奈を見限っただろう。

相変わらずのネガティブ思考を、思いきりぶつけてしまったのだから。

「ねえねえ、今日の編集長、妙に静かだったよね」

デスクでスケジュールを見直していると、背後からヒソヒソ声が聞こえた。先輩社員二人が、仁の噂話をしている。佐奈の耳は、自然とそちらに集中した。

「いつもならバンバン発破をかけるのに、ぼそっとした声で『気を引きしめていけ』の一言だけ」

「プライベートで何かあったのかねえ。テンション低すぎて、逆に怖いよ」

佐奈はいたたまれず、手洗いに立った。

鬼の編集長が静かなので、部員達は戸惑っている。佐奈にしても、仁の素っ気ない態度はショックだ。怒鳴られたほうがまだましだった。

「どうしたの。あなたも元気がないのね」

「はいっ？」

うつむいて手を洗っていると、辻本の声がすぐ横で聞こえた。いつの間に、隣にいたのだろう。

「あ、あの……いえ、私は別に」

「幸村さんとケンカでもした？」

辻本だけは、二人の変化を察しているようだ。佐奈はハンカチで手を拭きながら、小さく頷く。

「ケンカというか……私がネガティブなので、見捨てられたというか」

「見捨てられた？　そんなまさか」

辻本は笑ったが、佐奈の深刻な様子を見て、真面目な表情になる。

「お正月は楽しくデートしたんでしょ？」

「ええ、まあ」

「ご両親に紹介されるとか、進展はなかったの？」

びっくりして辻本を見返す。彼女はどうやら、本気で言っているらしい。

「まさか。そんな話、一つも出ていません」

それどころか、二人の仲は大きく後退した。

「事情は分からないけど、あきらめるのは小泉さんらしくないわ。何度転んでも、立ち上がって前に進むのがあなたでしょう」

メタモルフォーゼ——編集部において、佐奈を象徴する言葉になっている。

「でも、ゴールが遠すぎて、どこまで走ればいいのか」

「小泉さん。ゴールは目の前にあるわ」

「……えっ？」

辻本は微笑んでいる。佐奈はぽかんとして、彼女の言葉を聞いた。

「靄（もや）がかかって、見えないだけ。あなたは着実に、目標に近づいているの」

断定的な口調は説得力がある。その根拠は分からないが、佐奈は返事をしていた。

「そう、なんでしょうか」

「とにかく、仕事はしっかりやりなさい。しゃんと背筋を伸ばして、あなたらしく！」

「辻本さん……」

自分らしく仕事をする。確かに、今はそれしかできないと、佐奈は自分でも分かっていた。

くれた。

「私、オフィスに戻ります」

「頑張りなさい」

プライベートで何があろうと、仕事はしっかりやる。揺らぐ心を、先輩が立て直してくれた。

昼休みになると、佐奈はコンビニ弁当を持って近くの公園に出かけた。風が吹いて寒かったけれど、ベンチに座って黙々と食べる。少し一人になりたかった。

オフィスに戻ろうという時、一階のエレベーターホールで、相馬とばったり出会った。

「やあ、小泉さん。外で食事かい?」

彼はにこにこしながら近づいてきて、ふと表情を曇らせる。

「気のせいかな。元気がないように見える」

「いえ、そんなことは……」

相馬も辻本と同じく察しのいい人だ。否定しても、ごまかしきれないだろう。

「僕で良ければ、相談に乗るよ」

「ありがとうございます。でも、大丈夫で……」

相馬の背後に目をやり、佐奈はビクッとした。外出から戻った仁が、こちらに歩いてくる。

佐奈の視線に気づき、相馬は振り返った。

「おっ、編集長のお帰りか」

佐奈は相馬の陰に隠れた。こんなことをすれば、仁がますます不機嫌になるかもしれないのに。

「相馬……」

仁が相馬に気づき、その後ろにいる佐奈を見る。案の定、眉間に皺を寄せるが、それは一瞬だった。ちょうどエレベーターの扉が開き、彼はさっさと乗り込んでしまう。

「小泉さん？」

佐奈の顔から血の気が引く。相馬はエレベーターをやり過ごし、佐奈と二人でホールに残った。

「すみません。私……」

「小泉さん、こっちに」

相馬は佐奈を導き、ホールの壁際に寄らせた。胸を押さえる佐奈を、じっと見守っている。

「もしも違ってたら、ごめん。君は、幸村と付き合っている？」

穏やかな問いかけに、佐奈は素直に答えた。この人になら、知られてもいい。

「はい……でも、嫌われてしまいました」

「そうか」

相馬は深いため息をつき、力が抜けたように壁にもたれた。佐奈が見上げると、悲しそうな目をして微笑む。

「だから、元気がないんだね。なるほど、僕が相談に乗ったところで、解決しそうにないな」

「……相馬さん？」

「君を笑顔にするのは、僕だと思っていたよ」

相馬は前髪をかき上げ、少し気まずそうな顔をする。

佐奈は数秒間その言葉の意味を考え、目を見開く。

「……え……まさか、うそ……」

「そんなに驚かなくても。はは……まったく眼中になかったんだね」

青天の霹靂(へきれき)だった。理想の上司像ナンバーワンの相馬に、そんな感情を抱(いだ)かれるなど考えたこともない。佐奈は驚きすぎて、ぽかんとしてしまう。

「この前、君に言ったよね。プロポーズしたいくらいだと。あれは紛れもない僕の本心だ。初めて会った日から、小泉さんのことが気になっていた。多分、ひと目惚れだと思う」

「しっ、信じられません。だって、初めて会った日といえば……」

真っ黒スタイルの、まったく垢抜(あかぬ)けていない姿だった。あの佐奈にひと目惚れするとしたら、この人は相当な変わり者だ。

相馬は苦笑するが、極めて真面目な口ぶりで佐奈に語る。

「僕は特別なセンサーを持っていてね、好ましい女性を検知することができる。もちろん、変身後の小泉さんも好きだけど、肝心なのは君自身が好ましいかどうか」

「は、はあ……」

頭が混乱している。相馬の言わんとすることが、よく分からない。

「幸村も同じだと思うよ。人を好きになるというのは、そういうことだ」

困惑する佐奈に笑いかけると、彼はジャケットの内ポケットを探った。封筒の束を取り出し、その内の二枚をこちらに差し出す。

「これは……」

「仁と仲直りして、一緒においで」

シティロマンス創刊三十周年記念展のチケットだ。

「でも、相馬さん」

「今のうちに君を口説こうかなと、ちょっと思った。でも、それは僕の本意じゃない。君を笑顔にできるのは、幸村だから」

佐奈は自分の鈍さを恥じた。こんなに優しい人を、傷つけてしまったのだ。そして仁のことも。

「相馬さん、ごめんなさい……ごめんなさい」

「そう思うなら、早く幸村と仲直りしろ」

くしゃくしゃと、佐奈の髪をかき混ぜる大きな手。相馬の思いやりが伝わり、泣けてくる。

「あいつは意地っ張りだからね、君からどんどん話しかけるといい。必ず応(こた)えてくれるよ」

「はい、相馬さん」

エレベーターが到着した。相馬は佐奈に乗るよう促(うなが)すと、「またいつでも文芸書籍部においで。待ってるよ」と言い残し、脇にある階段を上がって行く。

平気そうな顔をしていたが、肩を落とした後ろ姿に、彼の心情が表れていた。

佐奈の視界がじんわりと滲(にじ)む。他の社員と共にエレベーターに乗り、そっと目尻を拭(ぬぐ)った。

「わっ、雪が降ってる。どうりで寒いと思った」

衣装室の小窓から外を覗き、佐奈は目を丸くする。街にうっすらと雪が積もり、白くなっていた。

二月の東京は厳しい寒さが続いている。仁と気まずくなってから、一か月が経とうとしていた。『君からどんどん話しかけるといい』と相馬にアドバイスをもらったが、佐奈はそれを実行できずにいる。

「ダメダメ、落ち込んでる場合じゃない。仕事に集中！」

撮影の準備をしながら、深いため息をついた。

明日、大事な撮影が行われる。佐奈が担当し、玲美がモデルを務めるアクセサリー企画だ。撮影がスムーズに運ぶよう、しっかりと準備を整えなければ。

「よし、これで大丈夫。あとは『リオン』の新作が届くのを待つだけだね」

明日の午前中に、メインのジュエリーウォッチが到着予定である。

「そうだ。ちゃんと届くかどうか、工房に確認しておこう」

衣装室を出てオフィスに戻った。席に着くと、仁のデスクを何となく見やる。今日は名古屋に出張のため、一日不在の予定だ。ボードには『取引先・会議』と記してある。

「小泉さん、電話だよ。あずま工房さんから」

「あっ、はい。代わります」

岐阜のアクセサリー工房だ。電話をかけようとしていた加工所である。向こうから連絡をくれるとは思わず、少し慌てた。

「お待たせいたしました。企画担当の小泉と申します。このたびは大変お世話になります」

挨拶を交わすと、相手は用件を切り出した。『リオン』を組み立てているクラフトマンは、ひどく困った口調で説明する。

「ええっ、何ですって？」

佐奈の裏返った声を聞き、隣の辻本が椅子を寄せてくる。

「分かりました。こちらで一度相談し、折り返しお電話をいたします。はい、では……」

受話器を置いた佐奈は、青ざめた顔を辻本に向けた。

「工房は山に囲まれた場所にあります。雪のせいで荷物の配送が遅れて、『リオン』のパーツが揃うのは夕方だそうです。組み立てが終わるのは夜になるので、今日中の発送は無理だと」

「明日の撮影に間に合わないってこと？」

中部地方はこの冬一番の寒波に見舞われ、昨夜から今朝にかけて山間部を中心に大雪が降ったそうだ。天気予報をチェックしていたら、もっと早く対策できたのにと、佐奈は悔やむ。

「小泉さん、ぐずぐずしてる暇はないよ。楢崎さんと相談して、どうするのか決めないと」

「分かりました。あっ、編集長は？」

まず仁に報告しなければ。しかし辻本は首を横に振る。

「会議中は連絡が取れないの。問題が起きたら、副編集長の私が処理することになってる」

「そ、そうでした。すみません」

楢崎に連絡すると、彼女はすぐに飛んできた。そして、自然が相手では手の打ちようがないと、肩を落とす。

「残念だけど、あきらめましょう」

万が一の場合に備え、代替品は選んである。『リオン』に比べたらインパクトが弱いけれど、仕方がない。

「でも、玲美さんは納得しないでしょうね。不機嫌になるのは目に見えてるわ」

楢崎の独り言は、佐奈の胸に重く響いた。代替品の準備をしようと思うが、動くことができない。

（本当に、これでいいの？）

目を閉じて、もう一度考える。ぼんやりと浮かぶのは仁の顔だった。

（あきらめたくない。私は、私のやり方でピンチを切り抜ける）

「楢崎さん。私、岐阜に行ってきます」

「は？」

楢崎は目を瞬かせ、不思議そうに訊いてきた。

「岐阜って、工房さんのところ？」

「はい。夜になれば『リオン』は完成します。私がそれを、受け取ってきます」

佐奈の宣言を聞き、楢崎も辻本も呆れ顔になる。

「でも小泉さん。帰りが何時になるか分からないわよ」

「それに、仕事はどうするの。明日の準備とか」

二人をまっすぐに見つめ返し、佐奈は「大丈夫です」と頷く。

「準備は終わっています。他の仕事も必ず取り返しますので、行かせてください！」

深く頭を下げると、先輩達はもう何も言わなかった。

東京駅に着いたのは午前十一時半。今のところダイヤに乱れはなく、新幹線も平常どおり動いている。順調に乗り継げば、日が暮れる前にあずま工房を訪ねることができそうだ。

チケットを買ってから、工房に電話を入れる。

「私が直接、取りに伺います。夜になっても構いませんので『リオン』を完成させてください」

クラフトマンは驚いていたが「承知いたしました」と、しっかり返事をくれた。

「よーし。行くぞ」

スマートフォンをポケットに仕舞い、張りきって出発した。

工房は岐阜県郡上市にある。あらためて住所を確認した佐奈は、すぐに『清流』を思い出した。店長夫妻の出身地だという郡上市に向かいながら、不思議な縁を感じている。

（仁さん……私、最後まで頑張るからね）

もう一度、彼と向き合い、きちんと話したい。そのためにも、この仕事をやり遂げなければ。そんな決意を胸に、佐奈は岐阜へと急いだ。

新幹線で名古屋まで行き、在来線を乗り継いで岐阜県を北上。工房の最寄り駅に着いたのは夕方の五時頃だった。

薄暗い無人駅に降り立ち、周囲を見渡す。山が間近に迫り、道にも田畑にも雪が降り積もっている。

あと少しで陽が落ちて、辺りは真っ暗になりそうだ。

（しかも雪が降ってるし。急ごう）

工房への地図を見るため、佐奈はスマートフォンを取り出した。

「あれっ？」

ボタンを押しても画面が黒いままだ。充電が切れている。

「ええっ、いつから？」

予備のバッテリーもない。急いで出てきたとはいえ、あまりにも準備不足だった。

佐奈は仕方なく、バッグのポケットを探る。工房のホームページに掲載された地図を、一応プリントしておいたのだ。かなりざっくりとした地図だが、ないよりはましである。

地図によると、駅から東に三百メートルほど歩くと竹藪（たけやぶ）があり、その裏に回れば工房の建物に着くという。

地図を見ながら歩きはじめると、雪がひどくなってきた。三百メートルとはいえ吹雪のようなこの状況で歩くのはきつい。

「遭難しそう……でも、それほど遠くないし大丈夫だよ……ね」

しかし、山の日暮れは予想以上に早かった。ほとんど真っ暗な雪道を、佐奈は焦って進む。

「あっ、竹藪だ」

こんもりとした陰が見えてきた。佐奈は安堵すると、雪をかき分けるようにまっすぐに走った。だが、竹藪だと思ったその陰は、古い倉庫みたいな建物だった。

「そんな。だって、地図のとおり来たのに」

車も人も通らず、民家の明かりも遠くに散らばるだけ。

佐奈は怖くなり、一旦駅に引き返すことにした。駅に公衆電話があった気がする。辻本に電話をして、あずま工房に連絡を取ってもらおう。

なぜ最初からそうしなかったのだろうと、吹雪の中を引き返しながら悔やんだ。

しかし佐奈は、やがて立ち止まる。来た道を戻ったはずなのに、その駅が見当たらないのだ。

「ど、どうして?」

まさか、道に迷ったのでは――いつだったか、山から下りた登山家が、民家近くで遭難したという小説を読んだ。雪のせいで、景色が見えなかったのだ。

佐奈は膝が震え、歩けなくなる。目印を見失い、途方に暮れてしまった。

（仁さん、助けて……）

真っ先に浮かんだのは仁の顔。このままどこにも辿り着けず、遭難するかもしれない。そうしたら、もう彼に会えなくなる。そのことを考え、佐奈は涙を零した。

「仁さん……っ！」

仁はいつでも佐奈を見守り、助けてくれた。転んでも立ち上がるのを、待っていてくれた。

それなのに、どうして信じきれなかったのだろう。卑屈になって、捨てられると思い込んで、自ら突き放した。悔やんでも悔やみきれない。今すぐ仁に会いたい。会って謝りたい。

「きゃあっ」

路肩を踏み外したようだ。佐奈は見事に転び、腰まで雪に埋まった。

抜け出そうにも、上手く力が入らない。

「うっ、うう……もうダメ。私はどこにも行けない」

だけど、このまま別れるなんて嫌だ。

天の神様、もう一度チャンスをください。暗い夜空を見上げ、必死で祈った。

「え……」

そのとき一瞬、光を感じた。まさか、本当に神様が現れた？　それとも、極限状態で見る幻覚？

だがそれは幻(まぼろし)ではなく、佐奈の背後からエンジン音とともに近づいてくる。首だけで後ろを向くと、まばゆい光が目に飛び込んできた。

（奇跡が起こったの？）

降りしきる雪の中、一台の車が停まる。佐奈が固まっていると、運転席から人が降りてきた。

ヘッドライトに、背の高い人物が浮かび上がる。見覚えのある、そのシルエットは……

「うそ……何で、どうして？」

その人はざくざくと雪を踏み、こちらに向かってくる。呆然と見上げる佐奈に手を伸ばすと、一気に引っ張り上げた。

「この、ばか！　編集長の俺に相談もせず、何をやってる」

「じ、仁さん？」

やはり幻覚だろうか。だって、こんなに真っ暗な場所に、願いどおり彼が現れるなんて奇跡だ。

「心配させやがって。勝手な行動をするんじゃない」

「あっ……」

思いきり抱きしめられた。この力強さは確かに現実。佐奈が求めてやまない、仁の温もりだった。

「仁さん……仁さあああん！」

頼もしい肩にしがみつき、佐奈は大声で泣いた。あの夜とは違う、喜びと感激の涙である。

「分かった分かった。とにかく車に乗れ。身体が冷えきってるぞ」

「は、はい」

涙目を上げると彼は微笑み、佐奈の頭に積もった雪をぽんぽんと払った。久しぶりに見る笑顔はまぶしくて、とてつもなく優しい。

車に乗り込むと温かさにホッとした。仁が渡してくれたタオルで、濡れた髪を拭く。

「生き返りました」

「まったく、無茶なやつだ」

「すみません……」

名古屋にいた仁は会議が終わったあと、佐奈について辻本から連絡を受け、すぐに飛んできたという。車は名古屋ナンバーのレンタカーだ。

「電話しても出ないし、この天候だろ。何かあったのかと、気が気じゃなかった」

私のことを本気で案じてくれたのだ。彼の想いに触れ、また泣きそうになった。

「工房の場所が分からなくて。うろうろするうちに、道に迷ってしまいました」

「すぐそこだよ。行くぞ」

仁は車を発進させた。雪道に慣れた運転である。特に目印もないのに、カーナビを見ず走っている。

「あの、仁さん。前にも来たことがあるのですか？」

「どうして」

「すごく、走り慣れている感じがするので」

「それは……おっ、見えてきたぞ」

仁は答えかけるが、車のスピードを緩めてフロントガラスを指さす。そこにあるのは大きな黒い陰。先ほど佐奈が見た、古ぼけた倉庫だった。

「ここは、さっき通ったところです。目印の竹藪がなくて、駅に引き返したんです」

「あと一歩だったわけだ」

仁が倉庫の裏手に車を回すと、うっそうとした竹藪が揺れている。

「ええっ、こんなところに？」

「倉庫がじゃまして見えなかったんだな。工房はあれだ」

竹藪の向こうに、レンガ造りの建物があった。本当に、すぐ近くまで来ていたのだ。

仁は建物の脇に車を停めて、エンジンを切る。

「よし、行くぞ。しっかり仕事しろよ」

「はいっ」

工房に入ると、クラフトマンは『リオン』を仕上げている最中だった。ついさっき、パーツが届いたばかりだという。二時間ほど工房の休憩室で待つことになった。

「えらい目に遭いましたねえ。こんな大雪は、近頃珍しいですよ」

お茶を運んできた事務員の女性が、真っ白な窓を見てため息をつく。雪は小降りになったが、まだ降り続いていた。

ストーブの側でお茶を飲んでいるうちに、気持ちも落ち着いてくる。二人はしばらく黙っていたが、仁がふいに口を切った。

「さっきの話だが……俺は、この土地に縁がある」

「えっ」

車の中で質問したことだ。仁は湯呑みをテーブルに置くと、佐奈に顔を向ける。ハッとするほど真摯な眼差しだった。

「祖父母の家がこの近くなんだ。子どもの頃は、よく泊まりに来たし、今も年に一度は顔を出してる。つまり、岐阜は両親の故郷ってわけ」

「ご両親の、故郷……」

佐奈はしばし考える。ここは岐阜県郡上市——何となく思い出したのは『清流』の店長夫妻だ。彼らは郡上市出身だと仁は教えてくれた。

「実は、『清流』の店長夫妻は俺の両親なんだ」

「は、はあ？」

どういうことか、よく理解できない。佐奈は困惑しながら、彼の言葉を咀嚼（そしゃく）する。

「で、でも、モデル仲間の一人が店長夫妻の息子さんだと、確か……」

「嘘をついて悪かった。初めて佐奈を店に連れて行った日、お袋にも口止めしておいたんだ」

「ええっ？」

お袋――『清流』のおばさんが仁の母親だということか。佐奈は驚くとともに、妙な緊張を覚える。

「どうして口止めなんて」

「うん……ちょっと、理由があってな」

彼はなぜか頬を赤くする。佐奈がじっと見ていると、少し困ったように続けた。

「俺は学生の頃から一つのこだわりを持っていた。そのことは両親だけでなく、友達や、モデル仲間にも公言してある。で、君を連れて行った」

「こだわり……どんなこだわりですか？」

話が見えない。佐奈は思わず前のめりになり、仁を追及した。彼はあきらめたように答える。

「嫁さんにしたい人ができたら『清流』に連れて行く。そう、決めていたんだ」

何か今、とんでもない告白を聞いた気がする。

「ということは、私が、嫁さんにしたい人……なんですか？」

「ああ。だがあの頃はまだ、佐奈と付き合ってもいなかった。お袋が先走って変なことを言わないよう、口止めしたのさ」

信じられないことに、仁は大真面目だ。今の告白が本当だとしたら、あの頃から仁は佐奈のことが好きで、結婚を考えていたことになる。

「佐奈と恋人になって、プロポーズして、イエスと言ってもらえたら、両親をきちんと紹介するつもりだった。俺の、勝手な計画だよ」

「プロポーズ……」

心躍る言葉だった。佐奈は舞い上がりそうになるが、手元に視線を落とす。

「でも、仁さん。『清流』に女性を連れて行ったのは、私だけじゃありませんよね」

「どういうことだ」

仁は怪訝な顔をした。佐奈は怯むが、ずっと気になっていたことを口にする。

「玲美さんのSNSを見ました。彼女が『清流』の新年会に参加している写真が、アップされてたんです。一月三日の日付でした」

「……ああ、なるほどね」

仁は初めて気づいたような顔をする。しかも否定せず、とぼけた返事なので佐奈はムッとした。

「じっ、仁さんはあの日、男の人だけの新年会だって言いましたよね。どうして玲美さんが参加してるのかなって、私、すごく気になってって……」

仁はようやく、佐奈の言わんとすることを察したらしい。気が抜けたように笑った。

「あれは、飛び入り参加だよ。仲間の一人が新年会のことを彼女に喋ったらしくて、いきなりやって来たんだ。玲美もモデル仲間だし、追い出すわけにいかないだろ」

「と……飛び入り参加？」

「玲美が来るなんて、俺は全然知らなかった。まったく、そんなこと気にしてたのか。悪かったが……佐奈も早く訊けばいいのに」

「そ、そうですよね。すみません」

目の前が少し明るくなった。だけど佐奈は、重大な疑問をもう一つ抱えている。

「まだ何か言いたそうだな。この際だ、全部話してみろ」

今度は仁が前のめりになる。佐奈は決意した。わだかまりなどもう、捨ててしまうのだ。

「お正月休みに、仁さんと玲美さんが、その……街で一緒にいるのを見たという人がいるんです。あれはデートだと噂していました」

「正月休み？　俺と玲美が……」

仁は思い出す仕草をして、ぽんと膝を叩いた。

「初売りの偵察に出かけた時だ。デパートの前で、玲美とばったり会ったんだよ。玲美は目立たないよう顔を隠してたのに……誰が見たのか知らないがよく分かったな」

「初売りの偵察？」

「毎年の恒例行事だよ。だから忙しくて、玲美とは立ち話をしただけだ」

「そう、だったんですか」

立ち込めていた靄が消えていく。すべて誤解だったのだ——

嬉しいけれど、佐奈は首を垂れた。仁を疑ったことが、恥ずかしくて仕方ない。

「ごめんなさい。私、やっぱり未熟者ですね。相変わらずネガティブ思考で、自信が持てなくて」

「いや、俺が話しておけば、変に気にすることもなかったよな。ごめん。それに佐奈、自信がないのはお前だけじゃない。俺だって……」

そっと窺うと、仁は苦笑した。

「佐奈は俺ではなく相馬を選ぶんじゃないかとハラハラしてたんだ」

「ええっ？」

突然相馬の名前が出て驚く。もしかして、仁は相馬の気持ちを知っていたのかもしれない。

「相馬さんのことは尊敬しています。だけど私は、男性として意識したことは……」

「まあ聞いてくれ。この際、俺も正直に話すよ。胸の内を全部ね」

仁は暑くなったのかセーターを脱いだ。佐奈は湯呑みに残っているお茶を飲み干す。冷めているけれど、火照る身体に気持ちよく沁みていく。

仁は姿勢をあらため、話し始めた。

「俺が二年間、文芸書籍部にいたのは知ってるだろ。入社当時の俺は、モデル経験はあるし、ファッションに関して自信満々。てっきり雑誌編集部に配属されると思っていたら、まったく興味のない文芸書籍部に配属された。罰ゲームのようなその人事は、とある役員の提案だったそうだ」

「とある役員って……あ、まさか」

「江藤専務。ヴェリテの初代編集長だ」

やっぱりそうだった。江藤の挑発的な態度と、いたずらっぽい口調が思い出される。

「負けず嫌いの俺は奮起した。必ず結果を出してやると意気込み、小説の編集という未知の仕事に全力で取り組んだのさ。そして二年後、同期の相馬と競うようにヒット作を生み出すまでになる。レーベルは違ったが、相馬のことはかなり意識してたね。まあ、俺のほうが少し負けてたけど」

相馬へのライバル心はその頃に芽生え、今も続いているのだろう。

「でも、仕事には向き不向きがありますし。もし相馬さんがファッション誌の編集長になったら、仁さんには敵いませんよ」

「……そうだな」

ちょっと嬉しそうにするが、仁は表情を引きしめる。

「ようやく文芸の魅力が分かってきたところで、雑誌編集部に異動になった。あの時は、複雑な心境だったよ。でも、俺を文芸書籍部にやった専務の意図を、その時、理解できた。思い上がった新人に、試練を与えたわけだ。あの二年間がなければ、俺は天狗のまだったろう。自信に溺れて、自滅していたと思う」

「そうだったんですね」

幸村は佐奈に頷く。

「君を雑誌編集部に配属したのも、かつての俺のように成長させるためだ。君に隠れた才能を見出し、大化けするのを期待してのことだよ」

「才能って……わ、私にですか？」

「おそらくな。それに彼女は、売り上げが伸び悩むヴェリテのテコ入れとして、佐奈を俺のもとに放り込んだ。マンネリ化した誌面を刷新するためにね」

仁の企画が載ったヴェリテが好調だった時、江藤専務はいかにも愉快そうに笑っていた。すべてはあの人の策略だったのだ。

「ではもしかしたら、私もいずれは文芸書籍部に異動ということも」

「その可能性は十分にある」

望んでいた部署に行けるのだから嬉しいはず。それなのに、佐奈は複雑だった。雑誌編集部に異動が決まった時の仁と同じ心境である。

佐奈はもう、雑誌の仕事が好きになっている。

「自信のなさというのは、必ずしもマイナスではないよ。問題はどう乗り越えるか。それを俺は、佐奈を育てることで思い出したんだ。だからお前も自信を持て。十分成長してる」

「ん？」

「は、はいっ。でも、それなら仁さんも」

きちんと座り直し、仁と向き合った。

「自信を持ってください。私が好きなのは、あなただけですから！」

「佐奈」

仁は感極まったように名前を呼ぶ。そして、佐奈の手を握りしめた。

「俺は今、あらためて告白する。すれ違いのせいで、この前は言えなかった。大事な話だよ」

「大事な……話」

この前というのは、仁と気まずくなったあの日のことだろう。仕事が落ち着いたら大事な話がある――そう聞いていたのに、彼は『事情が変わった』と言い、佐奈のアパートを突然訪ねてきた。

仁は手のひらに力をこめる。

「あの時の俺は焦っていた。佐奈の様子がおかしかったし、その上デートを断られただろ？　もしや相馬とデートの約束をしているのではと、馬鹿なことを考えたりしてな。あらぬ嫉妬にかられて、勢いのままに話をしようと佐奈のアパートに行ったんだ。まぁ、口論になったから、話を中断したが……今の俺は違う」

「仁さん……」

「君の言うとおり、自信を持って告白するよ」

胸がドキドキする。このときめきを、どう表現すればいいのだろう。

憧れて、夢見ていた瞬間が訪れるのだ。

「佐奈を愛している。俺と、結婚してください」

「はい。私も、愛しています！」

純白の雪が降り積もる日、二人は永遠の約束を交わした。

翌日、二月五日の午後。ジュエリーウォッチの撮影は無事終了した。

スタッフが解散したあと、佐奈はスタジオに残り、しばし感慨に浸った。大変だったけれど、山を乗り越えたという充実感に満たされている。

「少しは成長できたかな」

独り言を呟いた時、スタジオに誰か入ってきた。振り向いた佐奈は、その人を見てビクッとする。

「玲美さん」

彼女はヒールの音を響かせ、近づいてくる。撮影後、すぐに帰ったはずなのに、なぜ戻ってきたのだろう。彼女は佐奈の前で立ち止まると、赤い唇を開いた。

「小泉さん、お疲れ様」

「お、お疲れ様です」

ドキドキしながら玲美を見つめる。彼女は撮影の間、ずっとご機嫌だった。お気に入りの『リオン』を着けて、輝く笑顔をカメラに向けていた。

佐奈とは撮影前の打ち合わせで、仕事上のやり取りをしただけ。他に、何も話そうとはしなかった。避けているようにすら見えたのに、一体何の用事だろう。

「ついさっき、楢崎さんから聞いたわ。昨日、『リオン』を郡上まで取りに行ったんですって？」

「あ……」

岐阜の工房まで出かけたことは、撮影スタッフやモデルには話さなかった。撮影に使うサンプルは、用意されていて当然だからだ。

「びっくりした。でも、ちょっとだけ見直したわよ」

「ありがとうございます」

玲美はテーブルに置かれた『リオン』を見やり、目を細める。その柔らかな表情は、佐奈の緊張を解した。

「私、あなたに謝らなくちゃ。感情的になって、ずいぶんひどいことを言ったわ。正直、あれは公私混同だった」

ランチミーティングでの一件だと思い、佐奈はうつむく。

嫁さんにしたい人ができたら『清流』に連れて行く――仁はモデル仲間に、自身のこだわりを公言していた。だから玲美はあの時、激昂したのだ。

今さらながら胸が痛む。知らなかったとはいえ、無神経なことを言ってしまった。だけど玲美は、佐奈の心情を察したかのように、首をゆるゆると振る。

「私はプロ失格だった。あなたに落ち度はないのに、ごめんなさい」

「玲美さん……」

彼女はもう全部分かっている。聡明な瞳は、たくさんの言葉を湛えていた。

「小泉さん。私、今年のお正月に、街で仁を待ち伏せたの。彼が毎年初売りに出かけるのを知っているから、偶然を装ってね」

佐奈は目を見開く。椎名が目撃し、デートと勘違いした場面だ。

「仁に直接会って、確かめたかったから。小泉さんと結婚するつもりなのって、追及した。そうしたらあの人、迷いもせず肯定したのよ。あなたのことを、本気で愛している。仕事が落ち着いたら、正式にプロポーズするつもりだと」

「仁さんが……」

玲美は小さく息を継ぎ、話し続けた。

「納得できなかった。だから、『清流』の新年会に無理やり押しかけたの。私のほうがいい女だし、ファッションモデルだし、話も合うわよってアピールしたけど、ダメ。悔しいから、いかにも幸せそうな写真をSNSにアップして、現実を忘れようとしたりして……もう、滅茶苦茶よね」

返事のしようがなくて、佐奈は縮こまる。なぜ仁が佐奈を選んだのか、玲美は納得できないのだろう。しかし彼女は、吹っ切れたように微笑む。

「でも、何となく分かっていたの。小泉さんと仕事して、感じるものがあったから。簡単にあきらめず、前に進んで行くその根性は、大したものよ」

玲美は『リオン』を指さした。

「あなたは無限に成長してる。そして仁は、完璧にカッティングされたダイヤより、無限の美しさを秘めた原石を愛する人なの。本当に素敵な男性。あなたなら彼を幸せにできるわ」

「玲美さん」

「悔しいけど、認める。小泉さん、仁を粗末にしたらひどいわよ？」

さっと背中を向けると、まっすぐに歩いて行く。玲美の美しく、堂々とした後ろ姿。潔く立ち去る彼女に、佐奈は誓った。

「玲美さん、ありがとうございます。私、絶対絶対絶対、仁さんを幸せにします」

土曜日の夜、佐奈は仁の部屋に泊まった。

明日は午前中に『清流』を訪れ、仁の両親に挨拶する予定である。だから、今夜は早く休もうと言ったのだが――

「仁さん……もう、寝なくちゃ。明日、起きられなく……なる」

「もう一回だけ……」

既に二度交わっているが彼は物足りないようで、抱くのをやめない。ぐずぐずに濡れた佐奈の中に、新しいゴムを装着したそれを深く押し込んだ。

「はあんっ」

「佐奈……ずっと我慢してたんだぞ。この一か月、君を抱けなくて悶々としていた。この気持ち、分かるか?」

「う、うん……私も……寂しかったから」

すれ違いから、身も心も離れていた。たった一か月なのに、何年にも感じられるほどだった。仁も同じように、佐奈の温もりを恋しがっていたのだ。

今夜、二人は久しぶりにデートして、ゆっくりと食事を楽しんだ。その間、仁は余裕に見えたのだけど、マンションの部屋に入るなり、佐奈はベッドに連れて行かれた。

「あんな思いは二度とごめんだ。もう絶対に、君を離さない」

「ん……ああっ!」

両脚を高く上げられ、これ以上ないほど奥まで捻じ込まれる。圧迫感がすごくて、身動きが取れない。佐奈が切ない声で啼くと、仁は満足げに微笑み、尻を優しく撫でてくる。

「俺のものだ……佐奈」

ドSな表情は、うっとりするほど美しい。愛液が湧き出し、さらに彼を煽ってしまう。

「相変わらずエロい身体だ」

「だ、だって……んんっ」

半開きになった唇を吸われ、腰を打ちつけられる。ぐちゅぐちゅといやらしい音が響き、佐奈の身体は一層熱くなった。

「やる気満々じゃないか。あと三回はいけそうだぞ」

「さ、三回ってそんな……無理です。壊れてしまいます」

「俺が欲しくないのか」

「ちがっ……そうじゃなくて、私は」

「ふうん。やめていいんだな」

彼が腰を引き、離れようとする。

「やっ、ダメ。いやです」

反射的に彼の腰を押さえた。力いっぱい引き寄せようとするが、彼は動かない。

「どうした、やっぱり欲しいのか」

「ううっ、それは……」

「素直に言ってみろ。ん？」

「い、意地悪……っ」

仁は目尻を垂らしている。困り果てた佐奈を、愛でているらしい。甘えた目で見上げると、ますますデレッと頬を緩めた。

「ああ、佐奈……めちゃくちゃ可愛い」

こんな体勢で、そんな色っぽい声で囁くなんて反則だ。佐奈も堪らなくなってきて、ため息まじりに願望を伝えた。

「あなたが、欲しいの。抱いてください」

こんなやり取りを、今まで何度も繰り返している。それなのに、仁はまったく飽きる気配がない。恥ずかしいことを口にする佐奈に欲情を滾らせ、興奮状態だ。

「いいよ。俺のすべてをやる」

「は……」

仁が再びのしかかってくる。彼のものが、さらに勢いを増しているのが分かった。

「仁さん……すご……か、身体が持ちません」

信じられないほどパワフルな彼。三回もされたら、気を失ってしまいそう。

「あと一回で許してやる。その代わり、容赦しないよ」

「え……きゃっ？」

言葉どおり、容赦のない攻めが始まった。

ずんずんと打ち下ろしてくる。汗と体液にまみれた身体が、ベッドの上で大きく弾んだ。

「あっ、あああっ、だ……だめええっ！」

本当に、壊れてしまいそう。でも、そんな不安など吹き飛ぶほどの快感に襲われる。

この情熱を欲していたのだ。佐奈は嬉しくて、泣きそうになる。

「仁さん、仁さん……っ！」

彼の首にぎゅっと掴まり、快楽に耐えた。強く求められる悦びが、全身を駆け抜けていく。

たくさん愛されて、涙が零(こぼ)れ落ちた。

「好きだよ、佐奈。君が好きだ……」

「私も、好きっ。大好き……もう、離れない」

攻め立てが激しくなり、ベッドが軋(きし)む。佐奈も腰を振り、彼のリズムに合わせた。

「仁さんっ、あっ、ああっ、ああっ……」

仁はもう何も言わず、喘(あえ)ぐ佐奈を見つめる目は、どこまでも優しい。欲望に燃えていても、愛情豊かに恋人を包んでいる。

「あっ、や……あっ、はああん！」

「佐奈っ」

高く上(のぼ)り詰めた瞬間、二人は果てた。

汗まみれの肌を密着させて、互いの鼓動を聞く。激しい交わりの余韻に浸(ひた)り、至福の時を分かち合う。見つめ合う澄(す)んだ瞳に、愛する人が映っていた。

「仁さん、幸せです」

「佐奈……」

穏やかで、それでいて深いキスを受ける。身も心も充足感に満たされた。寂しさなんて、もうどこにもない。

揺るぎない愛で、仁は佐奈を抱きしめていた。

「仁さん、お待たせしました」

翌朝、メイクを済ませた佐奈がリビングに行くと、仁も洋服に着替え、髪もきれいに整えていた。窓から差す朝陽がまぶしくて、思わず目を細める。

「ここにおいで。君に渡したいものがある」

「えっ、何ですか？」

佐奈が近づくと、彼は一着のドレスを差し出した。

「これは……」

「君に似合うと思う」

ハイブランドのパーティードレスだ。シンプルなラインが大人っぽい。だけど、この色を彼が選んだのは意外だった。

「黒のドレス……ですね」

「そうだよ。だが、これは喪服じゃないぞ」

仁はいたずらっぽく片目をつぶり、さっと背中を向ける。

「着てごらん。サイズはぴったりのはずだ」

「は、はいっ」

佐奈は急いで服を脱ぎ、その場でドレスに着替えた。

「着替えました……」

仁はこちらを向き、ハッとした表情になる。

あまりにも熱心な眼差しに、佐奈は何だか照れくさくなって、それを隠すようにモデルみたいにポーズを取った。

「どうでしょうか」

「想像以上だ。うん、すごく似合っている」

（ハイブランドのドレスが、私に？）

まさかと思うが、仁は真顔である。彼は姿見を運んできて、佐奈の前に置いた。

「ほら、見てみろ」

鏡の前に立ち、佐奈は息を呑んだ。

「これが、私？」

ベタなセリフが飛び出した口を、ぱっと塞ぐ。だが仁は笑わず、佐奈を愛しそうに見つめた。

「今の君は、ハイブランドのドレスを魅力的に着こなすことができる。しかも黒のドレスだ。リクルートスーツを喪服のように纏っていた君とは違う。何よりの成長の証だよ」

もう一度鏡を覗いた。仁と出会う前の自分を、その上に重ねてみる。

「私、メタモルフォーゼしたんですね」

「ああ。見事にな」

喜びがこみ上げてくる。感動に浸る佐奈の左手を、仁が握りしめた。

「これから、俺の両親に紹介する。その前に、ちょっと寄りたいところがあるんだ」

「寄りたいところ？」

「ああ。もう一つ、君に贈り物だよ」

これ以上、どんなプレゼントがあるというのだろう。目を丸くする佐奈に、仁はそっと囁いた。

「エンゲージリング。宝飾店に予約を入れておいた」

「……あ」

震える睫毛を上げて彼を見返す。まぶしいのは朝陽のせいじゃない。仁の優しい微笑みが、佐奈を照らしていた。

「仁さん。あなたは理想の男性です。夢にまで見た王子様。でも、それだけじゃない」

佐奈の告白を、仁もまぶしそうに見守っている。

「あなたは、私を変えてくれました。愛情と優しさで、成長させてくれました。だけどどうして、私をこんなにも愛してくれるの？」

「佐奈……」

手を引かれ、彼の胸に抱かれる。ここは、世界で一番安心できる場所だ。

「ひと目惚れとは違うな。出会った頃の君は後ろ向きで、自己評価が異様に低く、俺が何か言うたびおどおどしてた。だけど、仕事に真面目に取り組み、センスのなさを努力で補っている。それに、俺にビビりながらも案外逆らってくるだろ？　鍛え甲斐のあるやつだと思ったよ」

「そ、そうなんですか」

入社当時、佐奈は毎日必死だった。そんな佐奈を、仁は正面から受け止めてくれた。

「だから、変身企画を思いついたんだ。佐奈なら大化けできると確信して」

ドキドキしながら彼の告白を聞いた。髪を撫でてくれる大きな手が温かい。

「俺に怒られても、一生懸命について来る君が可愛い。危なっかしくて、放っておけなくて、気づけば目で追っていたよ。つまり、可愛いっていう気持ちが、愛情に高まっていったと、そんなわけだ。上手く言えないが……伝わったかな？」

「は、はい」

そっと見上げると、仁は頬を染めていた。そんな彼こそ、可愛いと思ってしまう。

「こら、何が可笑しい」

「ご、ごめんなさい。だって……あっ」

言いわけ無用とばかりに唇を塞がれた。仁の抱きしめる力は強く、率直な告白とともに、佐奈の心を甘く満たしていく。

「君の笑顔が俺を幸せにする。大好きだよ、佐奈」

「仁さん、私も……」

降り注ぐ愛情が、乙女の夢を呼び覚ます。

王子様の胸に抱かれ、佐奈は今、きらめく世界のヒロインになった。

書き下ろし番外編

春のきざし

二月の雪の日、佐奈は仁のプロポーズを受けて結婚の約束をした。そして三か月後の五月、二人は入籍し、都内のチャペルで式を挙げた。

真夏の太陽よりも熱い新婚生活を経て、半年後の秋。

夜毎(よごと)互いを求め合ってきた二人だけれど、今は良い意味で落ち着き、穏やかな日々を過ごしている。


「佐奈。少しふっくらしてきたんじゃないか」

日曜日の朝。三枚目のトーストを食べようとする佐奈を見て仁が指摘した。

「えっ？　そ、そうかな」

まったく自覚のない佐奈はトーストにバターを塗る手を止めて、頬を押さえる。言われてみれば、弾力が増しているような気がした。

「そういえば、最近よく食べるようになったな。食欲の秋とはいえ、急激な体重増加は健康に悪いぞ」

「ちょっと体重計に乗ってきます！」

元モデルにしてファッション誌の編集長である仁は自己管理が完璧で、結婚後も美麗な容姿を維持している。

その点、佐奈は油断していたようだ。

「うっ……一週間前に比べて二キロも増えてる」

体重が増えた理由をあれこれ考えるが、よく分からない。幸せ太りか、それとも単に運動不足なのか。

「今日は天気がいいし、ウォーキングにでも行くか？」

いつの間にか仁が背後に立ち、体重計を覗き込んでいる。佐奈はびっくりして振り向き、彼の提案にうんうんと頷く。

「行きます。できるだけ遠くまで歩きましょう！」

二人が住むマンションから五分ほど歩くと、整備された遊歩道に出る。区民の健康促進のために造られたウォーキングコースだが、近隣住民のみならず、遠方から訪れて散策を楽しむ家族連れやカップルもいるという。

「一週間で二キロも太るなんてショックです。無意識に食べ過ぎなんですよね、きっと」

落ち葉を踏みしめながらせかせかと歩く佐奈を見て、仁が苦笑する。

「食欲があるのは結構なことだよ。そんなに気にするな」

「でも……あっ」

仁に手を取られ、引き寄せられた。彼の歩調に合わせてゆっくりペースになる。

「だけど仁さん。急な体重増加は健康に悪いって……」

佐奈が見上げると、仁は優しく微笑む。職場では決して見せない甘い表情に、佐奈はドキッとした。

「気にしすぎはストレスになる。佐奈の場合、そっちのほうが心配だよ」

「そ、そうなの？」

「ああ。君にはいつも笑顔でいてほしい」

佐奈はときめきながらも、身体がリラックスするのを感じた。仁はいつだって、おおらかな愛情で妻を包んでくれる。

「だが、最近は仕事が忙しいのもあって運動不足なのは事実だ。今日は余分なカロリーをきっちり消費するぞ」

「はいっ」

明るく返事をして、愛する夫に寄り添う。柔らかな秋の陽射しのもと、佐奈はときめきと幸せを感じた。

「私、やっぱり運動不足かもしれません。前はもっと余裕で遠くまで行けたのに」

三十分ほど歩いたところで佐奈が休憩を求めたので、二人はウォーキングコースを外れて近くのベーカリーカフェに入った。

顔を火照らせて紅茶を飲む佐奈を、仁がじっと見つめる。

「どうも変だな。熱でもあるんじゃないか」

テーブル越しに腕を伸ばし、佐奈の額に手をあてる。

「だ、大丈夫です。今日は暖かいから、身体が熱くなっただけで……」

「ふむ」

仁は佐奈に対して過保護なところがある。心配させたくなくて、佐奈は話題を変えた。

「それより、こんな近場にお洒落なベーカリーがあるなんて知らなかったです。素敵な発見ですね」

「ああ、そうだな。このパニーニなんか絶品だ。シンプルな具材なのに実に美味い」

パニーニは縦縞の焼き目が付いたパンに、サラミハムとチーズ、新鮮なレタスを挟んだトーストサンドだ。

「朝食に良さそうですね」

「うん」

話が逸れて佐奈はほっとするが、やはり仁は過保護である。帰りはタクシーを呼んで、佐奈を歩かせなかった。

「こ、こんなに近くなのにタクシーなんて。仁さん、心配しすぎですよ？」

大げさな行為にさすがに呆れるが、仁は「大事な妻を心配して何が悪い」と、真顔で返す。嬉しいけれど、あまりにもストレートな愛情表情に照れてしまう。佐奈はもう何も言えず、彼に保護されながらタクシーに揺られるのだった。


翌日の月曜日。

出勤の支度を整えた佐奈は、リビングのソファでスケジュールを確認している仁に声をかけた。

「仁さん、お待たせしました。そろそろ出かけましょう」

同じ会社に勤める二人は、いつも連れ立って家を出る。しかし仁は佐奈をじろじろと見回し、首を横に振った。

「佐奈。やっぱり今日は休んだほうがいい。君の仕事は俺がフォローしておく」

「えっ？」

仁の言葉に佐奈は目をパチクリとさせる。

「ど、どうしてですか。私、どこも悪くありませんよ？」

昨日のウォーキングから、仁の様子がおかしい。佐奈の体調を不自然なくらい心配しているのだ。

「いいから、とにかく今日は大人しくしてろ。仕事の報告はリモートで行うから、ちゃんと家にいるように」

「は、はあ……」

仁はジャケットを羽織ると、忙しそうに玄関に向かう。佐奈は慌てて追いかけ、ドアを開けて出勤する彼を見送った。

「仁さんたら、どうしたんだろ」

妻として大切にされるのは嬉しいけれど、今日の彼はどうかしている。仕事を休めだなんて、あまりにも大げさだ。

「ま、いいか。せっかくだからのんびり過ごそう」

佐奈は洗濯などの家事を済ませると、ソファに寝転んだ。こうして落ち着いてみると、確かに体調がいつもと違う気がする。

そんなことを感じながら、昨日の仁の言葉を思い出した。

――君にはいつも笑顔でいてほしい。

「少しぐらい太っても、仁さんは愛してくれる。そうよね。体重を気にしてストレスを溜めるより、笑顔でいなくちゃ」

とはいえ、ファッション誌の編集部員としてスタイルは気になる。

仁は家にいろと言ったが、夕方になったらちょっとだけウォーキングしようと考える佐奈だった。

「うん、調子がいい。しっかり昼寝したからかな」

遊歩道を歩きながら、佐奈は独り言を漏らす。

ふと立ち止まって見回せば、夕方の景色が広がっている。学校帰りの子どもたちとすれ違い、思わず微笑んだ。

「一年生かな。ふふっ、可愛い」

そのとき、お腹がぐうと鳴った。今日は間食をしなかったので、早くもお腹が空いたらしい。

「そろそろ引き返そうかしら。夕飯の支度をしなくちゃ」

冷蔵庫に一週間ぶんの食材が揃っているので買い物の必要はない。マンションへと歩きかけた佐奈は、ふと足を止める。

「そうだ！　昨日のベーカリーに寄っていこう。明日の朝食用にパニーニを買っていけば、仁さんが喜んでくれる」

ベーカリーはここから十五分ほどの距離だ。少し疲れるかもしれないが、行けないこともない。

佐奈は早足で歩き出す。仁の喜ぶ顔を想像すると、ウキウキしてきた。

しかし……

「あれっ？　何だか、気持ち悪いような」

ベーカリーまであと五分のところでしゃがみ込む。急に胸がむかむかしてきた。

「変だな、目が回る……えっ、どうして」

「ちょっと、あなた。大丈夫？」

ボーダーコリーを連れた中年女性が佐奈に近づき、顔を覗いた。遊歩道には散歩中の人が散見される。彼女もその一人のようだ。

「な、何だか急に気分が悪くなって。めまいが……」

立ち上がろうとしても、うまく力が入らない。佐奈は地面に倒れてしまう。

「大変、救急車を呼ぶからしっかりして！　誰か、手伝ってちょうだい！」

女性の叫び声が遊歩道に響く。意識がもうろうとする中、佐奈の瞼（まぶた）には仁の心配そうな顔が浮かび、やがて真っ暗になった。

目を覚ますと、佐奈はベッドに横たわっていた。どうやらここは病院だ。点滴が繋がれた左手を、仁がしっかりと握っている。

「仁さん。……私、どうして？」

「ちゃんと家にいろと言ったのに。俺の言うことを聞かないから倒れたりするんだ」

怒った顔になり、佐奈を睨んだ。

こうなった経緯を自ら思い出し、佐奈は気まずくなる。

「ごめんなさい。調子が良かったから散歩に出かけて、昨日のベーカリーに寄ろうとしたの」

「ベーカリー？」

「仁さんにパニーニを買おうと思って」

遠くまで歩いた理由を聞いて、仁は呆れ顔になる。

「俺のために無理したのか。バカだな、まったく」

「……ごめんなさい」

本当にバカだ。無理して、結局彼に迷惑をかけてしまった。

「いいよ、もう。とにかく大事に至らなくて良かった。病院から連絡をもらったときは、本当に驚いたからな」

仁は表情を和らげ、佐奈の髪を撫でた。佐奈も安堵して、彼と見つめ合う。

「でも私、何で倒れたんだろ。貧血を起こしたのかな」

「ああ、それは……」

仁がこほんと咳払いする。なぜか、照れた様子に見えた。

「俺が予想したとおりだった。診察した医師も、間違いないと言ってくれたよ」

「？」

「間違いない？」

「ああ」

仁は頷き、掛け布団の上から佐奈のお腹に手を当てる。

「ここに、俺たちの子どもがいる」

「え……」

佐奈はきょとんとする。想定外の言葉を、うまく咀嚼できない。

「子どもって……え、ええええっ？」

ようやく理解するものの、驚きすぎて叫んでしまう。まったく自覚がなかった。

「あ、赤ちゃんができたってことですか？　私と仁さんの」

「そうだよ、佐奈。昨日、君の様子が変だったから、もしかしたらと感じて……だが確信が持てないから、今日はこれを買って帰ろうとしたんだ」

仁がジャケットのポケットから取り出したものを見て、佐奈は目を見開く。

市販の妊娠検査薬だった。

「わ、私、何も気づかなかった。そういえば生理が遅れていて、でもまさか妊娠してるなんて考えもせず……」

体重が増えたのも、めまいがしたのも、妊娠によるホルモンバランスの変化が原因だったのかもしれない。佐奈はあらためて、無理をした自分を反省した。

「ごめんなさい、仁さん。私……」

「謝るな。きちんと話さなかった俺も悪い。それよりも」

涙ぐむ佐奈を見下ろし、愛しそうにお腹を撫でる。

「二か月だそうだ。大事な時期だから、身体を大切にして、ゆったり過ごすんだぞ」

「はい、仁さん。今度こそ、ちゃんと言うことを聞きますっ」

仁が穏やかに微笑み、キスをくれた。これまで以上に愛情深く、優しい感触に、佐奈は感動するばかりだった。


三か月後。

妊娠の安定期に入った佐奈は仁と連れ立って散歩することが増えた。

仕事は続けているが、運動は控えていたので新鮮な気分である。

「寒くないか？」

「うん、大丈夫。今日は天気がいいし、暖かいほうだよ」

仁はますます過保護になり、佐奈の世話を焼く。夫というより、まるで『お母さん』である。

「無理をするなよ。ほら」

自分のマフラーを外して佐奈の首に巻く。何だか可笑しくて、佐奈は思わず微笑んでしまう。

「大丈夫、もう無理はしません」

「ああ、分かってる。でも心配なんだよ」

照れくさそうに笑う仁を見て、胸がキュンとなる。あらためて彼が大好きなことを自覚し、こちらまで照れくさくなった。

「あ、あの、仁さん。もうすぐお昼だし、あのベーカリーに行きませんか？」

佐奈の提案に、仁が頷く。いつの間にか、例のベーカリーのすぐ近くまで来ていた。

「そうだな。ずいぶん歩いたし、そろそろ休憩するか」

「さっきサイトをチェックしたら、新しいメニューのお知らせがありました。パニーニの新作みたいですよ」

「本当か。それは楽しみだな」

仁の嬉しそうな顔を見て、佐奈も笑顔になる。

すると、繋いだ手に彼が力を込めた。

「仁さん？」

「君はいつも、俺を幸せな気分にさせてくれる。職場でも、家庭でも」

いつになく静かな口調に、佐奈はドキドキした。

「私こそ、仁さんのそばにいるだけで幸せです。いつも、どんな時だって」

「そうか……ありがとう、佐奈。これからも……いや、これからは」

仁が言い直した。佐奈はすぐになぜなのか分かった。

「三人で、幸せになろうな」

「うん」

どちらからともなく寄り添い、互いの温もりを感じながら歩く。

「君の笑顔が、俺を幸せにする」

新たな希望に包まれて、佐奈の笑顔は光り輝く。

降り注ぐ陽射しには、春のきざしがあった。

恋愛小説「エタニティブックス」の人気作を漫画化!
EC
Eternity COMICS
私好みの貴方でございます。
Watashigonomino anatade gozaimasu
漫画●スミコ
Sumiko
原作●藤谷郁
Iku Fujitani
きゃっ
よし わかった!
ビクンッ
あぁんっ
――いいよ
それだけ俺に感じてるってことだ
二十四歳の誕生日に、花嫁修業としてお茶を習うよう母から命じられた織江。
しぶしぶお稽古先に向かうと、そこには和服姿のイケメン男性が…!
この人が先生!? と驚く織江だったが、さらに先生が結婚前提の付き合いを迫ってきて…!?
B6判 定価:704円(10%税込) ISBN 978-4-434-21270-3
イジワル 師範の イケナイ指導!?
エタニティ COMICS

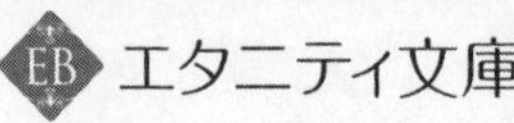

不器用女子がイケメン匠に弟子入り⁉

エタニティ文庫・赤

はるいろ恋愛工房

藤谷 郁　　装丁イラスト／一夜人見

文庫本／定価：759円（10% 税込）

梨乃の週に一度の楽しみは、和風雑貨店で小物をひとつ選ぶこと。そして、その時いつもやってくる着物の似合いそうな彼を見ること。そんなある日、ひょんなことから彼と急接近！ 胸ときめかせる梨乃だったけれど、彼は突然、彼女に陶芸の道を勧めてきて――⁉

※エタニティブックスは大人の女性のための恋愛小説レーベルです。ロゴマークの色で性描写の有無を判断することができます（赤・一定以上の性描写あり、ロゼ・性描写あり、白・性描写なし）。

詳しくは公式サイトにてご確認ください。
https://eternity.alphapolis.co.jp

携帯サイトはこちらから！

本書は、2018 年 2 月当社より単行本として刊行されたものに、書き下ろしを加えて文庫化したものです。


この作品に対する皆様のご意見・ご感想をお待ちしております。

おハガキ・お手紙は以下の宛先にお送りください。

【宛先】

〒 150-6008 東京都渋谷区恵比寿 4-20-3 恵比寿ｶﾞｰﾃﾞﾝﾌﾟﾚｲｽﾀﾜｰ 8F
（株）アルファポリス　書籍感想係

メールフォームでのご意見・ご感想は右のＱＲコードから、
あるいは以下のワードで検索をかけてください。

ご感想はこちらから

エタニティ文庫

ケモノな上司は喪女の私にご執心!?

藤谷 郁

2021年5月15日初版発行

文庫編集ー熊澤菜々子・倉持真理
編集長ー塙綾子
発行者ー梶本雄介
発行所ー株式会社アルファポリス
〒150-6008 東京都渋谷区恵比寿4-20-3 恵比寿ｶﾞｰﾃﾞﾝﾌﾟﾚｲｽﾀﾜｰ8F
TEL 03-6277-1601（営業）　03-6277-1602（編集）
URL https://www.alphapolis.co.jp/
発売元ー株式会社星雲社（共同出版社・流通責任出版社）
〒112-0005 東京都文京区水道1-3-30
TEL 03-3868-3275
装丁イラストー千花キハ
装丁デザインーMiKEtto
（レーベルフォーマットデザインーansyyqdesign）
印刷ー中央精版印刷株式会社

価格はカバーに表示されてあります。

落丁乱丁の場合はアルファポリスまでご連絡ください。

送料は小社負担でお取り替えします。


ISBN978-4-434-28856-2 C0193

LOVE GIFT
不純愛誓約を謀られまして

Kasumi & Hideaki

綾瀬麻結

Mayu Ayase

EB
エタニティ文庫